PUZZLE OF LIFE

Die Begegnung

Luisa Rausch

PUZZLE OF LIFE
Die Begegnung

Roman

Bibliografische Information der Deutschen Nationalbibliothek:
Die Deutsche Nationalbibliothek verzeichnet diese Publikation
in der Deutschen Nationalbibliografie; detaillierte bibliografische Daten sind im Internet über dnb.dnb.de abrufbar.

©2021 Luisa Rausch
Herstellung und Verlag: BoD – Books on Demand, Norderstedt

ISBN: 978-3-753-47278-2

*Für meine Schwester, die ich von Herzen liebe,
und deren Meinung häufig mein Maßstab ist.*

EINS

„Die Verhandlung ist hiermit geschlossen."
Mit einem dumpfen Schlag, der in der großen Halle laut widerhallte, traf der Hammer auf der runden Holzscheibe auf.

Mit einem Mal war die schwerwiegende Stille, die die letzten Minuten geherrscht hatte, verflogen. Die anwesenden Leute erhoben sich von ihren Sitzplätzen und verließen, in leise Gespräche vertieft, den Saal.

Nur Nathan rührte sich nicht. Sein Blick war starr auf den kleinen bronzefarbenen Kompass in seinen Händen gerichtet. Er merkte, wie ihm jemand die Hand auf die Schulter legte und wie in Trance hob er den Kopf.

Mr. Flynn stand hinter ihm, die Aktentasche bereits unter den Arm geklemmt. Er nickte ihm nochmals aufmunternd zu und wandte sich dann zum Gehen.

„Danke", presste Nathan noch heraus, doch Mr. Flynn war schon fort.

Er legte die Hände auf den Rand der Tischplatte und drückte sich mühsam hoch. Als er sich umdrehte und den

Blick hob, sah er sie dastehen – nur ein paar Meter hinter ihm.

Sie hatte Tränen in den Augen, aber sie lächelte. Mit schweren Schritten ging er auf sie zu und sie schloss ihn in ihre Arme.

„Alles wird gut", hauchte sie. Sanft strich sie ihm über den Rücken und mit einem Mal fiel alle Anspannung von ihm ab.

Ja, sie hatte Recht, alles würde gut werden.

●

Er trat aus dem Schatten in das schummrige Licht der Straßenlaterne. Sein warmer Atem bildete weiße nebelartige Wölkchen in der kalten Nachtluft, die sich in Sekundenschnelle wieder im Wind zerstreuten. Die Kapuze seines dunklen Pullis verbarg den größten Teil seines Gesichts und schütze ihn vor den frostigen Temperaturen. Er vergrub die Hände tief in seinen Jackentaschen und schob die dünne Lederjacke vor seiner Brust zusammen. Dann warf er einen letzten Blick hinter sich in die Dunkelheit, zu der Hecke, hinter der sie hockten und auf ihn warteten.

Mit eiligen Schritten überquerte er die Straße und ging auf das grell erleuchtete Gebäude zu. Durch die große Scheibe konnte er den alten Mann sehen, der hinter der Theke auf einem Hocker saß und gegen die Müdigkeit anzukämpfen schien. Er grinste amüsiert und seine anfängliche Anspannung legte sich schlagartig.

Als er die Tür des Shops aufdrückte, erklang das Leuten einer kleinen Glocke und der Mann schreckte aus seinem Nickerchen auf. Der misstrauische Blick des Alten entging ihm nicht, aber daran war er gewohnt.

Als er die erste Regalreihe erreichte, zog er die Kapuze ab, wandte seinem Beobachter jedoch in derselben Bewegung den Rücken zu. Er schlenderte durch die Regalreihen und schindete Zeit, indem er sich ein paar Artikel anschaute, jedoch wieder zurückstellte. Nach einem flüchtigen Blick über die Regale stellte er fest, dass der Alte seine Aufmerksamkeit inzwischen wieder auf etwas hinter der Theke gerichtet hatte.

Sorglos wanderte er weiter durch die Regalreihen und schon nach kurzer Zeit ließ er beiläufig ein Päckchen Erdnüsse in seine Jackentasche gleiten.

Als er vor dem Schnapsregal angekommen war, hielt er kurz inne. Aus dem Augenwinkel konnte er sicherstellen, dass er noch immer unbeobachtet war. Mit flinken Händen griff er zu einer Flasche Whisky und ließ sie unter seiner Jacke verschwinden. Das Adrenalin strömte durch seinen Körper und löste ein glücksähnliches Gefühl in ihm aus. Auch wenn er den kleinen Anflug von Schuldgefühlen nie ganz verdrängen konnte, genoss er, was diese Momente ihm gaben.

Gerade als er sich umdrehen und abhauen wollte, hörte er die Stimme des Alten hinter sich.

„Das würde ich an deiner Stelle lieber lassen Junge."

Der Mann stand nur zwei Meter hinter ihm und versperrte ihm, trotz seiner schmächtigen Erscheinung, jegliche Fluchtmöglichkeit. Eilig suchte er nach einem anderen Ausweg, doch es gab keinen.

„Komm, stell sie einfach wieder zurück und dann können wir über alles reden", meinte der Alte nun eindringlich.

Ihre Blicke trafen sich und er sah in seinen Augen etwas, mit dem er nicht gerechnet hatte – Verständnis. Das musste er sich eingebildet haben.

Kurz zögerte er, doch dann rannte er los und stieß den Mann einfach mit der Schulter weg. Dieser kam ins Straucheln und stolperte gegen ein Regal.

Am Eingang angekommen, warf er noch einen hastigen Blick nach hinten, doch der Mann folgte ihm nicht. Schwungvoll stieß er die Tür auf und als er seinen Blick wieder nach vorne wandte, sah er den riesigen Mann, auf den er geradewegs zu rannte. Er wollte noch ausweichen, doch es war zu spät.

Der Hüne packte ihn und brachte ihn zu Fall.

Er merkte, wie ihm die Flasche aus der Hand glitt und laut splitternd auf dem Asphalt aufkam, kurz bevor auch er zu Boden ging. Wild schlug er um sich, doch es brachte nichts. Er wurde von zwei kräftigen Händen niedergedrückt, seine Wange wurde auf den rauen Teer gepresst und der Duft von Benzin und Whisky stieg ihm in die Nase.

So roch also das Ende, dachte er, und als sein Blick zur anderen Straßenseite wanderte, konnte

er schemenhaft zwei schwarze Gestalten erkennen, die eilig den Gehweg entlang rannten.

•

Er hatte sie nicht verpetzt. Auch wenn er nicht wusste, warum er den Menschen gegenüber, die ihn einfach zurückgelassen hatten, immer noch loyal war. Er wusste jedoch, dass es nichts geändert hätte, wenn er auch sie ans Messer geliefert hätte. Dadurch würde er sich auch nicht besser fühlen. Er hatte einen Fehler gemacht – nicht nur einen, um genau zu sein – für den er jetzt geradestehen musste.

Auf der Fahrt nach Hause herrschte lange Schweigen. Nathan hatte den Kopf an die Fensterscheibe gelehnt und betrachtete die vorbeiziehende Umgebung. In der Hand hielt er noch immer den kleinen Kompass, den ihm seine Mutter vor wenigen Tagen erst gegeben hatte. Mit dem Daumen fuhr er über die eingravierten Buchstaben auf der Rückseite. Er konnte immer noch nicht glauben, welche Wendungen sein Leben zuletzt genommen hatte. Er drehte den Kopf seiner Mutter zu.

Ihr Blick war auf die Straße gerichtet, aber er sah ihr an, dass sie mit den Gedanken woanders war. Ihr haselnussbraunes Haar, das ihr normalerweise lockig über die Schulter fiel, hatte sie nach hinten zu einem Knoten zusammengesteckt und sie war schicker gekleidet als gewöhnlich. Ansonsten hatte sie sich kaum verändert. Die dunklen Augenringe, die sie so gut wie möglich zu überschminken versuchte und die eingefallenen Wangen zeigten jedoch nach wie vor, dass die letzten Jahre nicht spurlos an ihr vorbeigegangen waren.

Erneut überkam ihn eine Welle von Schuldgefühlen und zugleich verspürte er ein Gefühl von Dankbarkeit und Glück wieder bei ihr zu sein.

„Danke Mum", presste er heraus. Seine Stimme war ganz belegt vom langen Schweigen.

Sie wandte ihm kurz den Kopf zu und schenkte ihm ein zartes Lächeln. „Für was mein Junge?", fragte sie.

„Das du für mich da bist, obwohl – obwohl ich…" Seine Stimme brach.

„Das ist selbstverständlich mein Schatz. Ich werde immer für dich da sein, wenn du mich brauchst", unterbrach sie sein Gestammel.

„Ich werde dir das Geld zurückzahlen. Jeden Cent. Das verspreche ich dir", beteuerte er, doch seine Mutter griff nach seiner Hand und drückte sie fest.

„Das ist doch nur Geld. Ich bin einfach froh, dass ich dich endlich wieder bei mir habe." In ihren Augen schimmerten Tränen und sie richtete den Blick wieder auf die Straße.

Nathan betrachtete ihre ineinander verschränkten Finger und auch er war den Tränen nahe.

ZWEI

„So Junge hast du noch irgendwelche Fragen?"
Die etwas korpulente Frau mit dem Haarnetz und dem freundlichen Gesicht, die sich als Doreen vorgestellt hatte, schaute Nathan fragend an.
Auch Nathan trug ein Haarnetz und eine rote Schürze. Er schaute sich in der Küche um, dann wieder zu der Frau und schüttelte stumm den Kopf. Er hatte jede Menge Fragen. Vor allem fragte er sich, warum er ausgerechnet hier sein musste. Noch dazu um diese Uhrzeit.
„Gut, dann kannst du schon Mal anfangen Kartoffeln zu schälen", meinte sie und wies auf eine große Schüssel. „Ich komm dann in einer halben Stunde nach dir schauen." Damit drehte sie sich um und überließ Nathan seinem Schicksal.
Er wusste nicht, wann er das letzte Mal in der Küche gestanden, geschweige denn Kartoffeln geschält hatte. Widerwillig griff er nach Messer und Kartoffel. Es half ja nichts und wenn er ehrlich zu sich war, hätte es ihn viel schlimmer treffen können. Er hatte diese Chance bekommen und er wollte sie auch nutzen.

Anfänglich tat er sich wirklich schwer mit dem Schälen. Entweder schnitt er viel zu viel weg oder er setzte das Messer so an, dass er abrutschte, sodass er zweimal nur knapp einer tiefen Schnittwunde entging. Mit der Zeit jedoch hatte er den Dreh raus und als die Doreen zurückkehrte, hatte er die Schüssel fast leer.

Sie begutachtete sein Werk und nickte dann zufrieden. „Gar nicht schlecht", lobte sie ihn.

Die nächsten Stunden half Nathan beim Gemüse schneiden und er musste zugeben, dass ihm die Arbeit sogar Spaß machte. Es fühlte sich gut an, etwas Nützliches zu tun.

Nach und nach gesellten sich noch weitere Helfer zu ihnen und mit der Zeit herrschte reges Treiben in der eigentlich viel zu kleinen Küche. Die Stimmung unter den Leuten war ausgelassen und Nathan fand schnell Anschluss. Keiner schaute ihn wegen dem, was er getan hatte komisch an oder stellte blöde Fragen. Sie akzeptierten ihn so wie er war und taten so, als wäre er aus denselben Gründen dort wie sie.

Gegen 12 fingen sie an das Essen in den Speisesaal zu bringen und befüllten die Wärmebehälter hinter der Theke. Nach und nach trudelten schon die ersten Leute ein und stellten sich in einer Schlange vor der Essensausgabe auf.

Nathan stand etwas abseits im Hintergrund, weil er am ersten Tag erst mal zuschauen sollte. Das gab ihm die Zeit, die hereinkommenden Menschen genauer zu betrachten. Bei den meisten handelte es sich um ältere Männer, aber es waren auch junge Leute und Mütter mit ihren kleinen Kindern dabei.

Nathan war nicht zum ersten Mal an so einem Ort, aber bei seinen wenigen Besuchen hatte er die Stimmung unter den Menschen nicht bemerkt oder sie selbst einfach nur anders wahrgenommen. Er hatte sich nie wohl gefühlt. Beäugt und gemustert von allen und so wenig wert, wie noch nie in seinem Leben. Er hatte sich geschämt.

Heute war das etwas ganz Anderes.

Er stand nicht vor der Theke, sondern dahinter und dieser neue Standpunkt machte es ihm möglich, die Atmosphäre, die vorherrschte, mit völlig anderen Augen zu sehen. Sein Blick schweifte über die Gesichter hinweg und die Menschen taten etwas, mit dem er nicht rechnete. Sie lächelten, lachten und unterhielten sich miteinander, während sie warteten. Sie wirkten alle sehr vertraut miteinander und kaum einer schien sich dafür zu schämen, hier zu sein.

Seine Aufmerksamkeit wurde an das Ende der Schlange gelenkt, als eine Frau in lautes Gelächter ausbrach. Die Menschen dort hatten sich in einem Grüppchen um einen Mann versammelt und lauschten seinen Erzählungen.

Nathans Blick blieb auf ihm hängen. Er war recht groß und überragte die meisten, die um ihn standen. Sein volles braunes Haar war an manchen Stellen schon von grauen Strähnen durchzogen, was ihn weiser aussehen ließ. Er trug recht abgetragene Klamotten und stütze sich auf einem Gehstock ab.

Nathan wusste nicht, wo seine Faszination für diesen Mann herrührte, doch er konnte den Blick nicht abwenden und während er ihn so musterte, bemerkte er den Hund, der zu seinen Füßen saß.

Mit einem lauten Quietschen schloss sich die Tür hinter Nathan. Der Anblick des davonfahrenden Busses erweckte in ihm Erinnerungen an längst vergangene Tage. Erst als der Bus um die nächste Ecke bog und somit aus seinem Blickfeld verschwand, kehrte er in die Gegenwart zurück. Mit seinem Rucksack bepackt machte er sich auf den Weg. Die Straße war in regelmäßigen Abständen von Bäumen gesäumt, deren zurzeit noch recht kahlen Äste eine Art Dach über ihr bildeten, durch das nun die Sonne hindurchschien. Es war einer der ersten Tage im neuen Jahr, an dem sich die Sonne mal richtig zeigte und Nathan genoss diese ersten Strahlen, während er den breiten Gehweg der Wohnsiedlung entlanglief.

Alles hier strotzte vor Reichtum – von den hohen ordentlich geschnittenen Hecken und filigranen Zäunen, über die schicken Stadtvillen, bis hin zu den teuren Autos in den Auffahrten.

Sein Weg endete vor einem riesigen schmiedeeisernen Tor am Ende der Straße. Der Vorgarten war liebevoll angelegt und an den Mauern des dahinterliegenden Hauses rankte der Efeu empor. In der breiten Auffahrt parkte wie erwartet ein schwarzer Audi Q7.

Nathan erklomm die Stufen der Vortreppe, die zu einer massiven Holztür führte und kramte einen Schlüssel hervor, mit dem er sie anschließend öffnete. Der Eingangsbereich war hell und freundlich hatte hohe Decken und war mit hellen Möbeln und großen Spiegeln eingerichtet. Drei Türen gingen von hier aus ab und zu seiner rechten befand sich eine geschwungene weiße Treppe, die Nathan nun ansteuerte. Doch noch bevor Nathan die Treppe erreichte, schwang eine der Türen auf und ein kleines rotblondes Mädchen kam auf ihn zu gerannt.

„Nathan!" Überschwänglich stürzte sie sich in seine Arme.

Nathan fing sie auf und wirbelte sie einmal im Kreis, ehe er sie wieder absetzte.

„Hi Rosie." Er strich ihr liebevoll über den Scheitel.

„Schick siehst du aus", meinte er mit einem anerkennenden Blick auf ihr cremefarbenes Kleid und das Mädchen drehte sich gleichdarauf im Kreis und beobachtete dabei, wie ihr Kleid sich um sie herum aufbauschte.

„Ja nicht", meinte sie selbstzufrieden, wobei ihre großen braunen Augen vor kindlicher Begeisterung leuchteten. Dann wurde ihr Blick jedoch ernst. „Ich soll dir sagen, dass das Essen gleich fertig ist", erzählte sie in geschäftsmäßigem Ton. „Tante Olivia ist auch schon unten", fuhr sie fort und griff nach Nathans Hand, um ihn hinter sich herzuziehen.

„Rosie sag ihnen, ich komm gleich. Ich will bloß meine Sachen erst hochbringen", erwiderte Nathan mit sanftem

Ton und Rosie schaute ihn mit gerunzelter Stirn an, als schien sie zu überlegen.

„Na gut", meinte sie dann, ließ Nathans Hand los und hüpfte freudig wieder davon.

Einen kleinen Moment schaute Nathan seiner kleinen Cousine noch hinterher, dann wandte er sich Richtung Treppe.

Das obere Treppenhaus diente als eine Art Winterdomizil für die Pflanzen seiner Mutter, bevor diese im Sommer wieder ihre gewohnten Plätze auf der Terrasse einnehmen würden. Deshalb schlängelte sich Nathan auf dem Weg zur Garderobe zwischen unzähligen Topfpflanzen in unterschiedlichsten Größen hindurch. Das Dachgeschoss des Hauses war zwar ebenfalls hell wirkte aber durch die Dachschrägen etwas weniger weitläufig, dafür jedoch wie Nathan fand, umso gemütlicher.

Früher zu Zeiten seines Großvaters, hatte der größte Teil des Dachgeschosses als Unterkunft für Gäste und der Rest als Lager und Abstellfläche gedient. Erst als Nathan und seine Mutter eingezogen waren, hatten sie es komplett um- und ausgebaut, wodurch eine komplette zweite Wohnung entstanden war.

Nathan betrat das Zimmer am Ende des Flures und ließ seinen Rucksack neben dem Schreibtisch fallen, der unter dem Dachfenster stand. Dann zog er sich das nach Essen riechende T-Shirt über den Kopf und ließ es auf die Rückenlehne des Stuhles fallen. Aus dem Schrank holte er sich ein Frisches und noch während er es sich überzog, machte er sich auf den Weg zurück nach unten.

Der tafelähnliche Tisch stand mitten im Zimmer. Dahinter befand sich eine Fensterfront mit bodentiefen Fenstern, die den Blick auf den Garten freigaben.

Zeitgleich mit Nathan betrat auch Megan Kane das Esszimmer. Nathans Tante, die wie immer eines ihrer schlichten Kleider trug, hielt eine Schüssel mit Klößen in den Händen und stellte diese auf dem bereits reichlich gedeckten Esstisch ab.

An der Kopfseite des Tisches entdeckte Nathan seinen Onkel Robert, der konzentriert mit seinem Smartphone beschäftigt war. Er trug ein schlichtes schwarzes Hemd, dessen oberster Knopf geöffnet war, und über der Rückenlehne seines Stuhles hing seine graumelierte Krawatte. Seine schwarzen Haare waren nach hinten gegelt und seine Haut hatte trotz der langen Wintermonate noch eine leichte Bräune. Alles in allem sah er wie der geborene Geschäftsmann aus. Nur seine große Brille, die wie immer etwas nach unten verrutscht war, passte nicht ins Bild.

„Ah Nathan, du kommst genau richtig", meinte Megan freundlich.

Als Nathan nähertrat, stieg ihm sofort der köstliche Geruch des Essens in die Nase und erst jetzt fiel ihm auf, wie hungrig er eigentlich war.

„Das sieht super aus Megan", lobte Nathan und ihm lief das Wasser im Mund zusammen beim Anblick des Bratens, der schon mitten auf dem Tisch stand.

„Kann ich noch was helfen", fragte er, doch seine Tante schüttelte sofort den Kopf.

„Nein, nein setz, dich ruhig schon mal hin. Du hast heute bestimmt schon genug Essen hin und her getragen, oder?"

In dem Moment betrat Olivia Kane den Raum. Nathan musste bei ihrem Anblick lächeln. Sie trug ein einfaches rostrotes Shirt und helle Jeans, deren Knie noch braun von der Erde waren, in der sie vermutlich den ganzen Tag gekniet hatte. Ihre braunen Locken hatte sie zu einem lockeren Zopf zurückgebunden.

Als sie ihren Sohn erblickte lächelte sie erfreut. „Nathan Schatz, da bist du ja. Wie war dein erster Tag?" Der besorgte Unterton in ihrer Stimme entging ihm nicht und auch nicht der prüfende Blick, mit dem sie ihn musterte, so als ob sie feststellen wolle, ob noch alles an ihm dran sei.

„Ganz gut", antwortete Nathan wahrheitsgemäß und lächelte seine Mutter an, die dieses erleichtert erwiderte.

Hinter Olivia kam nun auch Rosie aus dem Wohnzimmer gehüpft und kletterte auf ihren Stuhl links neben ihrem Vater. Olivia und Nathan nahmen nun ebenfalls ihre Plätze ein.

„Daddy liest du mir nachher noch was vor?", fragte Rosie ihren Vater. „Daaaddy?", wiederholte sie und zog an seinem Arm, da Robert nicht sofort reagierte. Etwas überrascht wandte er seinen Blick von dem Display ab.

„Rosella du siehst doch, dass dein Vater beschäftigt ist", ermahnte Megan nun ihre Tochter, warf gleich darauf aber auch ihrem Mann einen warnenden Blick zu, woraufhin er sein Handy in der Tasche verschwinden ließ.

„Natürlich mein Schatz", wandte dieser sich nun an seine Tochter.

„Wo ist Gabby?", wollte Megan nun wissen. „Ich habe ihr doch gesagt, dass das Essen gleich fertig ist. Rosie könntest du sie bitte holen?"

Die sieben-jährige sprang auf und flitzte aus dem Zimmer.

„Kinder!" Damit ließ Megan sich auf ihrem Stuhl nieder.

„Nathan erzähl doch mal, wie war es denn heute?", fragte nun Robert, während er zu der Gabel griff, die in dem Braten steckte und sich das erste Stück auf seinen Teller wuchtete. Dabei tropfte ihm ein großer Klecks Soße auf die schneeweise Tischdecke, was er jedoch nicht zu bemerken schien.

„Mensch Robert, kannst du nicht aufpassen? Weißt du manchmal habe ich das Gefühl ich ziehe drei Kinder groß." Genervt griff Megan zu ihrer Serviette, um den Soßenfleck grob zu entfernen.

Robert machte ein betröppeltes Gesicht und entschuldigte sich bei seiner Frau.

Belustigt beobachtete Nathan die Situation und griff dann zu der Glaskanne vor sich, um sich Wasser einzuschenken, während er Robert eine kurze Zusammenfassung seines Tages gab.

Rosie kam wieder ins Zimmer gehüpft – manchmal fragte sich Nathan, ob sie überhaupt normal gehen konnte – gefolgt von ihrer Schwester.

Gabriella war Nathans 14-jährige Cousine. Sie hatte eindeutig Kane-Gene: groß und schlank gebaut, dunkle Haare und kantige Gesichtszüge.

Nathan musste schmunzeln, als er beobachtete, wie Megan ihre Tochter mit hochgezogener Braue musterte, als ihr die Jogginghosen, die sie trug, auffielen. Auch wenn sie es inzwischen tolerierte, dass ihre älteste Tochter keine feine Dame war und statt zum Ballett zu gehen auch lieber Hurling, eine typisch irische Sportart, spielte, sah man ihr doch an, wie sehr ihr Gabbys Kleidungsstil missfiel.

Nathan war immer wieder erstaunt, wie viel sich in den letzten Jahren hier verändert hatte. Wie groß Gabby und Rosie geworden waren und trotzdem war eigentlich alles beim Alten geblieben.

Naja, nicht ganz. Ein Mensch fehlte an dem Tisch und für diese Tatsache war Nathan nach wie vor unendlich dankbar.

Nathans Großvater war früh gestorben. Mit grade mal 61 Jahren erlitt er einen schweren Herzinfarkt und starb wenige Monate später an Herzversagen. Eines nachts hörte sein Herz einfach auf zu schlagen und er glitt in einen endlosen Schlaf.

Nathan hatte ihn erst kurz vor seinem Tod kennengelernt und hatte daher nie eine allzu enge Bindung zu ihm aufgebaut. Er war sich nicht sicher, ob er darüber traurig sein sollte, denn aus Erzählungen wusste er, dass Joseph Kane nicht der angenehmste Zeitgenosse gewesen war. Nicht ohne Grund hatte Nathan ihn erst kennengelernt als er schon 11 Jahre alt war. Er war ein starrköpfiger, aufbrausender Mann mit klaren Vorstellungen und Regeln gewesen, an die sich jeder strikt zu halten hatte. Aber egal was man über Joseph sagte, man konnte nicht abstreiten, dass er in seinem Leben verdammt erfolgreich gewesen war. Schon als junger Mann hatte er hart für seine Ziele gearbeitet und gerade mal mit 22 Jahren hatte er gemeinsam mit seinem Freund und späterem Schwager Daniel ein eigenes Unternehmen gegründet. Die Baufirma Kane & Focks, die ursprünglich einmal mit weniger als fünf Angestellten gestartet war, beschäftigte zurzeit an die 300 Leute.

Inzwischen war Robert Geschäftsführer, gemeinsam mit seinem Cousin Jordan, dem einzigen Sohn von Josephs Schwester Annemarie.

Joseph hatte seinem Sohn alles vermacht: die Firma, sowohl die Geschäftskonten als auch die Privatkonten und sogar sein heißgeliebtes Segelboot.

Alles außer dem Haus.

Das Haus hatte er Olivia vererbt. Obwohl sie über 11 Jahre keinen Kontakt gehabt hatten, hatte er sie nie aus seinem Testament gestrichen. Erst vor kurzem hatte Nathan die ganze Wahrheit über den Streit zwischen Olivia und ihrem Vater erfahren und es hatte nicht unbedingt dazu beigetragen, dass ihm sein Großvater sympathischer geworden wäre. Kurz nach seinem Herzinfarkt hatte er wieder Kontakt zu seiner Tochter aufgenommen und versucht, den Streit aus der Vergangenheit aus der Welt zu schaffen. Da Joseph Kane zu Lebzeiten streng gläubig gewesen war und keinen Gottesdienst verpasst hatte, vermuteten alle, dass er das nur getan hatte, um seine Altlasten loszuwerden und friedlich sterben zu können. Nicht jedoch, weil ihm sein Verhalten tatsächlich leidtat. Das wusste Nathans Mutter, aber trotz allem war sie bereit gewesen ihm zu verzeihen. Vielleicht auch weil dieser Schritt mehr war, als sie je erwartet hatte.

Als dann nach seinem Tod sein Anwalt mit dem Testament vor der Tür stand, rechnete Olivia keine Sekunde damit auch nur einen Krümel zu erben, staunte aber nicht schlecht, als Mr. Adams Josephs letzte Wünsche verlas.

Nathan war damals dabei gewesen und obwohl er noch recht jung gewesen war, konnte er sich noch gut daran erinnern, wie seine Mutter mit Erstaunen die Worte und deren Bedeutung zu verarbeiten versuchte. Und dann hatte sie geweint.

Damals hatte Nathan das nicht verstanden. Wieso weinte sie, wenn ihr Vater ihr ein Haus schenkte, doch heute wusste er, wie viel ihr das bedeutet haben musste. Nicht das Haus selbst, aber die Tatsache, dass vielleicht doch etwas Wahres an seiner Entschuldigung dran gewesen sein könnte.

Da ihr jüngerer Bruder Robert nie woanders gelebt hatte und sich gerade erst mit Megan und der damals sechs Jahre alten Gabby eingerichtet hatte, erhob Olivia keinen Anspruch auf das ganze Haus, was ohnehin viel zu groß für sie allein gewesen wäre, und zog stattdessen mit Nathan ins Dachgeschoss.

DREI

Erschöpft ließ Nathan sich auf das Sofa fallen und streckte seine Beine unter dem Couchtisch aus. Den Kopf lehnte er gegen die weichen Polster und schloss die Augen. Sein Rücken schmerzte, da er die vergangenen Stunden damit verbracht hatte in gebeugter Haltung schwere Töpfe und Pfannen in einer viel zu niedrigen Spüle mit heißem Wasser zu schrubben. Seine Finger waren bereits nach dem dritten Tag mit Schnittwunden übersäht und vom Spülwasser aufgeweicht und auch seine Füße waren das lange Stehen scheinbar nicht gewöhnt.

Das Haus lag still und verlassen da. Da Mittwoch war, befand sich seine gesamte Familie höchstwahrscheinlich bei einem von Gabbys Hurling-Spielen. Seit er wieder zurück war hatte auch er keines ihrer Spiele verpasst, zumindest bis jetzt.

Durch die Arbeit hatte er keine Möglichkeit rechtzeitig dort zu sein. Stattdessen genoss er jetzt die vollkommene Stille und das angenehme Gefühl der Ruhe, das sich in ihm ausbreitete, während er merkte, wie die Anspannung des Tages von ihm abfiel. Nach einer Weile, in der er einfach nur so dagesessen hatte, öffnete er wieder die Augen. Sein Blick war Richtung Decke gewandt, geradewegs auf den Kronleuchter mit den winzigen Kristallen, der über dem Couchtisch seines Onkels hing. Die Kristalle fingen das Licht der untergehenden Sonne auf, die durch die großen Fenster hereinschien und warfen es in schillernden Farben zurück. Während er die glitzernden kleinen Steinchen beobachtete, bemerkte er noch etwas anderes. Ein dünnes silberbeschichtetes Band, das um eine der falschen Kerzen gewickelt hinunter hing. Nathan musste lächeln, als er es als das, was es war, erkannte – Lametta. Der Anblick dieses schmalen Stück Bandes und der Gedanke daran, wie es seinen Weg dort rauf gefunden hatte, löste Erinnerungen an einen schönen Abend aus. Sein Blick wanderte zu einer Zimmerecke und sofort sah er vor seinem inneren Auge die schön geschmückte Tanne mit den unzähligen kleinen roten Kerzen, deren Flammen sich in der Fensterscheibe dahinter spiegelten und den Raum in ein angenehm warmes Licht tauchten, während draußen längst die Dunkelheit über das kalte Land hereingebrochen war.

Olivia und Rosie hatten gemeinsam den Baum geschmückt, den Robert und er eigenhändig im Wald geschlagen hatten. Im Radio lief Fairytale of New York, im Kamin brannte ein knisterndes Feuer und aus der Küche drang der köstliche Geruch eines Bratens, der im Ofen vor sich hin schmorte.

Rosie hatte so einen Spaß gehabt den Baum mit Lametta zu behängen und als dieser bereits völlig überladen war, hatte sie sich daran gemacht auch das restliche Wohnzimmer damit zu schmücken. Als sie sich dann schließlich wie eine Ballerina im Raum drehte und das glitzernde Flatterzeug überall verteilte schritt Megan ein und sprach ein Machtwort. Dieses eine Stück musste bei dieser Aktion auf den Kronleuchter geraten und danach nicht entdeckt worden sein.

Nathan beschloss es dort oben hängen zu lassen als Erinnerung an diesen wunderschönen Abend. Er selbst hätte nicht gedacht, dass er hier nochmal ein so friedliches und harmonisches Weihnachtsfest erleben würde. Eigentlich hatte er Weihnachten immer gehasst diese erzwungene Harmonie und Glückseligkeit, obwohl man sich sonst so oft wie möglich aus dem Weg ging, um Streit zu vermeiden.

Doch an diesem Abend, als sie alle zusammen im Wohnzimmer vor dem Kamin gesessen, Whisky und Punch getrunken hatten, hatte Nathan sich endlich seit so langer Zeit an diesem Ort wirklich Zuhause gefühlt. Und trotz der dunklen Wolke, die zu dieser Zeit über ihm schwebte und all die Freude über die Wiedervereinigung zu trüben schien, war es ihm an diesem Abend möglich das Geschehene und die Angst vor dem, was ihm noch bevorstand, für eine Weile auszublenden.

Das Beste an dem Abend hatte allerding nach dem Essen und der Bescherung stattgefunden. Nathan und seine Mutter waren nach oben gegangen, hatten sich an den Esstisch gesetzt und im schwachen Schein der Deckenlampe Karten gespielt. Als Nathan noch jünger gewesen war, hatten sie das oft gemacht und er verband damit viele schöne Erinnerungen. Es war eigentlich nichts Besonderes: Eine Mutter und ihr Sohn, die gemeinsam Karten spielten und redeten, aber für Nathan war es das Schönste was es gab.

Sie wussten zu diesem Zeitpunkt noch nicht, ob das Schicksal sich dazu entschließen würde sie erneut zu trennen und deshalb wollten sie die verbleibende Zeit so gut wie möglich nutzen.

Der nächste Tag startete und verlief zunächst wie die bisherigen – abgesehen von einem kleinen Zwischenfall mit den Zwiebeln, die er andünsten sollte, die jedoch als kleine verkümmerte Kohlestücke endeten.

Vom Spülen blieb er diesmal verschont und so verbrachte er die letzte halbe Stunde damit im Speisesaal die Tische abzuwischen und die Stühle wieder ordentlich hinzustellen.

Vertieft in seine Arbeit und mit den Gedanken ganz woanders, bekam er nicht mit, dass jemand zu ihm an den Tisch getreten war.

„Welchen Tisch hast du denn noch nicht abgewischt?"

Nathan hatte nicht damit gerechnet angesprochen zu werden und so zuckte er bei der Frage merklich zusammen. Als er hektisch hochblickte entdeckte er einen recht großen Mann der auf einen Stock gestützt vor ihm stand. In der rechten Hand hielt er einen Teller. Unter seinem intensiven Blick, mit dem er ihn aufmerksam musterte, fühlte sich Nathan, als würde er schrumpfen. Das gesamte Erscheinungsbild des Mannes wirkte trotz seiner runtergekommenen Kleidung sehr autoritär, was Nathan etwas einschüchterte.

Nach näherer Betrachtung erkannte er ihn wieder. Es war der Mann, der ihm schon an seinem ersten Tag aufgefallen war. Als ihm das bewusst wurde, wanderte sein Blick nach unten, und tatsächlich, da war er. Aus der Nähe konnte Nathan erkennen, dass er schon recht alt sein musste, denn die Haare um Schnauze und Augen waren überwiegend grau. Er strahlte eine unglaubliche Ruhe aus, doch die Augen, die Nathan interessiert beobachteten, wirkten unglaublich wach und lebhaft.

„Oder is' es in Ordnung, wenn ich einfach den hier nehm'? Weißt du ich kann nicht so lange stehen, mein Rücken."

Nathan riss seinen Blick von dem Hund los und schaute ihn zunächst etwas irritiert an, bis ihm die ursprüngliche Frage wieder einfiel.

„Ja klar", beeilte er sich zu sagen und trat hastig einen Schritt zurück, um ihm Platz zu machen.

Mit einem Schmunzeln trat der Mann auf den Tisch zu und stellte seinen Teller ab.

Nathan erkannte darauf noch ein paar Reste des heutigen Essens. Er beobachtete, wie der Mann sich mit seinem Stock einen der Stühle nach hinten schob, ehe er sich etwas schwerfällig darauf niederließ. Als Nathan bewusstwurde, dass er ihn noch immer anstarrte, wollte er sich eilig umdrehen, doch er hielt ihn zurück.

„Und, was machst du hier?"

Vor seinem ersten Tag hatte er damit gerechnet, dass er diese Frage öfter zu hören bekommen würde. Umso mehr hatte es ihn gefreut, dass sich scheinbar keiner ernsthaft dafür interessierte. Vielleicht wussten sie es auch einfach alle und hatten ihn deswegen nicht gefragt. Aber das war egal. Hauptsache war, dass er bisher nicht in die Situation geraten war, über seine Vergangenheit reden zu müssen.

Nathan wandte sich langsam wieder um.

Der Mann biss gerade von seinem Brötchen ab und schaute ihn, während er kaute, abwartend an.

Er beschloss, sich einfach dumm zu stellen. „Was meinen sie? Ich putze Tische ab, das sehen sie doch." Der harte und abschätzige Tonfall war beabsichtig. Er wollte sich damit nicht über ihn stellen, er hoffte nur, dass es ihn dazu bringen würde, ihn einfach in Ruhe zu lassen.

Der Mann lächelte jedoch nur und überging seinen schroffen Ton. „Ja, aber das machst du doch bestimmt nicht freiwillig."

„Das geht sie doch gar nichts an!", wich er aus, fragte sich jedoch gleichzeitig, ob das wirklich so offensichtlich war.

„Also, warum bist du hier?" Der Mann ließ nicht locker.

Es gefiel Nathan nicht, wie er mit ihm sprach. Als wäre er ihm irgendeine Erklärung schuldig. Doch der abwartende Ausdruck und die stechenden Augen, mit denen er Nathan taxierte, brachten ihn schließlich doch zum Reden.

„Wurd beim Klauen erwischt", brachte er schließlich heraus. Er hatte eigentlich vorgehabt, das in einem gleichgültigen Ton auszusprechen. Stattdessen klang es in seinen Ohren eher wie ein reumütiges Geständnis.

„Ja das dachte ich mir schon", erwiderte der Mann und biss erneut von seinem Brötchen ab.

„Wieso?", wollte Nathan wissen und zog die Stirn kraus. Was sollte das denn bedeuten? Sah er etwa aus wie ein Dieb?

Der Mann ließ sich Zeit mit seiner Antwort und schob sich stattdessen einen Löffel Eintopf in den Mund. Nathan schaute ihm gebannt beim Kauen zu.

„Naja, wenn es was Schlimmeres gewesen wäre, wärst du jetzt woanders", war schließlich seine schlichte Antwort und Nathan entspannte sich wieder.

„Willst du dich nicht ein wenig zu uns setzen und uns Gesellschaft leisten?" Der Mann wies auf den Stuhl ihm gegenüber.

Nathan schaute sich um. Eigentlich hatte er vorgehabt nach Hause zu gehen. Seine Schicht musste inzwischen vorbei sein. Doch irgendwas hielt ihn dort und deswegen nahm er nach kurzem Überlegen Platz.

„Wie ist denn deine Name Junge?"

„Nathan"

„Freut mich Nathan. Ich bin Perry und das ist Ted", stellte er erst sich und dann seinen Hund vor, der bei dem Klang seines Namens aufmerksam den Kopf hob.

„Perry?", wiederholte Nathan etwas ungläubig.

„Das steht für *der Reisende*", erklärte Perry ihm.

Das warf nur noch mehr Fragen bei Nathan auf, aber er traute sich nicht sie zu stellen.

„Und was machen Sie hier?", fragte Nathan. Erst als die Worte draußen waren, wurde ihm bewusst, wie unhöflich diese Frage war.

Doch Perry lachte bloß. „Du meinst was in meinem Leben schiefgelaufen ist, dass ich hierherkomme?", sagte er in ernstem Tonfall.

„So wollte ich das nicht sagen", meinte Nathan kleinlaut, doch um ehrlich zu sein, war das genau die Frage, die er sich gestellt hatte.

Perry zog etwas an seinem Hosenbein und Nathan folgte seinem Blick. Die Haut über seinem Socken sah unnatürlich blass und künstlich aus und es dauerte eine Weile, bis Nathan begriff.

„Aber wie…", schockiert sah er Perry an, doch seine Antwort war wenig zufrieden stellend

„Das, mein Junge, ist eine lange Geschichte".

VIER

Die untergehende Sonne tauchte den Himmel in alle möglichen Rottöne und ließ den Horizont über dem Meer in Flammen aufgehen. Es war Anfang Juni und seit ein paar Wochen schon so warm, dass die Strände tagsüber erfüllt von Kindergeschrei waren. Doch um diese Uhrzeit erinnerten nur noch die zurückgelassenen Sandburgen und ein paar leere, vergessene Flaschen an ihren Besuch. Der Strand war menschenleer, bis auf eine junge Frau, die mit angezogenen Beinen in einem der hölzernen Strandkörbe mit den blau-weiß gestreiften Bezügen saß. Sie hatte die Augen geschlossen und die letzten Sonnenstrahlen wärmten ihr Gesicht. Sie saß ganz ruhig da und wirkte entspannt, nur ihr ernste Miene deutete auf das hin, was in ihrem Inneren vor sich ging. Sie kam oft hier her, wenn alle anderen weg waren, setzte sich immer in diesen einen Strandkorb und wartete bis die Sonne unterging. In dieser Zeit, in der sie ganz für sich allein war und nur das Kreischen der Möwen und das Wellenrauschen zu hören waren, gingen ihr eine Menge Dinge durch den Kopf. Sie dachte an die Zeit zurück, wo ihr Leben noch ganz andere Wege einzuschlagen gedachte und an ihre Träume. Träume die einst noch so fassbar und real waren und heute weiter weg als alles andere zu sein schienen.

Erst als die Sonne hinter dem Horizont verschwunden war und sich ein klarer Sternenhimmel über das Firmament spannte, streckte sie ihre inzwischen steifen Glieder und kletterte aus dem Strandkorb. Der weiche Sand gab unter ihren Füßen nach und hinterließ ihre Spur, während sie den nächtlichen Strand entlanglief. Am Ende einer langgestreckten Bucht erreichte sie eine alte Holztreppe. Die Farbe an dem Handlauf blätterte bereits ab, aber ansonsten wirkte sie noch völlig intakt. Da keine Wolke am Himmel war, spendete der Mond genügend Licht, sodass sie die einzelnen Stufen mühelos erkennen konnte. Langsam machte sie sich an den Aufstieg und gelangte auf eine Terrasse, auf der viele eckige Holztische mit Bänken und Korbsesseln, sowie eingeklappte Sonnenschirme standen. Durch die Scheiben des Gebäudes dahinter drang noch gedämpftes Licht und die großen geschwungenen Buchstaben auf dem Schild über der Tür leuchteten in der Dunkelheit. *Ostwind* lautete die Aufschrift. Mit gezielten Schritten überquerte sie die Terrasse, wobei ein paar Holzdielen leise knarrten, und betrat das kleine menschenleere Lokal. Die einzige Lichtquelle in dem Raum war die Beleuchtung hinter der hölzernen Theke, die ein schummriges Licht in den Raum warf, der still und verlassen dalag. Auf dem Weg zur Theke schob sie noch ein zwei Stühle zurück an ihren Platz und sammelte die restlichen Gläser ein, die sie noch nicht weggeräumt hatte, ehe sie zum Strand aufgebrochen war. Auch der Bereich hinter der Theke wartete noch auf seine abendliche Reinigung und so machte sie sich an die Arbeit, während die große Uhr über dem Kamin in der Ecke bereits weit nach zehn Uhr anzeigte.

Die Steine knirschten leise bei jedem ihrer Schritte. Alles lag dunkel und still da, nur aus einem Fenster unter dem Dach des kleinen Backsteinhauses drang noch Licht.

Die Haustür war nicht abgesperrt und so betrat sie lautlos die lange, schmale Diele des Hauses. Ohne den Lichtschalter zu betätigen, erklomm sie die Treppe in den zweiten Stock. Sie hatte sich angewöhnt im Dunkeln durch das Haus zu wandern und inzwischen kam sie vollkommen blind zurecht. Als sie den oberen Treppenabsatz erreicht hatte, fiel ihr Blick auf den erwarteten Lichtstreifen, der durch den schmalen Spalt unter einer der Türen drang. Natürlich hatte er gewartet, bis sie zuhause war. Das tat er immer. Als sie zehn Minuten später aus dem Badezimmer in den Flur trat, war der Lichtstreifen verschwunden. Barfuß tapste sie durch den dunklen Flur, vorbei an zwei weiteren Türen. Eine der beiden war nur angelehnt und sie vernahm ein leises Schnarchen aus dem dahinterliegenden Raum. Ihr Zimmer lag am Ende des Flurs. Nachdem sie sich umgezogen hatte, kletterte sie erschöpft in ihr Bett und schlüpfte unter die Decke. Sie stopfte sich noch ein Kissen in den Nacken, griff dann zu dem Buch auf ihrem Nachttisch und schlug es auf. Sie kam gerade mal eine halbe Seite weit, ehe sie es wieder zuklappte und stattdessen die Decke anstarrte. Sie konnte sich einfach nicht darauf konzentrieren. Nicht, weil es sie nicht interessierte oder weil sie zu müde war. Sie konnte sich ganz einfach nicht auf die Geschichte, die in dem Buch erzählt wurde, einlassen. Sie fand nicht die nötige Ruhe dafür. Deshalb legte sie es zurück an seinen Platz und streckte die Hand nach dem Lichtschalter aus. Dabei fiel das Licht auf die blassrosa Linie, die sich über die Innenseite ihres Unterarmes zog. Ein Überbleibsel jenes Moments, der ihr gesamtes Leben aus den Angeln gerissen hatte.

Kurz hielt sie inne, bevor sie das Licht löschte und somit einen weiteren Tag hinter sich brachte.

FÜNF

„Warte Becca, Ricks Essen kannst du auch mitnehmen."
Der junge Koch, mit den blonden, kurzen Haaren und
dem viel zu hübschen Gesicht, kam hinter dem Herd her-
vorgetreten. Auf dem Weg zu ihr ließ er noch ein paar
Kräuter auf den Teller fallen, um ihn dann mit einem ge-
konnten Move über den Tresen zu ihr rüber gleiten zu lassen.

Becca, die die Küche gerade schon verlassen wollte,
kehrte nochmal zwei Schritte zurück und nahm den Teller
mit der noch freien Hand von der Anrichte.

„Danke Lars", warf sie ihm über die Schulter zu, während sie mit dem Ellenbogen die Tür aufstieß.

Sie lud zuerst den Kuchen, den sie in der anderen Hand
trug, an Tisch vier ab, ehe sie das Essen zu dem Tisch
brachte, an dem Hennrick Satters saß und so wie fast jeden Tag hier zu Mittag aß. Er war ein kleiner älterer
Mann, der immer eine dieser Batschkappen trug, um
seine Halbglatze darunter zu verstecken. Auf seiner Nase
saß eine große Hornbrille, die sein halbes Gesicht zu ver-
decken schien. Seit seine Frau Doris im letzten Jahr ver-
storben war, kam er an jedem Tag, an dem es das Wetter
zuließ, die fünf Kilometer vom Dorf mit dem Rad herge-
fahren und aß im „Ostwind" zu Mittag.

„So Rick, dein Essen. Lass es dir schmecken." Mit einem Lächeln stellte Becca den Teller vor dem Mann ab, der eilig seine Zeitung zusammenfaltete.

„Oh, das ging aber schnell. Vielen Dank meine Liebe." Als sie zehn Minuten später erneut an seinem Tisch vorbeikam, war sein Teller bereits leer und die Zeitung lag wieder ausgebreitet vor ihm.

„Kann ich dir noch was bringen?", fragte Becca, während sie das dreckige Geschirr aufnahm.

Rick hob den Blick von seiner Zeitung. „Nein, ich habe alles. Schreibst du es bitte auf die Rechnung. Ich zahl dann das nächste Mal."

„Natürlich!" Sie nickte ihm nochmal zu und eilte dann weiter.

Hinter der Theke war Thomas, Beccas Vater, gerade damit beschäftigt eine große Getränkebestellung fertig zu machen, als plötzlich das Telefon klingelte.

„Ich geh schon. Könntest du die Getränke bitte raus an Tisch 15 bringen?"

Ohne ein Wort übernahm Becca das Tablett und drehte geradewegs wieder um, während ihr Vater den Anruf entgegennahm.

„Wir haben 'ne Buchung für Samstag in zwei Wochen. 25-30 Leute", berichtete Thomas bei ihrer Rückkehr, während er schon die Reservierung in das kleine Büchlein, das immer neben der Kasse lag, eintrug. Seine Lesebrille thronte auf seiner Nasenspitze

„Okay." Becca steuerte die Küchentür an und stellte im Vorbeigehen das leere Tablet neben ihm ab.

„Ich ruf Nadja an, vielleicht kann sie ja einspringen", überlegte Thomas immer noch über das Buch gebeugt.

Becca hielt auf halbem Weg kurz inne. „Tu das." Dann machte sie zwei weitere Schritte.

„Aber wir müssen wirklich sehen, dass wir bald wen finden." Er hob den Blick und schaute sie über die Gläser seiner Brille hinweg an.

„Mhm." Sie erreichte die Tür und drückte sie auf. „Ich muss die Tage noch einkaufen gehen. Die Vorräte gehen zu neige. Wenn du auch noch was brauchst, schreib es mir auf."

„Ja alles klar."

Es herrschte kurz Stille. Sie schauten einander an. Sein Blick war nachdenklich auf sie gerichtet. Ihre Miene wirkte völlig ausdruckslos – abwartend.

„Sonst noch was?", fragte sie, als er nichts mehr sagte.

„Nein, das wars."

Im nächsten Moment war sie durch die Tür verschwunden, die noch ein, zwei Mal in ihren Angeln hin und her schwang, ehe sie wieder zur Ruhe kam.

SEHCS

Die Augen des Rehs blitzen gelb auf, als das Licht der Scheinwerfer sie erfasste. Das schrille Quietschen von Bremsen schnitt durch die Stille der Nacht und erweckte das Reh aus seiner Starre. Mit zwei, drei großen Sprüngen verschwand es zurück im Dickicht des Waldes. So schnell, wie es aufgetaucht war, verschwand es auch wieder, als wäre es nie dagewesen. Doch sein Auftauchen blieb nicht folgenlos…

Becca schlug die Augen auf. Das Geräusch von berstendem Glas klang in ihr nach, während sie langsam in der Realität ankam.

Es war nur ein Traum gewesen. Das änderte jedoch nichts daran, wie echt es sich jedes Mal anfühlte.

Ihre Haut war schweißnass, doch gleichzeitig war ihr eiskalt. Ein Blick auf ihren Wecker zeigte ihr, dass sie noch eine halbe Stunde Zeit hatte, ehe er klingeln würde, doch an Schlaf war jetzt sowieso nicht mehr zu denken.

Im Haus herrschte noch völlige Stille, als sie durch den Flur zum Bad schlich. Ihre dunklen Haare waren am Ansatz verklebt vom kalten Schweiß, der ihr noch immer auf der Stirn stand. Mit beiden Händen schaufelte sie sich Wasser ins Gesicht. Das kühle Nass belebte sie ein wenig, aber sie fühlte sich dennoch wie ausgelaugt von dem unruhigen Schlaf. Ihr gesamter Körper schrie nach einem starken Kaffee.

Während wenige Minuten später das Wasser durch die Maschine lief, schaute sie sich in der Küche um. Reste vom Abendessen standen noch auf dem Herd und auch das dreckige Geschirr stapelte sich neben der Spüle. Den anfänglichen Ärger darüber hatte sie inzwischen beiseitegeschoben und stattdessen einfach resigniert hingenommen, dass das nun wohl auch zu ihren Aufgaben zählen würde.

Der Duft nach frischem Kaffee erfüllte den Raum und Dampf stieg auf, als Becca sich eine große Tasse ausgoss. Sie lehnte sich damit gegen die Anrichte und blickte aus dem Fenster. Während sie das starke, dampfendheiße Getränk genoss, färbte sich der Himmel draußen langsam orange.

Becca spülte gerade ihre Kaffeetasse aus, als die Küchentür aufschwang. Ein Junge im Pyjama tapste barfuß in den Raum. Seine dunkelblonden Haare standen in alle Richtungen ab und seine Augen hinter der Brille waren noch klein vom Schlaf.

„Hey, was machst du denn schon hier?", wollte Becca verwundert wissen, als sie ihren kleinen Bruder dabei beobachtete, wie er auf die Eckbank kletterte.

„Musste aufs Klo und konnte nicht mehr einschlafen danach", erklärte er.

Lenny war Beccas acht-jähriger Bruder. Zwischen den beiden bestand ein großer Altersunterschied. Ihre Eltern hatten sich lange ein zweites Kind gewünscht, aber es hatte über viele Jahre nicht geklappt.

Als Lenny dann auf die Welt kam, hatte es sich angefühlt, als sei ihre Familie endlich komplett. Ein Gefühl, dass Becca am meisten vermisste.

„Hast du schon Hunger?", wollte sie wissen und stellte die Tasse zum Abtropfen neben die Spüle.

„Nein, aber kannst du mir eine warme Milch machen?"
Kurz darauf erfüllte das leise Brummen der Mikrowelle die Küche, gefolgt von einem schrillen Piepen, das den Ablauf des Countdowns verkündete. Becca trug die warme Tasse rüber ins Wohnzimmer, wo Lenny es sich in der Zwischenzeit auf dem Sofa bequem gemacht hatte.

„Zu mir setzen", bettelte Lenny, als Becca wieder zurück in die Küche gehen wollte.

„Na gut, dann rutsch rüber." Becca schob noch eins der Sofakissen zur Seite und Lenny kuschelte sich an seine Schwester.

Schweigend nippte er an der warmen Milch und Becca lehnte ihren Kopf gegen die Sofalehne.

Sie merkte, wie die Müdigkeit zurückkehrte – scheinbar hatte der Kaffee noch nicht seine volle Wirkung entfaltet. Letztlich gab sie dem Gefühl der Schwere nach und ehe sie sich versah, war sie eingeschlafen.

Sie hatte das Gefühl, als wären gerade mal fünf Sekunden vergangen, als sie wieder aus dem Schlaf hochfuhr. Lenny saß nicht mehr neben ihr und etwas geschockt sprang sie auf, stoppte jedoch im Türrahmen der Küche, als sie Lenny am Küchentisch vorfand, wo er entspannt sein Müsli löffelte.

„Guten Morgen, gut geschlafen?", begrüßte sie Thomas mit einem Lächeln.

Becca überging den Kommentar ihres Vaters und marschierte, statt ihm eine Antwort zu geben, zur Spüle und goss sich eine zweite Tasse Kaffee aus der Thermoskanne ein.

„Dachte ich lasse dich noch ein bisschen schlafen. Lennarts Frühstück hab' ich schon gemacht", erklärte Thomas weiter, als würde es ihn nicht stören, dass ihn seine Tochter ignorierte.

Montags hatten sie geschlossen, deshalb verbrachte Becca den Vormittag mit Wäschewaschen und aufräumen.

Ihr Vater hatte zunächst Lenny in die Schule gefahren und war im Anschluss im Restaurant verschwunden, um die Vorräte zu checken und ein paar Bestellungen zu machen, wie er gesagt hatte. Becca war froh, dass sie somit ihre Ruhe vor ihm hatte. Es war anstrengend, wenn man Tag ein Tag aus aufeinanderhing, und sie war für jeden Moment der Ruhe dankbar.

Als Becca im Garten damit beschäftigt war die Wäsche aufzuhängen, hörte sie das Knirschen von Autoreifen auf dem Schotter der Einfahrt. Sie befestigte noch die letzten Socken an der Wäschespinne, ehe sie mit dem Korb bepackt, zurück ins Haus ging. Ein Blick auf die Uhr am Backofen verriet ihr, dass es bereits nach Mittag war. Gerade als sie alles auf dem Küchentisch abstellte, erklang die Türklingel, gefolgt von dem Geräusch eines Schlüssels, der im Schloss gedreht wurde. Becca amüsierte sich immer wieder über diese Angewohnheit, mit der ihre Tante ihr Kommen ankündigte. Kurz darauf hallte auch schon ihre tiefe, rauchige Stimme durch das Hausinnere.

„Halli-Hallo, jemand Zuhause?"

„In der Küche", erwiderte Becca.

Der blonde Haarschopf von Ilona erschien in der Tür.

„Hallo Schätzchen", begrüßte sie ihre Nichte und schloss sie flüchtig in die Arme. „Ich hab' was zu essen aus der Stadt mitgebracht. Dachte, das erspart dir einmal Kocherei." Sie stellte mehrere große Pappbehälter auf die Küchenzeile.

Dankbar blickte Becca in das sonnengegerbte Gesicht ihrer Tante. Diese Frau war im letzten Jahr zu ihrem Fels in der Brandung geworden. Sie hatte sie jedes Mal aufgefangen und ihr unter die Arme gegriffen, wenn in ihr das Gefühl aufstieg nicht durchhalten zu können. Die gelernte

Frisörin hatte immer ein offenes Ohr für sie. In diesem Punkt erinnerte sie Becca sehr an Ilonas ältere Schwester Eva, auch wenn sie optisch, bis auf die grünen Augen und das helle Haar, nicht viel mit Beccas Mutter gemein hatte. Ihre etwas stämmige Figur, die Falten in ihrem Gesicht und die durch das ständige Rauchen kratzig gewordene Stimme ließen Ilona um einige Jahre älter wirken, als sie in Wahrheit war. Der Kummer, der ihr das Leben bereitet hatte, war auch an ihr nicht spurlos vorbei gegangen und Becca wusste, obwohl sie immer so unbeschwert und robust wirkte, dass diese Frau ebenfalls tiefe Narben trug.

„Wo ist Lenny?" Becca schaute an ihrer Tante vorbei in den Flur, der jedoch leer war.

„Der wollte in den Garten, hat er gemeint."

„Hausaufgaben?"

„Nur ein bisschen Mathe. Ach, und in seinem Heft war ein Zettel auf dem steht, dass sie Freitag einen Wandertag machen und er dementsprechend angezogen sein soll", berichtete Ilona.

„Alles klar. Isst du mit?", wollte Becca nun von ihr wissen, was Ilona jedoch verneinte.

„Hab' um zwei 'ne Kundin zum Färben. Aber fünf Minuten für ein Käffchen hätte ich noch." Sie zwinkerte und ließ sich auf einen Küchenstuhl fallen, während Becca Wasser aufsetzte und zwei Tassen aus dem Schrank holte.

Die beiden Frauen waren in ihr Gespräch vertieft, als Thomas zu ihnen in die Küche stieß.

„Ruf doch das nächste Mal einfach an. Wenn du eh in der Stadt warst, hättest du Lenny doch gleich mitnehmen können oder ich hätte dir was aus der Apotheke mitbringen können", meinte Ilona zu ihrem Schwager, der sich gerade ein Glas Wasser zapfte.

Becca schaute verwirrt zwischen den beiden hin und her. „Warst du weg?", fragte sie. Sie hatte angenommen, dass ihr Vater die ganze Zeit drüben im Restaurant gewesen war, da sie nicht mitbekommen hatte, dass er weggefahren war.

„Ehm ja." Ihr Vater wirkte, als hätte man ihn dabei erwischt, wie er das letzte Stück Schokolade aß. „Tut mir leid Ilona, soweit hatte ich gar nicht gedacht", entschuldigte er sich. „Ich hatte ganz vergessen, dass ich nochmal an die Bank musste ein paar Überweisungen machen und bei der Gelegenheit hab' ich gleich mal bei Helga vorbeigeschaut und sie nochmal gebeten sich umzuhören, ob eins der Kids in der Stadt zurzeit einen Job sucht. Sie hatte Lorena ja damals auch zu uns geschickt."

Lorena war ein junges Mädchen, das bis vor Kurzem noch wochenends im *Ostwind* gekellnert hatte, aber vor Wochen zum Studieren in eine andere Stadt gezogen war. Seitdem suchten sie vergeblich nach einer neuen Aushilfe. Auf die Anzeige in Facebook, die Becca schon vor einiger Zeit geschaltet hatte, um besonders die jungen Leute in der Gegend zu erreichen, hatte sich jedoch noch keiner gemeldet.

„Ich hatte auch überlegt später noch einen Aushang zu machen. Wer weiß vielleicht sieht es ja einer zufällig und meldet sich."

Als Becca am nächsten Tag die Eingangstür aufsperrte, sah sie, wovon ihr Vater am Vortag gesprochen hatte. An eine der Scheiben hatte er von innen tatsächlich ein DIN-A4-Blatt angebracht.

Becca trat vor die Tür, um lesen zu können, was darauf stand. In dicken Buchstaben prangten dort die Worte „Aushilfe gesucht" mehr nicht. Kopfschüttelnd kehrte Becca nach drinnen zurück. Sie bezweifelte, dass jemandem dieser Zettel auffallen würde, was erst einmal voraussetzte, dass derjenige auch zum Essen hierherkam. Sie brauchten allerdings wirklich Hilfe. Da auch Lenny, natürlich zurecht, einiges ihrer Zeit in Anspruch nahm, war einer der beiden mit der Arbeit im *Ostwind* meist auf sich allein gestellt und auch Ilona, die den kleinen Friseursalon in der Stadt betrieb, konnte nicht ständig für sie einspringen. Sie opferte schon viel zu viel ihrer Zeit, um auf Lennart aufzupassen, ihn beinah täglich von der Schule abzuholen und ihn nach Hause zu bringen, da die nächstgelegene Bushaltestelle am Strandparkplatz nicht von dem Schulbus angefahren wurde.

Becca hatte es sehr bedauert als Lorena ihnen mitteilte, dass sie im Frühjahr umziehen würde, um studieren zu gehen. Die 18-jährige war ihr sehr ans Herz gewachsen und zeitweilen ihre einzige Freundin gewesen. Sie hatte kaum noch Kontakt zu ihren alten Klassenkameraden und die meisten hatte es ohnehin bereits aus dieser kleinen unbedeutenden Stadt weggezogen.

Wenn es nach Becca gegangen wäre, wäre auch sie schon längst nicht mehr hier.

Der Wunsch nach etwas Ruhe führte Becca auch an diesem Abend runter zum Strand. Sie verband gleichzeitig viele glückliche, aber auch schmerzliche Erinnerungen mit diesem Ort. In diesen Momenten, in denen sie für sich und mit ihren Gedanken allein war, malte sie sich gerne ihr Leben aus, wie es hätte verlaufen können. In ihrem Kopf waren ihr keine Grenzen gesetzt und für einen Moment konnte sie sein, wer immer sie wollte. Diese Tatsache bedeutete für sie ein Stück Freiheit, die keiner fähig war, ihr wegzunehmen. Ihre Fantasie war ihre Flucht aus dem Alltag.

Es war ein milder Abend und vereinzelt waren noch ein paar Leute unterwegs, die den Abend entspannt mit einem Strandspaziergang ausklingen ließen.

Sie saß schon eine ganze Weile in ihrem Strandkorb, als sie plötzlich eine Bewegung im Augenwinkel wahrnahm. Schnell wandte sie den Kopf um. Ein paar Meter entfernt trottete ein Hund durch den Sand. Er hatte recht langes wuscheliges Fell und seine abgeknickten Ohren waren aufmerksam aufgestellt, während er mit der Nase im Sand seine Umgebung erkundete. Er schien seine Beobachterin noch nicht bemerkt zu haben, denn er setzte seine Erkundungstour unbekümmert fort. Becca hatte ihn hier in der Gegend noch nie gesehen, was bedeuten musste, dass er einem Urlauber gehörte. Als sie sich umschaute, entdeckte sie jedoch keine Menschenseele. Eigentlich herrschte hier Leinenpflicht. Es war ein öffentlicher Strand und die Badegäste sahen es nicht gerne, wenn sie ihre Handtücher direkt neben einem Hundehaufen ausbreiten mussten. Doch in diesem Moment dachte Becca darüber nicht weiter nach. Fasziniert beobachtete sie das Tier. Früher als sie noch jünger war hatte sie sich immer einen Hund gewünscht, mit dem sie spielen konnte und der auf sie wartete, wenn sie von der Schule nach Hause kam.

Als sie dann aus der Stadt wieder aufs Land gezogen waren, glaubte sie diesem Traum ein Stück näher gekommen zu sein. sieben Monate später kam Lennart auf die Welt und die Seifenblase platze mit einem Mal, denn alles drehte sich nur noch um den kleinen Lenny. Statt einem Hund bekam sie einen kleinen Bruder, mit dem sie jeden Nachmittag nach der Schule spielen konnte. Der perfekte Ersatz, zumindest in den Augen ihrer Eltern.

In Gedanken versunken verfolgte sie das Tier mit den Augen und sah zu, wie er sich in kleinen Kreisen auf einer Stelle drehte. Viel zu spät begriff sie, was er da gerade tat. Becca sprang auf und stapfte wütend auf den Hund zu.

„Hey", rief sie laut mit den Armen wedelnd, um ihn auf sich aufmerksam zu machen. Darüber wie dumm es war, lauthals auf einen fremden Hund zuzurennen, machte sie sich in diesem Moment keine Gedanken. Doch das musste sie auch nicht, denn das Tier ließ sich von ihr in keinster Weise stören. Noch bevor sie bei ihm angekommen war, plumpste die erste Wurst in den feinen Sand, dicht gefolgt von einer zweiten. Dann richtete er sich wieder auf und scharrte ein zweimal mit den Hinterpfoten.

Resigniert blieb Becca stehen. In diesem Moment vernahm sie einen lauten Pfiff. Erschrocken hob sie den Blick und schaute sich um.

Auch der Hund spitze die Ohren und setzte sich augenblicklich in Bewegung. Er trottete zwischen den Strandkörben in die Richtung, aus der er gekommen war.

Einen Moment blieb Becca noch stehen, doch dann entschied sie sich dafür ihm zu folgen. Er würde sie geradewegs zu seinem Besitzer führen und der konnte sich was anhören.

Sie hatte Mühe ihn nicht aus den Augen zu verlieren, da der Sand es ihr schwer machte schnell vorwärtszukommen. Nach ein paar Metern hatte sie ihn verloren.

Schwer atmend blieb sie stehen und schaute sich ratlos um, doch dann hörte sie sein Bellen gar nicht weit entfernt. Sie bog um eine Düne und blieb wie erstarrt stehen.

An einem abgelegenen Teil des Strandes hatte sich jemand ein kleines Lager eingerichtete. Dort stand ein Ein-Mann Zelt, von dem aus eine Leine an einen Stock gebunden war, der im Sand steckte. Darüber hingen Klamotten wie zum Trocknen aufgehängt.

Der Hund lag inzwischen brav neben dem Eingang des Zeltes, aus dem gerade ein Mann herauskrabbelte.

Ohne nachzudenken steuerte Becca auf ihn zu.

„Entschuldigung", rief sie aufgebracht, als sie in unmittelbarer Nähe war.

Der Mann hob verwundert den Kopf. Er war recht groß, hatte lange, braune Locken und einen ungepflegten Bart, der ihn älter wirken ließ, als er wahrscheinlich war.

„Was soll das hier bitte werden?", fragte Becca und blieb ein paar Meter vor ihm stehen, die Hände in die Seiten gestützt und mit einem abschätzigen Blick.

Der Mann strich sich eine Locke aus der Stirn und lächelte sie dann an. Sein Lächeln war riesig und entblößte seine geraden weißen Zähne, die gar nicht zu seinem restlichen Erscheinungsbild passten. Er wirkte schmutzig und verwahrlost und bestimmt roch er auch so, dachte Becca und rümpfte gedanklich die Nase.

„Oh Hallo, ich hätte nicht damit gerechnet, um die Uhrzeit noch Besuch zu bekommen, sonst hätte ich ein bisschen aufgeräumt", witzelte er. „Noch dazu bei so nettem Damenbesuch", fügte er hinzu.

Becca schüttelte es bei seinen Worten. Und für einen Moment verlor sie ihre Haltung. Sie hatte sich keinerlei Gedanken darüber gemacht, was passieren könnte, wenn sie abends alleine an einem verlassenen Strand auf einen Mann treffen würde, der so wie es aussah in einem Zelt hauste. Doch der Klang seiner Stimme und die Art wie er es sagte, gaben ihr das Gefühl, nicht auf einen perversen Obdachlosen getroffen zu sein und sie sammelte sich schnell wieder.

„Dir ist schon klar, dass das nicht erlaubt ist, oder?" Sie deutete auf sein Lager. „Außerdem hat dein Hund da hinten gerade an den Strand gekackt. Hier ist Leinenpflicht, also pass ein bisschen besser auf, was er so treibt."

Statt etwas zu erwidern, drehte der Mann sich nun zu seinem Hund um

„Damn, Ted! Ich hab' dir doch schon so oft gesagt, du sollst dich nicht immer erwischen lassen, wenn du verbotene Dinge machst", schimpfte er ihn mit gespielter Entrüstung, „und ich darf es dann wieder für dich ausbaden und muss mich von hübschen Frauen am Strand beschimpfen lassen."

Der Typ machte sich doch tatsächlich über sie lustig. Beccas Kopf wurde hochrot vor Zorn und sie ballte die Hände zu Fäusten.

„Sieh zu, dass du die Hinterlassenschaften deines Hundes schnellstens entfernst, sonst stattet dir die Polizei bald mal einen Besuch ab. Die würde es glaube ich eh interessieren, dass ein Obdachloser am Strand haust." Ohne zu warten, ob ihre Drohung die gewünschte Reaktion zeigen würde, machte sie auf dem Absatz kehrt und stapfte davon.

„Hey", rief er ihr hinterher.

Becca drehte sich nochmal um.

Er kam ihr ein paar Schritte hinterher und erneut stieg ein Anflug von Panik in ihr auf. Doch er blieb vor ihr stehen und lächelte sie an.

„Hab' ich mich nicht deutlich ausgedrückt?", fragte sie und versuchte ihre Nervosität zu verbergen.

„Doch, doch ganz klar", versicherte er ihr in ernstem Ton, doch ihr entging nicht, wie seine Augen vor Belustigung funkelten

„Was ist dann noch?" Sie wollte so schnell wie möglich hier weg.

„Naja, der Strand ist ziemlich groß."

Verwirrt schaute sie ihn an.

„Vielleicht könntest du mir einen kleinen Tipp geben, wo genau ich nach den „Hinterlassenschaften" meines Freundes suchen soll", half er ihr auf die Sprünge. Er grinste sie erneut an, aber er schien die Frage ernst zu meinen.

Becca musste sich kurz sammeln, da sie damit nicht gerechnet hatte „Hinten bei den Strandkörben zwischen der Nummer 9 und 7", meinte Becca dann bestimmt und wandte sich zum Gehen.

„Danke, ich bin übrigens Peter [engl.]", rief er ihr hinterher. „Verrätst du mir auch deinen Namen?", hakte er nach, doch Becca lief unbeirrt weiter und ließ den Mann zurück.

SIEBEN

Als Nathan am nächsten Tag Doreen hinter der Essensausgabe die Teller anreichte, hielt er im Augenwinkel die
ganze Zeit die Eingangstür im Blick. Er wusste nicht, warum er so aufgeregt war, aber er hoffte, dass Perry heute
wieder auftauchen würde und sie die Gelegenheit bekä-
men, sich weiter zu unterhalten. Das gestrige Gespräch
hatte ihn neugierig gemacht und viele Fragen bei Nathan
aufgeworfen.

„Wo bist du denn heute bloß mit deinem Kopf?", riss
Doreen ihn plötzlich aus seinen Gedanken. Nathan
wandte sich ihr zu und bemerkte die leere Hand, die sie
ihm abwartend entgegenstreckte. Schnell griff er zu einem der Teller, auf denen er schon eine Portion Salat an-
gerichtet hatte und reichte ihn an Doreen weiter. „Sorry,
bin etwas müde", entschuldigte er sich.

Als sich aber die Tür erneut öffnete schnellte sein Blick
ruckartig herüber und tatsächlich: direkt nach der alten
Frau, die jeden Tag den gleichen roten Filzhut trug, betrat
Perry gemeinsam mit Ted den Raum. Er verschwand jedoch gleich wieder aus Nathans Blickfeld, als er sich am

Ende der Schlange einreihte. Als er nach einer ganzen Weile dann den Anfang der Schlange erreicht hatte und auf seinen Gehstock gestützt vor der Theke aufragte, wusste Nathan plötzlich nicht wie er reagieren sollte, weshalb er ihn nur dämlich anstarrte. Perry wandte sich im lächelnd zu, während er auf sein Essen wartete.

„Hallo Nathan. Wie geht es dir heute?", fragte er unverwandt. Doreen warf ihm einen neugierigen Blick zu und reichte Perry dann seinen Teller mit der dampfenden Mahlzeit.

„Gut…äh und Ihnen?", stotterte Nathan seltsam verlegen.

„Auch." Perry lächelte. „Vielleicht hast du ja später noch etwas Zeit und wir können uns noch ein bisschen unterhalten", bot er an und auf Nathans Gesicht breitete sich unwillkürlich ein freudiges Lächeln aus.

„Ja sehr gerne."

Perry nickte und humpelte davon. Nathan merkte erneut Doreens Blick auf sich und wandte sich ihr wieder zu, überging jedoch ihren fragenden Ausdruck und nahm sich stattdessen wortlos ein paar frische Teller vom Stapel, um auch auf diesen einen kleinen Salat anzurichten. Während er so tat, als wäre nichts Seltsames vorgefallen, merkte er seine innerliche Vorfreude darauf mehr von Perrys Geschichten zu hören.

ACHT

Es war ein langer Tag gewesen und Becca war froh, als die letzten Gäste endlich das Lokal verlassen hatten. Lars war vor ein paar Minuten gegangen und Becca räumte in der Küche noch die letzten Bestecke aus der Maschine, als sie hörte, wie die Eingangstür aufging und kurz darauf wieder ins Schloss fiel. Sie warf das Poliertuch zur Seite.

„Wir haben schon geschlossen", rief sie.

„Oh – sorry, ich dachte, weil noch Licht an war – ich habe eigentlich auch nur eine kurze Frage", ertönte eine männliche Stimme im Gastraum des Lokals.

Becca trat aus der Küche hinter die Theke. Davor stand ein großer junger Mann mit braunen Locken, einem Bart und dem unverwechselbaren, viel zu großen Grinsen. Ihre Miene verfinsterte sich.

Auch er schien sie wiederzuerkennen. „Ach, wir kennen uns doch", meinte er und stütze sich mit den Ellenbogen auf der Theke ab. Sein Grinsen wurde dabei noch breiter.

„Was willst du denn hier?", fragte sie genervt.

„Ich wünsche dir auch einen schönen Abend", überging er ihre unfreundliche Frage.

Becca verschränkte die Arme vor der Brust. „Wie gesagt wir haben geschlossen. Darf ich dich also bitten, wieder zu gehen?", wiederholte sie diesmal etwas bestimmter, doch er überging auch das.

„Ich such 'nen Job", sagte er nun und Beccas Augen wurden groß.

„Das kann ich mir vorstellen", eine Spur Sarkasmus lag in ihrer Stimme, „aber wieso denkst du, ich könnte dir dabei helfen?"

„Ich hab' den Zettel draußen gesehen. Ihr sucht doch eine Aushilfe?"

Beccas Blick huschte zu der Glastür, an der das DINA4 Blatt hing, das ihr Vater vor ein paar Tagen aufgehängt hatte.

„Die Stelle ist bereits vergeben", beeilte sie sich zu sagen. „Kann ich dir sonst noch irgendwie helfen?", fügte sie hinzu und schaute ihn mit hochgezogener Augenbraue abwartend an.

Er richtete sich wieder auf, immer noch mit diesem, wie sie fand, provokanten Lächeln und meinte nur: „Dann solltet ihr vielleicht den Zettel mal abhängen, oder nicht?"

Becca sagte nichts dazu, sondern schaute ihn nur weiterhin abwartend an.

Endlich schien er zu kapieren. „Naja dann wünsche ich dir noch einen schönen Abend. Vielleicht sieht man sich ja mal wieder", meinte er nur und zwinkerte ihr zu.

Diesen Wunsch teilte Becca in keiner Weise und sie war froh, als die Tür hinter ihm ins Schloss fiel. Erst als er außer Sichtweite war eilte, sie hinter der Theke hervor und schloss hastig die Tür ab, bevor er es sich nochmal anders überlegen konnte und zurückkehrte.

„Bitte sprechen Sie nach dem Piep"

Als sie erneut nur die Mailbox erreichte, knallte Becca wütend das Telefon in die Ecke. Hätte sie gewusst, dass ihr Vater den halben Tag brauchen würde, um ein paar Einkäufe in der Stadt zu erledigen, hätte sie ihn am Wegfahren gehindert. So stand sie nun mal wieder allein in einem überfüllten Restaurant mit einem Koch, der ebenfalls fast am Rad drehte, da Oliver, der den Sommer über in der Küche aushalf, sich kurzerhand krankgemeldet hatte. Verzweifelt griff sie erneut zum Telefon und wählte die Nummer ihrer Tante. Aus dem Augenwinkel bekam sie mit, wie schon wieder ein neuer Gast das Restaurant betrat. Nach dem dritten Klingeln meldete sich Ilona. Sie versprach, so schnell wie möglich zu kommen. Nachdem Becca aufgelegt hatte, atmete sie noch einmal tief ein und aus, bevor sie sich wieder in die Arbeit stürzte. Der neue Gast hatte sich an einen der hinteren Tische am Fenster gesetzt. Als sie dort ankam und ihm die Karte reichen wollte, erstarrte sie. Es war wieder der Typ vom Vorabend, der nach dem Job gefragt hatte. Allerdings hatte er sich inzwischen den Bart abrasiert, was ihn um einiges jünger und auch attraktiver aussehen ließ. Er lächelte sie an. „So schnell sieht man sich wieder."

„Sag mal, verfolgst du mich?", brach es aus Becca heraus.

Der Kerl machte ein zerknautschtes Gesicht „Ach Mist und ich hatte gehofft, du würdest es nicht merken", er lachte. „Believe it or not aber ich bin eigentlich nur hier, weil ich Hunger habe und die zwanzig anderen Restaurants im Umkreis heute leider geschlossen haben. Aber wenn es dir wichtig ist, bin ich natürlich nur deinetwegen hier", fügte er frech grinsend hinzu.

Becca verdrehte die Augen und kehrte ihm den Rücken zu, doch sein leises Lachen verfolgte sie. Während sie mehrere Gäste abkassierte, musste sie feststellen, dass ihr Blick unbeabsichtigt immer wieder zu ihm wanderte und sie ihn möglichst unauffällig dabei beobachtete, wie er durch die Karte blätterte. Leider blieb es nicht unbemerkt, denn genau in diesem Moment schaute auch er zu ihr und für das selbstgefällige Lächeln, das auf seinem Gesicht erschien, hätte Becca ihm am liebsten eine gescheuert. Sie ließ ihn extra lange warten, bevor sie wieder an seinen

Tisch ging. Er schaute aus dem Fenster und schien sie nicht wahrzunehmen, als sie an seinen Tisch trat. Erst als Becca sich genervt räusperte, wandte er sich ihr zu.

„Hast du dich schon entschieden?" Ihre Stimme triefte vor Abneigung, was ihm unmöglich entgehen konnte.

Er lehnte sich in dem Stuhl zurück und blickte neugierig zu ihr rauf. „Hatte eure Aushilfe heute keine Zeit?", fragte er dann, statt einer Bestellung aufzugeben und ließ sie nicht aus den Augen.

Becca lief rot an. „Ich wüsste nicht, was dich das angeht", verteidigte sie sich.

„Stimmt, das geht mich nichts an. Ich habe mich nur gewundert, warum der Aushang immer noch an der Tür hängt." Mit hochgezogener Augenbraue schaute er sie an. Seine Augen funkelten schelmisch und der Wunsch, ihm eine reinzuhauen kam urplötzlich in Becca hoch. Er schien offensichtlich Spaß daran zu haben, sie bloßzustellen. Fieberhaft suchte sie nach einer logischen Erklärung.

„Einmal die sieben und ein Wasser."

Becca schaute ihn verwirrt an. „Was?", rutsche es ihr raus.

„Du hast mich doch gefragt, was ich möchte", erklärte er ihr wie selbstverständlich.

Etwas perplex über den raschen Themenwechsel nahm Becca die Karte, die er ihr hinhielt, und marschierte dann davon.

Nachdem sie die Essensbestellung weitergegeben hatte, goss sie Wasser in ein Glas und unterdrückte die Idee, ihm ins Getränk zu spucken. Sie wusste gar nicht, warum sie sich von ihm so ärgern ließ. Eigentlich war sie ihm doch gar keine Erklärung schuldig.

Am liebsten hätte sie jemand anders an den Tisch geschickt, aber da sie allein war, war das nicht möglich. Widerwillig brachte sie ihm also das Getränk an den Tisch.

„Es tut mir leid", sagte er, als sie das Glas vor ihm abstellte.

Becca runzelte skeptisch die Stirn. Was sollte das nun wieder?

„Ich wollte dich nicht in Verlegenheit bringen", erklärte er.

„Wie kommst du denn darauf."

„Naja, weil ich bemerkt habe, dass du mich angeflunkert hast."

Becca fiel alles aus dem Gesicht. Das hatte er nicht wirklich gerade zu ihr gesagt. Im ersten Moment war sie sprachlos. Doch das legte sich rasch. „Sag mal was fällt dir eigentlich ein?", donnerte sie dann los. Doch der Typ schaute sie nur amüsiert an. Es dauerte nicht lange und Becca wusste auch warum. Sie hatten inzwischen die Aufmerksamkeit aller Gäste. Becca lief wieder hochrot an und entschuldigte sich etwas kleinlaut, während er damit beschäftigt war sich das Lachen zu verkneifen. Sie funkelte ihn böse an.

„Also falls du jemals eine Chance auf den Job gehabt haben solltest, hast du sie jetzt allemal nicht mehr."

„Du gibst also zu, dass du gelogen hast?" Er schaute sie triumphierend an.

„Weißt du, ich muss mir sowas wirklich nicht geben. Du kannst froh sein, dass ich dich nicht gleich rausschmeiße." Als sie sich umdrehte, um einen wütenden Abgang zu machen, stieß sie mit einem Gast zusammen, der gerade von der Toilette kam und stolperte rückwärts gegen den Tisch. Sie entschuldigte sich überschwänglich bei dem Gast und wandte sich dann wieder dem Kerl zu.

Bei dem Zusammenstoß hatte sie das Wasserglas auf dem Tisch umgestoßen und der Inhalt war, wie es der Zufall so wollte, auf dem Schoß des Mannes gelandet. Becca war bemüht ihre Schadenfreude zu verbergen.

„Naja ich nehme an, das habe ich verdient", meinte der Typ und tupfte mit einer Serviette das Gröbste trocken. „Gib zu, das freut dich doch jetzt."

Becca hatte tatsächlich große Mühe das Lachen zu unterdrücken. Sie kicherte hinter vorgehaltener Hand. Der Typ hob überrascht den Kopf. „Wow, du kannst ja doch lachen. Dafür würde ich mir glatt noch ein Glas überschütten", Meinte er und lächelte sie schief an. Beccas Lachen verstummte. „Ich hol mal einen Lappen", beeilte sie sich zu sagen und verschwand. Die neugierigen Blicke der Gäste versuchte sie dabei zu ignorieren.

Als sie auf dem Weg zur Abstellkammer an Lars vorbeikam, schaute er sie verwirrt an. „Alles gut mit dir? Du bist ja knallrot."

„Jaja, alles gut. Ist nur viel los und grade hat auch noch ein Gast was umgeschüttet", sagte sie hastig, was ja nicht unbedingt eine Lüge war.

Im Abstellraum blieb sie jedoch einen Moment stehen und schloss die Augen, während sie einmal kräftig Luft durch ihre Nase ausstieß. Sie legte die Hände an ihre Wangen, die noch immer glühten und wartete bis sich ihr Puls wieder etwas normalisiert hatte.

Als sie zurück an seinen Tisch kam, hatte sich die Stimmung im Lokal wieder neutralisiert. Scheinbar hatten die Leute ihren kurzen Ausbruch wieder vergessen.

Wortlos beseitigte sie die Wasserlache auf dem Tisch vor ihm.

Er saß zurückgelehnt auf seinem Stuhl und sagte ebenfalls kein Wort, worüber sie sehr froh war. Als sie sich wieder aufrichtete, fanden sich ihre Blicke und verfingen sich für einen Moment ineinander. Seine Augen hatten einen sehr dunklen Braunton und waren von dichten Wimpern umrandet. Ein Funkeln blitze in ihnen auf, als auch sein Mund sich zu einem schiefen Grinsen verzog.

„Und was ist mit meiner Hose? Die ist auch noch nass", fragte er, wobei er Becca weiterhin aufmerksam betrachtete.

Ihr Blick huschte kurz zu besagter Stelle. „Das hättest du wohl gerne." Vielleicht etwas übertrieben entrüstet wandte sie sich ab und ignorierte sein kehliges Lachen.

Eigentlich passte dieses Verhalten nicht zu Becca. Sie konnte dem anderen Geschlecht normalerweise sehr gut Kontra geben, aber irgendwie hatte der Typ eine Art an sich, die ihr unter die Haut ging und nicht unbedingt auf eine gute Weise.

Sein Essen hatte sie ihm wortlos vor die Nase gestellt und war wieder verschwunden, bevor er etwas sagen konnte.

Dann war auch Ilona endlich aufgetaucht, um ihrer Nichte unter die Arme zu greifen und Becca konnte endlich wieder etwas durchatmen. Komischerweise ertappte sie sich jedoch immer wieder dabei, wie sie verstohlene Blicke in die hintere Ecke des Lokals warf und den Fremden heimlich beobachtete.

Er ließ sich scheinbar Zeit mit dem Essen und schaute immer wieder aus dem Fenster, als würde er nachdenken. Mit der Zeit leerte sich das Lokal und Becca bat Ilona schon mal in der Küche mit dem Aufräumen zu beginnen, um Lars etwas zur Hand zu gehen.

Mit einem Stapel dreckigen Tellern beladen verschwand Becca in der Küche. Als sie kurz darauf wieder durch die Schwingtür in den Bereich hinter der Theke trat, blickte sie direkt in sein Gesicht. Er hatte auf einem Barhocker Platz genommen. Sein Geschirr stand vor ihm auf dem Tresen.

„Thanks to the chef. Das war wirklich lecker", meinte er freundlich.

„Danke", murmelte Becca etwas perplex.

Als sie seinen Teller greifen wollte, um ihn wegzubringen, legte er plötzlich seine Hand auf ihre, um sie davon abzuhalten.

„Wart mal kurz."

Wie als hätte sie einen elektrischen Schlag bekommen, zog Becca ihre Hand weg.

Er quittierte diese Reaktion nur mit einem Lächeln und fuhr dann unbeirrt fort. „Wir sind uns doch jetzt einig in dem Punkt, oder?"

„In welchem Punkt?", fragte Becca misstrauisch.

„Naja, in dem Punkt, dass du mich angeflunkert hast, meine ich. Ich finde du schuldest mir was", fügte er dann noch hinzu.

Becca war im ersten Moment so vor den Kopf gestoßen, dass sie nichts antworten konnte, sondern ihn nur entgeistert anblickte, was ihn scheinbar nicht zu stören schien.

„Und ich hätte sogar schon eine Idee, wie du das wieder gut machen könntest", quasselte er einfach weiter. Das schiefe Grinsen erschien wieder auf seinem Gesicht. „Möchtest du nicht wissen, wie?", fragte er als Becca nicht reagierte.

„Sag mal, was stimmt mit dir nicht?", schoss die Frage aus ihr heraus. „Wie kommst du darauf, dass ich dir in irgendeiner Weise etwas schuldig wäre?"

„Ich dachte nur, du würdest es gern wieder gut machen. Und um ehrlich zu sein ist mein Vorschlag auch eher eine Win-Win-Situation für uns beide", fügte er hinzu.

Leider überwog in diesem Moment die Neugier zu sehr, sodass die Frage raus war, bevor Becca richtig darüber nachdenken konnte. „Und das wäre?" Am liebsten hätte sie sich selbst eine Ohrfeige verpasst. Wie dumm war sie, dass sie zugab, dass sie sein Vorschlag interessierte.

Er grinste sie nur triumphierend an, da er wusste, dass er jetzt ihre Aufmerksamkeit hatte. „Naja", setzte er langsam an, „Ihr braucht nach wie vor eine Aushilfe und ich suche grade zufällig für die nächste Zeit ein bisschen Arbeit. Win-Win, wie du siehst."

Becca verdrehte die Augen. „Wie oft soll ich es dir noch sagen, wir brauchen..."

„Und ich dachte über den Punkt mit den Unwahrheiten wären wir hinaus. Du enttäuschst mich", unterbrach er sie. Er hatte es schon wieder geschafft, sie gegen die Wand zu fahren und Becca schaute ihn nur sprachlos und mit großen Augen an. Im letzten Moment kam ihr jedoch noch eine Idee, wie sie den Typen loswerden konnte. Zumindest für's Erste.

„Selbst wenn, ich habe das gar nicht zu entscheiden", gab sie sich jetzt ein wenig entgegenkommender.

Er schien überrascht über den plötzlichen Wandel „Okay, und an wen muss ich mich wenden?"

„Meinen Vater", erwiderte sie nur.

„Und – ist der gerade da?"

„Nein", gab Becca knapp zurück.

Er schaute sie an, als würde er auf etwas warten.

„Okaay. Und wann kommt er wieder?", fragte er amüsiert. Offensichtlich schien ihm diese seltsame Konversation auch noch Spaß zu bereiten.

„Das weiß ich nicht." Und das stimmte. Becca wusste nicht, wo ihr Vater steckte und sie hatte auch gar keine Zeit gehabt, um sich weiter über seine Abwesenheit zu wundern. Doch jetzt, wo er sie darauf ansprach, begann sie sich doch ein wenig Gedanken zu machen. So langsam müsste er eigentlich wieder auftauchen.

„Verstehe, dann komm ich morgen nochmal. Ist er dann da?", riss der Kerl sie aus ihren Gedanken. Etwas abwesend antwortete sie ihm. „Was? Äh ja – also ich meine es kann natürlich sein, dass ihm wieder ein Termin dazwischen kommt, aber..."

„Alles klar, dann sehen wir uns morgen. Bye" Erneut ließ er sie nicht ausreden und stand stattdessen von dem Barhocker auf. Er kramte in seiner Jeanstasche, warf dann einen etwas zerknitterten 20-Euro Schein auf den Tresen und verabschiedete sich mit einem seiner breiten Grinsen.

Sie schaute ihm noch kurz hinterher, doch dann wanderten ihre Gedanken zurück zu ihrem Vater. Wo steckte er bloß so lange? Eigentlich war sie heute dran mit Abendessen kochen und ein Blick auf die Uhr zeigte ihr, dass Lenny bestimmt schon wartete.

„Sag mir Bescheid, falls er nicht in den nächsten zwei Stunden auftaucht", meinte Ilona zu ihrer Nichte, bevor diese das Restaurant verließ.

„Ich denke ja nicht, dass etwas passiert ist – aber man weiß ja nie", fügte sie bedeutungsvoll hinzu.

Becca verkrampfte sich kurz bei der Vorstellung und fühlte sich schlagartig ein Jahr zurückversetzt.

Sie nickte ernst und umarmte ihre Tante kurz zum Abschied, die sich bereit erklärt hatte, die abendliche Reinigung zu übernehmen, damit Becca mit Lenny Abendessen konnte.

Sie waren gerade mit dem Essen fertig, als Becca hörte, wie die Haustür ins Schloss fiel. Kurz darauf kam ihr Vater in die Küche.

„Hallo meine Lieben", begrüßte er seine Kinder freudig, als wäre nichts gewesen.

Aufgeregt sprang Lenny auf und rannte auf seinen Vater zu, worauf dieser sich vorbeugte, um seinen Sohn in die Arme zu nehmen. Als er jedoch den Ausdruck in Beccas Gesicht bemerkte, richtete er sich langsam wieder auf und sein Lächeln gefror. Beccas Erleichterung über sein Auftauchen war in Sekundenschnelle verpufft und stattdessen der Wut gewichen. Sie stand auf und brachte wortlos ihren Teller zur Spüle, wobei sie stur an ihrem Vater vorbeischaute.

„Es tut mir leid Schatz. Mir ist was dazwischengekommen", entschuldigte er sich. „Seid ihr trotzdem klargekommen?" Sein betroffener Gesichtsausdruck wirkte echt, was Becca etwas beschwichtigte. „Ilona ist eingesprungen", berichtete sie in neutralem Ton, worauf ihr Vater nur verstehend nickte. Becca war fassungslos über die mangelnde Reaktion ihres Vaters. „Ja die habe ich wenigstens erreicht", fügte sie mit harter Stimme hinzu und verließ dann die Küche. Sie hörte wie Schritte ihr in den Flur folgten und als sie sich an der Haustür nochmal umdrehte, stand Lenny direkt hinter ihr. Seine Augen schimmerten feucht.

„Wo gehst du hin?", fragte er sie leicht ängstlich.

„Ich will nur nochmal kurz an den Strand", beruhigte sie ihren kleinen Bruder. „Ich komm nachher nochmal, um dir gute Nacht zu sagen, okay?" Sie zwinkerte ihm zu. Er presste die Lippen aufeinander und nickte kräftig als Zustimmung.

Eine Stunde später betrat sie Lennys Zimmer. Die kleine Nachtleuchte in Form einer Giraffe brannte noch und warf ein warmes Licht an die Decke über seinem Bett. Als sie sich auf der Bettkante niederließ, öffnete er die Augen und drehte ihr sein Gesicht zu.

„Na du bist ja noch wach", meinte Becca und strich ihm liebevoll das Haar aus der Stirn.

„Natürlich. Ich habe doch auf dich gewartet", erwiderte er, was ein Lächeln auf Beccas Gesicht zauberte.

„Okay, aber jetzt wird geschlafen einverstanden?", meinte sie dann. Sie wollte sich gerade wieder erheben, da hielt er sie an ihrem Arm zurück.

„Becca? Versprichst du mir was?"

Etwas verwirrt ließ sich Becca zurück aufs Bett nieder

„Natürlich, was denn?", fragte sie mit sanfter Stimme, innerlich jedoch auf Alarmbereitschaft

„Versprich mir, dass du mich niemals allein lässt, okay?" Beccas Herz zog sich kurz zusammen bei den Worten ihres kleinen Bruders.

„Wie kommst du denn darauf?", fragte sie, obwohl sie ahnte, woher diese Angst rührte.

„Wegen dir und Papa", war seine knappe Erklärung und Becca verstand sofort. Sie wusste worauf Lenny anspielte. Sie nahm seine kleine Hand in ihre und drückte sie einmal fest. „Das verspreche ich dir."

NEUN

Den aufdringlichen Kerl vom Vortag hatte Becca schon wieder ganz vergessen. Doch als sie gerade einen Tisch draußen auf der Terrasse abkassierte, sah sie ihn vom Strand her die Treppe hochlaufen.

Sie beeilte sich mit ihrer Arbeit, um wieder nach drinnen zu verschwinden, bevor er sie entdeckte, doch sie war nicht schnell genug.

„Hey!", hörte sie ihn hinter sich und sie verzog kurz verärgert das Gesicht, bevor sie sich umdrehte.

„Ach hey." Sie bemühte sich möglichst überrascht zu klingen.

„Und, ist dein Vater heute da?"

Sie überlegte kurz, wie sie ihn diesmal am besten wieder loswerden konnte, doch in diesem Moment kam ihr Vater von drinnen raus.

„Oh hallo." Er blieb verdutzt stehen, da die beiden den Eingang versperrten. Sein Blick wanderte von Becca zu dem jungen Mann und wieder zurück. „Ein Freund?", fragte er dann eine Spur zu erfreut.

Becca kam nicht dazu irgendwas abzustreiten, denn der Fremde ergriff sofort das Wort.

„Hallo ich bin Peter", stellte er sich vor und streckte Thomas eine Hand entgegen, der sie sofort ergriff.

Becca konnte nur hilflos danebenstehen und beobachten, wie die beiden Männer sich die Hände schüttelten, wobei in ihr das ungute Gefühl aufstieg, dass diese Begegnung noch schlimme Folgen für sie haben würde.

Widerstrebend hielt sie ihm die graue Schürze und den Bauchgurt entgegen, den sie aus dem Lager geholt hatte.

„Danke – ähm“, er stockte kurz, „Mir fällt grade auf, dass ich deinen Namen noch gar nicht kenne. Ich bin Peter“

„Becca.“ Sie ignorierte die Hand, die er ihr entgegenstreckte und verschränkte demonstrativ die Arme vor der Brust.

Unbeirrt zog er seine Hand zurück und legte sich die Schürze um. „Freut mich Becca.“

In dem Moment trat Thomas zu ihnen. „Ah super, du bist ja schon ausgestattet. Dann zeig ich dir mal alles.“

Mit Peter im Schlepptau verließ Thomas wieder die Küche.

Becca blieb nichts anderes übrig als ihnen grimmig nachzublicken.

„Wow!“

Überrascht wandte sich Becca um und bemerkte Lars, der sie neugierig vom Herd aus beobachtete.

„Was?“

„So erleb ich dich sonst eigentlich nur mit deinem Vater. Scheinst den Kerl nicht sonderlich zu mögen, was?“ Lars schmunzelte.

„Gut! Wenn das so offensichtlich war, hat er es hoffentlich auch gecheckt“, erwiderte Becca sarkastisch. „Da spaziert hier so ein verwahrlost aussehender Fremder rein und mein Vater fällt ihm fast um den Hals.“ Becca schüttelte missbilligend den Kopf.

Lars zuckte jedoch bloß mit den Schultern. „Wart erst mal ab, wie er sich so anstellt. Wahrscheinlich bist du ihn schneller wieder los, als du denkst"

Lars Worte machten Becca Mut und etwas positiver gestimmt verließ sie nun ebenfalls die Küche.

Lars sollte jedoch nicht Recht behalten.

ZEHN

Es war in den letzten Tagen beinah schon ein Ritual geworden, dass Nathan Perry nach dem Essen noch ein bisschen Gesellschaft leistete.

Nicht nur er liebte Perrys Geschichten, denn immer öfter gesellten sich auch andere zu ihnen an den Tisch, wenn sie mitbekamen, dass Perry wieder eines seiner unzähligen Abenteuer zum Besten gab. Er machte seinem Namen alle Ehre, denn er war schon viel rumgekommen und hatte einiges erlebt.

„Man sollte die Zeit, die man hier auf Erden weilt, gut nutzen!" War einer seiner Leitsprüche und Nathan beobachtete immer wieder, wie seine Augen leuchteten, wenn er selbst in Erinnerungen schwelgte. Hin und wieder sah er darunter jedoch auch eine Spur von Wehmut und Trauer.

„Hast du dir eigentlich schon überlegt, was du danach machen möchtest?"

„Danach?" fragte Nathan verdutzt.

Perry hatte ihm gerade noch von seinem Klettertrip in den deutschen Alpen erzählt, den er in seinen jungen

Jahren unternommen hatte und der plötzliche Themenwechsel traf in überraschend.

„Ich mein, was du machst, wenn du deine Stunden abgearbeitet hast. Zur Schule gehst du ja nicht mehr, oder?" Nathan versuchte in seinem Kopf eine Antwort zu formulieren, wobei ihm jedoch klar wurde, dass er sich darüber noch keinen einzigen Gedanken gemacht hatte. Nach seiner Heimkehr war lange unklar, ob dieses Thema überhaupt sobald Relevanz haben würde, und so war es erst mal in den Hintergrund gerutscht.

Perry schien das zu merken. „Wovon hast du denn als kleiner Junge immer geträumt?", fragte er weiter.

Selbst diese Frage überforderte Nathan und er verfiel in nachdenkliches Schweigen.

„Ich bin immer gerne mit meinem Onkel auf die Baustellen gefahren", meinte er nach einer Weile zögerlich. Er erinnerte sich gerne an die Momente, wenn er mit Robert gemeinsam durch die halbfertigen Gebäude geschlendert war und den Handwerkern bei der Arbeit zugesehen hatte.

„Das Handwerk ist was Tolles", bestätigte Perry. „Ich hätte ja niemals gedacht, dass ich mal an einen Stuhl gefesselt hinter einem Schreibtisch enden würde und Lieferscheine abstempele." Sein Lächeln wirkte plötzlich aufgesetzt. „Ich bin eigentlich gelernter Maurer, weißt du."

Nathan konnte die Sehnsucht in seinen Augen sehen, während Perry ihm von seiner früheren Arbeit erzählte und unbewusst wanderte sein Blick zu Perrys Bein.

„Dabei habe ich wirklich Glück gehabt", meinte Perry, dem das nicht entgangen war. Hastig schaute Nathan ihn wieder an.

„Ohne meinen Ted würde ich wahrscheinlich gar nicht mehr hier sitzen."

Nathans Augenbrauen schnellten überrascht in die Höhe.

„Um genau zu sein, hat er mir nicht nur einmal das Leben gerettet", fuhr Perry rätselhaft fort, wobei er seinen Hund liebevoll betrachtete. Die Zuneigung und Dankbarkeit, die in seinen nächsten Worten mitschwang, waren nicht zu überhören und auch wenn Nathan ihre Bedeutung zu diesem Zeitpunkt noch nicht vollends begriff, sollten sie ihm noch lange im Gedächtnis bleiben.

„Ich finde, jeder braucht einen Ted."

ELF

„Wo kommst du eigentlich ursprünglich her, Peter?",
wollte Thomas wissen, während er ihm ein Glas Wasser
reichte.

Sie hatten das Lokal vor einer halben Stunde geschlossen, nachdem die letzten Gäste aufgebrochen waren und
saßen nun gemeinsam um einen der Tische am Fenster.
Zu Beccas Enttäuschung hatte Peter seine Sache sehr
gut gemacht. Nach einer kurzen Einweisung hatte er keine
Probleme sich zurecht zu finden und im Umgang mit den
Gästen wirkte er höchst professionell. Ihr Vater war hellauf begeistert und lobte ihn immer wieder.

Während sie nun auf das Essen warteten, das Lars für
sie zubereitete, nutze Thomas die Zeit, um etwas über den
sonderbaren Fremden herauszufinden.

Auch Becca hatte sich die Frage über seine Herkunft bereits gestellt, da sie sich über die englische Aussprache
seines Namens wunderte. Zumal sein Deutsch nahezu
perfekt war.

„Aus Irland. Zumindest kommt dort der größte Teil meiner Familie her", erklärte Peter während Thomas ihm gegenüber Platz nahm

„Und wie kommt's, dass du so gut Deutsch sprichst?"

„Ich bin in Deutschland geboren und hab' einige Jahre
hier gelebt, bevor wir nach Irland gezogen sind. Ich habe

aber noch immer ein paar Verwandte in der Nähe von Stuttgart."

„Ah verstehe. Also bist du eigentlich auf dem Weg zu deinen Verwandten?", fragte Thomas.

Das Ganze kam schon einem Verhör gleich und Becca fand, dass ihr Vater ganz schön neugierig war. Sie selbst saß während des Gesprächs eher teilnahmslos dabei. Sie musste sich jedoch eingestehen, dass auch sie Peters Antworten aufmerksam lauschte.

Peter schien diese Fragerei jedoch in keinster Weise zu stören. Er beantwortete freundlich jede Einzelne.

„Nicht direkt. Ich bin schon eine ganze Weile unterwegs." Er machte eine kurze Pause und schien zu überlegen. „Aber ja, vielleicht schau ich mal bei ihnen vorbei, wenn es sich ergeben sollte."

„Unterwegs?", hakte Thomas interessiert nach.

„Ja, ich reise schon eine Weile durch die Gegend. Nur Ted und ich."

Becca folgte Peters Blick zu seinem Hund. Der lag lang ausgestreckt in der offenen Tür und ließ sich die Sonne auf den Pelz scheinen.

Als sie ihren Blick wieder von ihm losriss, bemerkte sie, dass Peter sie von der Seite beobachtete. Statt wegzuschauen, wie es jeder andere getan hätte, lächelte er sie mal wieder breit an und Becca war froh, dass in diesem Moment Lars mit einem lauten „Mahlzeit" die Teller mit dem noch dampfend heißen Essen vor ihnen abstellte und somit ihren Blickkontakt unterbrach.

„Genial, danke Lars", freute sich Peter und machte sich sofort über sein riesiges Fischfilet her.

Der junge Koch lachte nur über diesen Ausbruch von Euphorie und nahm dann ebenfalls am Tisch gegenüber von Becca Platz.

„Das klingt aufregend. Hast du das mitbekommen Lars? Unser Peter hier ist ein echter Weltenbummler", griff Thomas gleichdarauf das Gespräch wieder auf.

„Wow echt? Wo warst du denn schon alles?" Der junge Koch wurde direkt hellhörig.

„Zuerst 'ne ganze Weile in Kanada. Hammer schön und echt beeindruckende Landschaft", schwärmte Peter. „Bin dann erst mal wieder heim und ein paar Monate später rüber nach England. Hab' da 'en Kerl aus Finnland kennengelernt und seit letztem Jahr war ich dann in Skandinavien unterwegs. Das sind alles wunderschöne Länder zum zu Fuß bereisen, auch wenn ich im Winter nicht empfehlen würde im Zelt zu schlafen." Peter lachte

„Wahnsinn, wie finanzierst du dir das denn alles?", wollte Lars wissen, der zu Beccas Unmut geradezu an Peters Lippen zu hängen schien. Sie befürchtete schon, dass das Essen auf seinem Teller bald kalt sein würde.

„Ich brauch ja nicht viel." Peter zuckte mit den Schultern. „Außerdem hab' ich zwischendurch auch gearbeitet. Gerade in Skandinavien sind viele Farmer, die gerne Hilfe annehmen und einen dafür bei einem wohnen lassen – besonders in der Erntezeit. Ach, und in England hab' ich auch schon öfter mal gekellnert", fügte er hinzu.

„Wow, das klingt alles wahnsinnig interessant und aufregend", meinte Thomas.

„Ich glaube, wenn Cara und der kleine Wurm in ihrem Bauch nicht wären, würd' ich sofort meine Sachen packen und mit dir kommen. Das hört sich nach Freiheit und purem Abenteuer an", schwärmte Lars. „Schade, dass ich dafür immer zu feige war. Ich bin schon mein ganzes Leben hier."

„Wie geht es Cara eigentlich? Verläuft die Schwangerschaft bisher gut?", hakte Thomas nach.

„Ja, alles bestens bisher. Wir wissen inzwischen auch schon was es wird", berichtete Lars freudig und Becca erwachte aus ihrer passiven Haltung.

„Ach wirklich? Na los spuck's aus", drängte Thomas Lars, der sie grinsend auf die Folter spannte.

„Ein Mädchen", verkündete er mit Stolz in der Stimme und die Glücksgefühle des werdenden Vaters vertrieben die Wehmut über verpasste Chancen.

Nach dem Essen verabschiedete sich Lars und auch Peter brach kurz darauf auf.

Becca hatte mitansehen müssen, wie Thomas mit Peter die Arbeitszeiten für den nächsten Tag besprach und sich mit ihm über die Höhe der Bezahlung einigte.

Keine Sekunde dachte er daran sie nach ihrer Meinung zu fragen. Er war zu begeistert von diesem seltsamen Kerl, der wie aus dem Nichts aufgetaucht war und in einem Zelt am Strand schlief.

Als er dann endlich weg war, wollte Thomas gar nicht aufhören zu schwärmen, was Becca schweigend über sich ergehen ließ. Wie unglücklich sie mit seiner Entscheidung war, schien er nicht zu bemerken. Sie überlegte, nochmal zum Strand runterzugehen, um wie üblich etwas Zeit für sich haben zu können, doch dann fiel ihr ein, dass die Gefahr, dabei wieder auf Peter zu treffen, viel zu groß war und sie hatte für heute wirklich genug von ihm.

Es machte sie sauer, dass er ihr jetzt sogar schon die einzige Sache madig machte, die sie für sich selbst tat. Der Strandkorb war ihr Rückzugsort, wenn ihr alles zu viel wurde und die Menschen um sie rum ihr auf die Nerven gingen. Wo sollte sie jetzt hin, um ein bisschen Ruhe zu finden? Dieser Peter mit seiner scheiß fröhlichen Art brachte alles durcheinander und sie wollte ihn schnellstens wieder loswerden. Irgendwie musste sie ihren Vater überzeugen, dass sie lieber weiterhin nach jemand Neuem suchen sollten. Deshalb tat sie etwas, was sie schon sehr lange nicht getan hatte.

„Papa!?" Sie sprach leise, doch Thomas hielt augenblicklich inne und Becca konnte das Staunen in seinen Augen sehen, als er sich ihr zuwandte. Sie schauten sich einen Moment schweigend an, beide unschlüssig, was sie als nächstes tun oder sagen sollten.

„Kannst du mir einen Gefallen tun?", fragte sie dann plötzlich und das Staunen in seinen Augen wurde noch größer.

„Jeden!", bestätigte er hastig.

Becca hatte gehofft, dass er das sagen würde und fuhr mit fester Stimme fort.

„Können wir diesen Peter bitte nicht einstellen und einfach weitersuchen?"

Sein Ausdruck wechselte von Erstaunen zu Irritation.

„Warum denn das?", fragte er mit gerunzelter Stirn.

„Ich finde ihn einfach merkwürdig. Wir wissen nichts über ihn und wer weiß wie lange er überhaupt vor hat hier zu bleiben." Es nervte sie etwas, dass sie sich tatsächlich erklären musste. Konnte er ihren Wunsch nicht einfach hinnehmen.

Doch ihr Vater ließ nicht locker. „Ich finde ihn sehr nett und er macht wirklich einen super Job. Wir wissen nicht, wie schnell wir jemand anderen finden. Meinst du nicht wir sollten ihm erst mal eine Chance geben. Wer weiß, vielleicht..." Er konnte seinen Satz nicht beenden, da Becca ihm plötzlich wütend das Wort abschnitt.

„Du hast doch gerade gesagt, du würdest mir *jeden* Gefallen tun. Also: Ich will das wir weiter nach jemand anderem suchen", forderte sie.

Ihr Vater wirkte wie überfahren, so viele Emotionen war er von seiner Tochter wahrscheinlich nicht mehr gewohnt. Er schien einen Moment zu überlegen, ehe er wieder sprach. „Okay, ich verspreche, dass ich weiterhin

Augen und Ohren offenhalten werde, um jemand Neuen zu finden. Aber wir brauchen jetzt grade echt jede Hilfe, die wir kriegen können, deshalb macht es doch keinen Sinn, Peter jetzt einfach wieder rauszuwerfen. Und ganz ehrlich, ich wüsste nicht mal welche Gründe ich ihm nennen sollte, wenn ich ihm jetzt so kurzfristig wieder eine Absage gebe"

„Denk dir halt was aus", erwiderte Becca patzig.

„Soll ich ihm einfach sagen, dass meine Tochter, aus was weiß ich für welchen Gründen, etwas gegen ihn hat?", fragte er geradeheraus und Becca verschränkte die Arme.

„Nein, natürlich nicht!" Empört blickte sie ihren Vater an.

„Dann tut es mir leid, aber ich sehe keine andere Möglichkeit, außer ihm die Wahrheit zu sagen", meinte er in beschwichtigendem Ton.

Becca setzte zu einer Erwiderung an, doch da betrat Lenny gefolgt von Ilona das Lokal, wodurch sich die Atmosphäre schlagartig veränderte, so als hätte das Öffnen der Tür wie ein Ventil jegliche Anspannung aus dem Raum zwischen ihr und ihrem Vater gesogen.

„Na hattet ihr beiden einen schönen Tag?", fragte sie und wandte sich eilig den Beiden zu, in der Hoffnung, sie würden die Stimmung, die zwischen ihrem Vater und ihr gerade noch geherrscht hatte, nicht wahrnehme. Doch Ilonas skeptischer Blick deutete auf das Gegenteil hin.

Sie hatte gehofft, dass der gestrige Tag einfach ein schlechter Traum gewesen war, doch als sie am Morgen die Türen zum Außenbereich aufschloss, erblickte sie durch die Glasscheiben bereits Peter, der in einem der Korbsessel lehnte und in Richtung Meer blickte. Er sprang geradezu auf, als Becca etwas widerwillig beide Türflügel öffnete und mit einem Stopper am wieder Zugehen hinderte.

„Guten Morgen, gut geschlafen?", fragte er gleich darauf, während er ihr auf dem Fuße folgte und Becca schloss kurz entnervt die Augen, als sie ihm den Rücken zugewandt hatte. Sollte das jetzt etwa jeden Morgen so laufen? „Du kannst die Karten und die Salz- und Pfefferstreuer draußen auf die Tische stellen", wies sie ihn an und lief um die Theke herum. Als sie zu ihm zurückblickte, stand er noch an Ort und Stelle und schaute ihr mit einem forschenden Blick nach. „Was ist?", blaffte sie ihn an und der Ausdruck in seinem Gesicht veränderte sich schlagartig. Ein amüsiertes Lächeln spielte um seine Lippen, ehe er sich mit einem „Nichts. Wird erledigt Boss." umwandte.

Egal, wie sehr sie den ganzen Tag über versuchte, Peters Anwesenheit einfach zu ignorieren, er machte es ihr verdammt schwer. Wann immer sich ihre Blicke auch nur für den Bruchteil einer Sekunde trafen, lächelte er sie an, hielt ihr ständig die Tür auf oder räumte Tische für sie ab, gerade so, als wollte er provozieren, dass Becca noch ausrastete. Ihr Vater hatte sich bereits früh morgens mit der Buchhaltung im Büro eingeschlossen und Becca war quasi gezwungen mit Peter zu sprechen. Komischerweise schien sie die Einzige zu sein, die Peter nicht leiden konnte, denn auch Oliver, der wieder fit und zum Helfen gekommen war, hatte er augenblicklich um den Finger gewickelt. Ständig erwischte sie die drei Männer, wie sie in der Küche gemeinsam über etwas witzelten. Das musste wohl so ein Männerding sein.

Da Lars' Frau das Wochenende bei seinen Schwiegereltern verbrachte und es Lars somit nicht eilte nach Hause zu kommen, bot er an, am Abend wieder für alle zu kochen. Sein Angebot beraubte Becca jedoch ihrer einzigen

Ausrede sich frühzeitig ins Haus zurückzuziehen. Als sie gerade am Aufräumen waren, betrat Ilona die Küche durch die Hintertür.

„Hallo Liebes!" Ilona drückte Becca kurz an sich und winkte dann allgemein zur Begrüßung in die Runde.

„Drüben war keiner, da dachte ich, ich schaue mal hier vorbei. Lennart schaut grade etwas fern. Soll ich ihm was kochen oder kommst du gleich rüber?", fragte sie.

„Wir essen heute hier", erklärte Becca.

„Und du bist auch herzlich eingeladen", meldete sich Lars zu Wort.

„Das Angebot nehm' ich aber sofort an", meinte Ilona an Lars gewandt. Erst jetzt schien sie den vierten in der Runde wahrzunehmen. „Oh, ich glaube wir kennen uns noch nicht, richtig?" Sie warf Becca einen merkwürdigen Seitenblick zu, nach dem Motto „Was habe ich verpasst?", ehe sie auf Peter zutrat und ihm die Hand reichte.

„Peter willst du auch ein Bier?", fragte Thomas und hielt ihm die eisgekühlte Flasche entgegen.

„Äh nein, danke", lehnte Peter ab. „Zum Essen lieber nur Wasser", meinte er dann.

Sofort nahm Ilona ihrem Schwager die Flasche ab. „Dann nehme ich das", meinte sie und ihr rauchiges Lachen erklang. Sie hatten alle auf der Terrasse um einen großen Tisch Platz genommen. Es ging eine laue Brise und die Sonne hing bereits tief am Horizont. Beccas Blick schweifte zu ihrem kleinen Bruder, der auf der obersten Treppenstufe saß und die letzten zehn Minuten damit verbracht hatte, voller Hingabe mit Ted zu schmusen.

„Wenn du willst, können wir unten am Strand mit ihm spielen", meinte Peter plötzlich. Auch er hatte sich zu Lennart umgewandt.

„Oh ja, bitte!" Lenny sprang freudig auf und Ted, der die Streicheleinheiten sichtlich zu genießen schien, hob erstaunt den Kopf.

„Lenny wir wollen jetzt Essen, du kannst auch später noch mit dem Hund spielen", schaltete Becca sich ein.

„Und Hände waschen nicht vergessen", ermahnte sie ihn.

Lenny zog eine Schnute, verschwand dann aber mit einem leisen Maulen nach drinnen.

Becca merkte Peters Blick auf sich, schaute aber entschlossen in eine andere Richtung.

Kurze Zeit später tauchte Lenny wieder auf, zwei Teller mit Pommes vor sich her balancierend.

Über die Brüstung gelehnt beobachtete Becca, wie Peter und Lennart mit Ted unten am Strand im Sand umhertobten. Lennys Lachen hallte bis zu ihr hinauf und sie konnte nicht anders als zu lächeln. Ihren Bruder glücklich zu sehen, war alles, was für sie im letzten Jahr gezählt hatte.

Ihre Tante lehnte sich neben sie ans Geländer. „Netter junger Mann", meinte sie, den Blick ebenfalls auf die drei gerichtet. „Könnte zwar mal einen guten Haarschnitt gebrauchen, aber sonst echt in Ordnung."

Becca rümpfte kurz die Nase bei den schmeichelnden Worten ihrer Tante. War sie wirklich ganz allein mit ihrer Abneigung gegen ihn? Wenn sie ehrlich war, konnte sie nicht mal sagen, was genau er ihr getan hatte. Aber er strahlte einfach etwas aus, das bei ihr auf Widerstand traf.

„Was hälst du von ihm?", fragte Ilona nun direkt an sie gewandt, da Becca nicht auf ihre Äußerung reagiert hatte.

„Weiß noch nicht so ganz, was ich von ihm halte. Er ist irgendwie seltsam."

„Inwiefern?"

„Er schläft in einem Zelt am Strand", sagte Becca, als sei keine weitere Erklärung notwendig. „Und das erste Mal als ich ihn getroffen habe, hatte er einen Bart und sah aus wie ein Penner. Und wie bitte kann man dauerhaft so fröhlich sein? Das kann doch nicht ganz normal sein", beschwerte sie sich.

„Ich finde gerade das so erfrischend und nett an ihm. Dass er so offen und freundlich scheint."

Becca zuckte die Achseln. „Ich find's seltsam", gestand sie, woraufhin Ilona ihr einen prüfenden Blick zuwarf, sich dann aber wieder abwandte und sich eine Zigarette anzündete.

Abgelenkt durch das Gespräch hatte Becca nicht mitbekommen, dass Peter und Lenny aufgehört hatten zu spielen und schaute perplex auf, als die Beiden plötzlich laut keuchend am Ende der Treppe auftauchten.

„Gewonnen", japste Lenny nach Atem ringend.

Peter verlangsamte sein Tempo und stieg die letzten zwei Stufen hinauf, um sich dann vorzubeugen und Lennart die Faust entgegen zu strecken. „Wahnsinn! Da hatte ich ja null Chance."

Strahlend stieß Lenny mit seiner kleinen Faust gegen seine.

„So jetzt geht's aber ab ins Bett", kam Ilona Becca zuvor und sie war dankbar, dass sie nicht schon wieder die Spielverderberin sein musste. Viel zu oft kam sie sich mehr wie eine Mutter als eine große Schwester vor.

„Ich geh mit ihm rüber", meinte Ilona an Becca gewandt. Sie drückte ihre Zigarette in einem der Aschenbecher aus und klatschte dann auffordernd in die Hände. „Na komm, du Frechdachs."

In dem Moment traten Lars und Thomas, die abgeräumt hatten, wieder zu ihnen nach draußen. „Geht ihr rüber?", fragte Thomas, als die Beiden ihnen entgegenkamen. Ilona nickte.

„Okay, danke und komm gut heim." Er drückte im Vorbeigehen kurz ihren Arm.

Aus dem Augenwinkel sah Becca, wie Peter die beiden erstaunt musterte.

„Ach so, Peter, ehe ich es vergesse, morgen haben wir geschlossen, aber Dienstag könnten wir dich gleich wieder gebrauchen", wandte sich Thomas nun an ihn. „Alles klar." Der verwirrte Ausdruck verschwand und wich seinem üblichen Lächeln. „Dann muss ich mir ja auch noch überlegen, was ich morgen esse", witzelte Peter nur. „Ich hab' mich schon so an die gute Verpflegung der letzten zwei Tage gewöhnt."

Ilona lachte. „Das kann ich mir vorstellen. Ich bin immer nur am Naschen, wenn ich hier bin. Deswegen hält man mich am besten von der Küche fern."

„Das ist echt nicht übertrieben", bestätigte Lars lachend. „Das ist lediglich ein Lob an deine Kochkünste. Du solltest dir Gedanken machen, wenn ich es eines Tages nicht mehr tue", erwiderte Ilona gespielt ernst und boxte ihn gegen den Arm.

„Dann komm doch einfach bei uns vorbei", meinte Thomas plötzlich an Peter gewandt. „Rebecca kann auch super kochen." Er schenkte seiner Tochter ein stolzes Lächeln, die jedoch bei seinen Worten zur Salzsäule erstarrte. Das hatte er gerade nicht wirklich gesagt. Peter schien noch ernsthaft zu überlegen, doch ihr Vater setzte dem Ganzen die Krone auf, indem er hinzufügte: „Wir essen um sieben."

ZWÖLF

Becca hatte sich den ganzen Tag gefragt, ob ihr Vater den geheimen Plan verfolgte ihr Leben zur Hölle zu machen. Trotz ihres Unmuts machte sie sich gegen halb sieben jedoch in der Küche an die Arbeit.

Pünktlich um sieben klingelte es an der Haustür und sie hörte, wie sich ihr Vater nebenan im Wohnzimmer erhob. Sie rührte gerade in der Soße als Peter zu ihr in die Küche kam.

„Mh, das riecht aber lecker." Er reckte die Nase in die Luft und sog tief die Luft ein.

Becca ignorierte ihn einfach.

„Hey Bec! Kann ich dir was helfen?" Er stand jetzt direkt neben ihr und automatisch wich sie etwas zur Seite. Die Tatsache, dass er sie Bec genannt hatte, überging sie und wies stattdessen mit dem Löffel auf den Schrank hinter sich.

„Du kannst den Tisch decken", meinte sie, um wieder möglichst viel Raum zwischen sie zu bringen.

Sofort setzte Peter sich in Bewegung und öffnete den Schrank, auf den Becca gedeutet hatte.

„Ich war gestern etwas verwirrt. Ich dachte erst Ilona ist deine Mum", gab er wie aus heiterem Himmel zu, was seinen erstaunten Ausdruck vom Vortag erklärte.

„Ihr habt die gleichen Augen", fügte er nachdenklich hinzu.

Als sich ihre Blicke kurz trafen, nahm sie zum ersten Mal diese Wärme wahr, die in seinen dunklen Augen lag und für einen Moment hielt sein offener und direkter Blick den ihren gefangen. Becca schluckte und wandte sich wieder ab, bevor sie sprach.

„Sie ist meine Tante, deswegen vielleicht", erklärte sie leichthin.

„Kommt sie auch zum Essen?", wollte er nun wissen.

Becca schüttelte nur den Kopf.

„Und was ist mit deiner Mutter?" Er stand noch immer vor der geöffneten Schranktür.

Beccas Brust zog sich kurz schmerzhaft zusammen. „Die kommt nicht zum Essen", erwiderte sie dann leise. Sie merkte seinen Blick auf sich und war froh, dass er ihr Gesicht nicht sehen konnte, während sie versuchte die Tränen zu unterdrücken.

„Also für vier", vernahm sie nach einer Weile seine gedämpfte Stimme und dann das Klappern von Tellern.

Das Essen verlief angenehmer als Becca erwartet hatte. Peter war überraschend ruhig und zurückhaltend und unterhielt sich die meiste Zeit mit Lenny, der ihm Löcher in den Bauch fragte. Er hatte viele spannende Geschichten von seinen Reisen zu erzählen und Lenny lauschte ihm mit großen Augen, in denen die Bewunderung nicht zu übersehen war.

„Und Ted ist immer bei dir?", fragte Lenny nun. Da fiel Becca erst auf, dass sie Ted noch gar nicht gesehen hatte.

„Immer!", bekräftigte Peter. „Er ist mein bester Freund und ich glaube, ohne ihn wäre ich manchmal ganz schön einsam."

„Cool! Aber naja, jetzt hast du ja auch noch uns", meinte Lenny mit seiner kindlichen Logik und alle schauten ihn etwas verblüfft an, sagten jedoch nichts.

Scheinbar hatte Peter in kürzester Zeit schon einen Platz in seiner kleinen Welt eingenommen.

Die nächsten paar Tage kehrte eine Art Routine ein. Peter und Becca arbeiteten täglich zusammen. Er war freundlich und sie ignorierte ihn so gut es ging.

Abends aßen sie entweder gemeinsam im Restaurant oder Thomas lud ihn zu ihnen zum Essen ein. Er verbrachte viel Zeit mit Lenny und obwohl Becca die Art, wie er mit ihm umging wirklich mochte, machte sie sich schon Gedanken, wie der Kleine es aufnehmen würde, wenn Peter in naher Zukunft wieder aus seinem Leben verschwinden würde. Es hatte sich zwar bisher noch kein neuer Bewerber bei ihnen auf den Aushang, den ihr Vater in der Stadt verteilt hatte, gemeldet, doch Becca war sich sicher, dass das Ganze nicht von langer Dauer sein würde, und es tat ihr leid um Lenny, der scheinbar einen echten Freund in Peter gefunden zu haben schien.

Die letzten beiden Abende hatte sie beschlossen, wieder runter zum Strand zu gehen, während Peter mit Lenny und Ted unterwegs war und sie somit sicher sein konnte, ihre Ruhe zu haben. Wie sehr hatte ihr das die vergangenen Tage gefehlt.

Das gleichmäßige Rauschen der heranrollenden Wellen erfüllte ihren Körper und ihr Blick verlor sich in der Ferne. Sie saß schon eine ganze Weile hier, als sich plötzlich das Geräusch von prasselndem Wasser mit dem der Wellen mischte.

Ihr Blick huschte automatisch gen Himmel, der jedoch nach wie vor lediglich von ein paar kleinen weißen Wölkchen bedeckt war. Verwirrt schaute sie sich um, dann hielt sie inne und lauschte genauer. Es klang wie eine – Dusche. Gerade als sie diesen Gedanken hatte kam ihr eine Idee. Sie rutschte an das Ende des Strandkorbes und lugte um die Ecke.

Ihre Vermutung war richtig. Etwa 50 Meter entfernt befand sich die Stranddusche, die normalerweise um diese Uhrzeit nicht mehr in Gebrauch war. Genau unter dieser Dusche stand nun ein Mann. Ein Blick reichte und Becca erkannte auch um wen es sich handelte. Peter stand mit dem Rücken zu ihr unter der Dusche und ließ sich das, wie Becca wusste, kalte Wasser über seinen Körper laufen. Die Tatsache, dass er komplett nackt dort stand, verschlug Becca die Sprache. Sie war es ja inzwischen gewohnt, dass er nicht ganz normal war, aber das ging dann doch etwas weit. Sie wäre am liebsten aufgesprungen, um ihn zurechtzuweisen, aber das hätte bedeutet, dass sie zugeben musste, dass sie ihn beobachtet hatte und noch dazu müsste sie sich seinem nackten Körper aus der Nähe stellen. Aber statt sich einfach wieder in dem Strandkorb zu verstecken und so zu tun, als wäre sie gar nicht da, blieb sie sitzen, wo sie war, und starrte weiterhin seine Kehrseite an. Becca war bisher gar nicht aufgefallen, wie athletisch er eigentlich war. Sie hatte ihn stets nur in weiten T-Shirts gesehen und durch seine Größe wirkte er eher schlaksig. Jetzt konnte sie jedoch seinen zwar sehr schlanken, aber doch muskulösen Körperbau erkennen und während er sich die Haare wusch, beobachtete sie das Spiel seiner Rückenmuskeln. Langsam wanderte ihr Blick abwärts... als er sich plötzlich in ihre Richtung umdrehte, um auch seine Rückseite zu waschen. So schnell wie möglich huschte Becca zurück in das Innere des Korbes und lauschte mit angehaltenem Atem. Sie war sich nicht sicher, ob er sie bemerkt hatte, aber ihr Herz schlug ihr bis zum Hals. Sie traute sich nicht sich auch nur einen Zentimeter zu bewegen, deswegen wartete sie ab, bis sie hörte wie die Dusche abgestellt wurde und das Plätschern des Wassers augenblicklich verstummte.

Bei der Vorstellung, er habe sie bemerkt und käme jetzt herüber, um sie zur Rede zu stellen, wurde ihr ganz übel. Mucksmäuschenstill blieb sie an ihrem Platz und erst als mindestens zehn Minuten vergangen waren, traute sie sich, vorsichtig um die Ecke zu lugen. Sie rechnete schon damit ihn gleich hinter dem Strandkorb stehen zu sehen, doch es war weit und breit niemand in Sicht. Ihr fiel ein Stein vom Herzen und erleichtert atmete sie aus. Sie kletterte aus dem Korb und stellte fest, dass einer ihrer Füße eingeschlafen war, da sie die ganze Zeit darauf gesessen hatte. Als sie ihn nun belastete, fing er unangenehm an zu kribbeln. Da sie aber so schnell wie möglich hier weg-wollte, ignorierte sie es und machte sich etwas hinkend auf den Heimweg. Dabei warf sie immer wieder einen prü-fenden Blick über die Schulter, aber Peter tauchte immer noch nirgends auf. Langsam fiel die Anspannung von ihr ab. Dafür tauchte jetzt immer wieder das Bild des nackten Peters vor ihr auf, was sie angestrengt aus ihren Gedanken zu löschen versuchte. Zu ihrem Leidwesen musste sie sich jedoch eingestehen, dass sie ihn ziemlich attraktiv fand. Das würde allerdings nichts daran ändern, wie sehr ihr seine aufdringliche und immerzu fröhliche Art auf die Nerven ging und allein die Tatsache, dass er abends am Strand duschte, reichte ihr, um sich wieder über ihn auf-zuregen. Obwohl es sie andererseits auch etwas beruhigte, dass er sich anscheinend regelmäßig wusch, bevor er ih-ren Gästen das Essen brachte.

Als sie am nächsten Morgen aufschloss, wartete Peter wie gewöhnlich auf der Terrasse auf sie. Er lehnte am Ge-länder, Ted zu seinen Füßen. Als er sie erblickte stieß er sich ab und folgte ihr langsam ins Innere des Lokals. Auf seinen fröhlichen Morgengruß erwiderte sie nur ein knappes „Morgen."

Sie war nicht in der Lage ihn direkt anzuschauen, denn sofort erschien das Bild des gestrigen Abends vor ihrem inneren Auge. Ihre Befürchtung er habe sie dabei erwischt, war jedoch unnötig gewesen, denn er verhielt sich den ganzen Tag für seine Verhältnisse normal und ließ auch keine zweideutigen Bemerkungen fallen. Becca begann sich allmählich wieder zu entspannen und nahm ihre gewohnte abweisende und mürrische Haltung ihm gegenüber ein.

„Denkt dran heute Abend noch die Tische zu stellen. Ilona bringt gleich die Tischdecken aus der Reinigung vorbei, wenn sie Lennart bringt", erinnerte Thomas, als er zu seiner Tochter hinter die Theke trat.

„Ja machen wir. Hast du Nadja eigentlich abgesagt?", fragte Becca.

„Ähm nein." Thomas kratze sich am Hinterkopf. „Aber ich dachte, sie könnte Lars in der Küche etwas zur Hand gehen."

In diesem Moment trat auch Peter zu ihnen hinter die Theke, ein Tablett mit leeren Gläser in der Hand.

Becca wollte sich gerade abwenden als er meinte: „Ich könnte auch in der Küche helfen." Er begann die Gläser zu spülen um sie anschließend zum Abtropfen auf das Gitter zu stellen. „Ich bin eigentlich ein ganz passabler Koch und mir würde es Spaß machen", fügte er hinzu als Thomas ihn leicht verdutzt anschaute.

„Ehm ja natürlich, wenn du das gerne willst. Lars freut sich bestimmt über ein bisschen Unterstützung."

Als plötzlich auch noch Ilona mit einem lauten „Hallihallo" durch die Küche in den Thekenbereich trat wurde es eng auf dem schmalen Raum.

„Die Decken hab' ich in den Abstellraum gelegt. Lenny hat was gegessen und macht jetzt Hausaufgaben. Kann ich sonst noch irgendwie helfen?", sprudelte es gleich darauf aus ihr heraus.

Thomas wandte sich seiner Schwägerin zu „Würde es dir was ausmachen morgen Nachmittag herzukommen. Es ist glaube ich besser, wenn Lennart nicht auch noch hier rumspringt und ich möchte ihn drüben nicht den ganzen Tag allein lassen."

„Natürlich! Und morgen bring ich dann auch endlich mal meine Schere mit", verkündete Ilona. „Ich kann mir das nicht mehr ansehen junger Mann."

Peter blickte verdutzt auf, als ihn plötzlich alle anschauten.

„Was? Wieso? Was stimmt denn mit meinen Haaren nicht?", fragte er.

Ilona machte eine wage Geste zu seinen dunklen Locken, die ihm wild ins Gesicht wuchsen und meinte nur trocken: „Alles!"

„Haben wir doch gut hinbekommen?", meinte Peter und schaute über die Schulter zu der langen Tischreihe, die mit den hellblauen Tischdecken und der Deko wirklich recht schön anzusehen war. Becca musste zugeben, dass der Abend im Großen und Ganzen recht nett gewesen und Peter ihr, entgegen ihrer Erwartungen, eine echte Hilfe gewesen war.

Nun saß er auf einem der Barhocker und hielt ein halbleeres Cola-Glas umfasst, während sie den Thekenbereich mit einem Lappen abwischte.

„Machst du sowas eigentlich öfter?" Er wandte sich ihr wieder zu.

„Was meinst du?"

Er schaute sie mit ausdrucksloser Miene an. „Leute beim Duschen beobachten."

Man musste ihr den Schock ansehen, denn sie sah, wie seine Augen vor Belustigung aufblitzen.

„Alles gut, muss dir nicht peinlich sein. Jeder hat doch etwas, worauf er heimlich steht", neckte er sie.

„Spinnst du! Denkst du das war Absicht?", schoss Becca zurück. „Warum duschst du auch an einem öffentlichen Strand? Ich glaub nicht, dass ich diejenige bin, die sich rechtfertigen muss." Doch auch ihr fiel auf, dass ihre Worte einer Rechtfertigung sehr nahekamen.

„Ich hab' nicht damit gerechnet, dass sich irgendwelche Spanner in Strandkörben verstecken würden", frotzelte Peter.

Doch Becca hatte keine Lust auf dumme Witze. Ihr war es zutiefst peinlich, dass Peter sie erwischt hatte und es ihr jetzt auch noch aufs Brot schmieren musste. Damit hatte er mal wieder ihre Meinung über ihn bestätigt und gedanklich strich Becca wieder all die Bonuspunkte, die er an diesem Abend gesammelt hatte.

„Du hast sie doch nicht mehr alle." Genervt verdrehte sie die Augen und lief in den Gastraum.

„Hey ich mach doch nur Spaß." Er rutschte von dem Barhocker und folgte ihr einfach.

Sie war ohne echtes Vorhaben losgelaufen und da die Tische bereits alle abgewischt waren, stand sie jetzt etwas dämlich mit dem Lappen in der Hand da.

„Sorry, aber es ist einfach zu schön, wie du dich immer gleich aufregst, wenn man mal einen blöden Spruch macht." Peter stand direkt hinter ihr und Becca tat so als würde sie eines der Windlichter auf dem Tisch zurechtrücken, um irgendwie beschäftigt zu wirken.

„Schön für dich, dass du dich so köstlich über mich amüsierst", presste sie zwischen geschlossenen Zähnen hervor.

„Ich mach mich nicht lustig über dich, Bec", sagte er eindringlich.

Ihr fiel auf, dass er sie mal wieder Bec nannte, was sie eigentlich nicht als schlimm empfunden hatte, doch in diesem Moment ging ihr selbst das gegen den Strich und sie fuhr herum.

„Nenn mich gefälligst nicht immer Bec, das nervt echt!" Sie stürmte wieder an ihm vorbei zur Theke.

„Okay, wow. Es tut mir leid, wenn ich dich irgendwie sauer gemacht habe, aber du solltest echt mal versuchen nicht wegen jedem Scheiß gleich auszurasten."

Becca hoffte, sich verhört zu haben, und starrte Peter mit aufgerissenen Augen fassungslos an. Dann schüttelte sie kurz den Kopf. „Weißt du was, du kannst mich mal." Sie schmiss den Lappen auf die Theke und im nächsten Moment war sie durch die Schwingtür verschwunden.

DREIZEHN

„Du! Mitkommen!" Das waren die einzigen Worte die I-lona an Peter richtete, als sie am Vormittag das Restaurant betrat.

Lars und Peter waren gerade dabei die Wärmebehälter für das Buffet aufzubauen. Verdutzt schauten beide sie an.

„Wird nicht lang dauern", meinte Ilona und forderte ihn mit einer Handbewegung erneut auf ihr nach draußen zu folgen.

Was war denn das?", wollte Lars von Becca wissen.

„Sie will ihm glaub ich die Haare schneiden", meinte sie gleichgültig und Lars nickte nur, als wäre ihm jetzt alles klar.

Becca war noch immer sauer über das, was Peter ihr am Vortag an den Kopf geworfen hatte, und sie hatte ihn seitdem keines Blickes gewürdigt. Als er jedoch zehn Minuten später wiederauftauchte, konnte sie nicht anders als ihn anzuglotzen.

„Wow, Kumpel,du siehst gut aus", meinte Lars sofort und widerstrebend musste Becca ihm recht geben.

Ilona hatte ihm die Seiten kurz geschnitten, den Teil am oberen Kopf jedoch etwas länger gelassen, sodass seine Locken noch ansatzweise zu erkennen waren. Eine etwas längere Strähne fiel ihm lässig in die Stirn. Becca erkannte ihn kaum wieder und ihr wurde bewusst, dass sie ihn noch immer anstarrte, als er sich nun ihr zuwandte.

„Und was sagst du?", wollte er von ihr wissen.

Becca räusperte sich kurz. „Äh ja sieht, ehm – gut aus", antwortete sie stockend.

Das Lächeln, das sich daraufhin auf seinem Gesicht ausbreitete, wirkte beinah verlegen.

Dann lenkte jedoch eine andere Person Beccas Aufmerksamkeit auf sich.

Eine Frau hatte das Lokal betreten und lächelte breit als sie Becca erblickte.

Nadja Arens gehörte zu den wenigen Menschen über deren Besuch sich Becca jedes Mal ernsthaft freute. Die gebürtige Holländerin war seit vielen Jahren eine gute Freundin der Familie und Becca und Nadjas Sohn Hannes, der nur wenig älter war als sie, hatten schon zusammen im Sandkasten gespielt.

Auch Thomas, der mit einem Stapel Geschirr aus der Küche kam, schien sich sichtlich zu freuen sie zu sehen, denn er stellte augenblicklich alles zur Seite, um sie ebenfalls in den Arm zu nehmen.

Wenig später parkten die ersten Autos auf dem Parkplatz des Ostwinds.

Bei der angemeldeten Feier handelte es sich um ein 20 - jähriges Klassentreffen und Becca hatte einen etwas bitteren Geschmack im Mund, als sie beobachtete, wie sich ehemals gute Freunde nach langer Zeit wieder in den Armen lagen.

Nachdem die Gesellschaft gegessen hatte und das Buffet abgeräumt war, löste Thomas Becca und Nadja ab, die ihre Pause nutzten, um sich über die Reste des Essens herzumachen.

Jeder mit einem Teller in der Hand, lehnten sie am Küchenpass, auf dem Peter und Lars bereits den Nachtisch anrichteten.

„Thomas hat mir erzählt, dass du aus Irland kommst, Peter?"

Peter bestätigte Nadjas Frage.

„Ich war schon öfter zum Urlaub machen da. Aus welcher Ecke kommst du denn?"

„Nicht allzu weit von Galway", antwortete Peter.

„Ja das ist eine schöne Ecke. Ich liebe die Küste. Die rauen Felsen und das saftig grüne Gras", schwärmte Nadja.

Becca hörte nur mit halbem Ohr zu, wie Nadja und Peter sich weiter über die Vorzüge Irlands unterhielten. Sie sollte sich eigentlich längst daran gewöhnt haben, dass Peter ständig die Aufmerksamkeit der Leute auf sich zog, doch es nervte sie trotzdem und sie wusste nicht, wie oft sie sich diese Gespräche, die im Grunde alle ähnlich abliefen, noch anhören konnte.

Sie kannte die Fragen der Leute und sie kannte seine Antworten. Wenn das so weiter ging, könnte sie bald auswendig mitsprechen.

Die Gruppe der Mitvierziger hatte sich mittlerweile etwas verstreut, wobei sich der Großteil draußen auf der Terrasse versammelt hatte.

Becca beobachtete, wie sie sich abwechselnd und in verschiedenen Konstellationen vor dem Geländer aufstellten und für die Kamera posierten, um ihr Wiedersehen für die Zukunft festzuhalten. Sie schienen eine Menge Spaß dabei zu haben.

„Das ist ein wirklich toller Hund, den sie da haben", riss eine Frau sie plötzlich aus ihren Gedanken. Sie hatte ihr gegenüber an der Theke Platz genommen und lächelte sie freundlich an.

Becca war kurz verwirrt, erinnerte sich dann aber daran, dass Ted ja draußen auf der Terrasse war. Der Hund fiel nie besonders auf, sodass Becca ihn manchmal beinah vergaß.

„Er gehört einem unserer Mitarbeiter", erklärte sie der Frau mit freundlicher Stimme.

„Wirklich gut erzogen, muss ich schon sagen." Die Frau nickte anerkennend und Becca stimmte ihr einfach zu.

„Was ich fragen wollte. Ist es möglich, dass wir ein Verlängerungskabel bekommen könnten. Einer von uns hat einen Beamer mitgebracht und wir würden uns gerne ein paar alte Bilder anschauen."

„Oh ja, selbstverständlich. Ich bring ihnen gleich eins." Die Frau bedankte sich und verschwand.

Als Becca sich umdrehte, stieß sie plötzlich mit Peter zusammen, der ihr aus der Küche mit einem Tablett voller Puddingschälchen entgegenkam.

Es gelang ihm gerade so die Balance zu halten und das Tablett, das bei ihrem Zusammenstoß gefährlich in Schieflage geraten war, wiederaufzurichten.

„Fuck, das war aber knapp." Er lachte etwas außer Atem und stellte das Tablett vorsichtig ab, um die Schälchen darauf wieder gerade zu rücken.

„Sorry", entschuldigte Becca sich.

„Mir tut es auch leid", erwiderte Peter und blickte sie plötzlich direkt an.

„Das war doch meine Schuld", meinte sie mit gerunzelter Stirn.

„Ich meine wegen gestern Abend. Das war nicht nett, was ich zu dir gesagt habe." Er schaute sie noch immer unverwandt an und sie sah ihm an, dass er es ernst meinte.

„Ja – ehm, vielleicht hab' ich wirklich etwas überreagiert", gestand sie und erwiderte sogar kurz sein Lächeln.

„Ist ja eigentlich auch ein Kompliment, dass dich das was du gesehen hast so aus der Fassung gebracht hat." Er zwinkerte ihr zu und Beccas Miene versteinerte sich augenblicklich.

„Komm, ich nehme das", meinte Thomas und nahm Nadja ihre kleine Reisetasche aus der Hand, um sie vor ihr her ins Haus zu tragen.

Nadja schlug die Tür ihres Wagens zu und hakte sich bei Becca unter.

„Und was machen wir zwei Hübschen jetzt noch?"

„Hast du mal auf die Uhr geschaut", meinte Becca verblüfft.

„Na und, du bist doch noch jung", lachte Nadja. „Thomas sag nicht, dass du jetzt auch schon schlafen gehen willst. Ich sehe euch doch so selten." Nadja wandte sich mit enttäuschter Miene an Beccas Vater, der gerade die Tür des Gästezimmers wieder hinter sich schloss.

Er schien kurz mit sich zu hadern, aber etwas in Nadjas Ausdruck ließ ihn schließlich doch zustimmen, noch wach zu bleiben.

„Ich bleib auch morgen noch ein Weilchen hier und helfe beim Putzen." Nadja zwinkerte Becca zu, die schließlich auch einwilligte.

„Ein Gläschen Wein und die Füße hochlegen wäre jetzt wunderbar", schwärmte Nadja.

Wenig später saßen sie schon gemeinsam um den Tisch auf der Terrasse, jeder ein Glas Weinschorle in der Hand.

„Was gibt es so Neues bei dir? Was macht Hannes?", wollte Thomas wissen, nun wo sie Zeit hatten sich ein bisschen zu unterhalten.

„Ach, Hannes hat alles im Griff. Er und Kimmy sind vor kurzem zusammengezogen und das Studium läuft bisher auch ganz gut. Bin heilfroh, dass er meine chaotische Art scheinbar nicht geerbt hat und straight seine Ziele verfolgt." Nadja lachte, wurde aber gleichdarauf wieder ernst. „Um Isy mach ich mir allerdings ein bisschen Gedanken. Sie macht gerade 'ne schwierige Phase durch. Selbstzweifel und sowas."

Es war eine Weile her, dass Becca Hannes und Isabell gesehen hatte. Die Geschwister hätten nicht verschiedener sein können, was vor allem daran liegen mochte, dass sie nicht denselben Vater hatten. Becca war quasi mit den beiden aufgewachsen, da sie Nachbarn gewesen waren, bevor sie von der Stadt zurück in den Geburtsort ihrer Mutter gezogen waren. So hatte sie im Laufe der Jahre nicht nur mitbekommen, wie Hannes Vater die Familie verließ, sondern auch, wie Nadja sehr bald darauf eine neue Partnerschaft einging, aus der die heute 16-jährige Isabell entstanden war. Allerdings war auch diese Beziehung nicht für die Ewigkeit bestimmt gewesen und soweit sie wusste, hatte Nadja sich geschworen, sich nicht so schnell und unbedacht wieder in eine Beziehung zu stürzen.

Sie saßen eine ganze Weile zusammen auf der Terrasse und Nadja und Thomas schwelgten gemeinsam in alten Erinnerungen an Zeiten in denen Becca und Hannes noch klein gewesen waren. Becca konnte sich an das meiste nicht erinnern, aber Nadjas Art Geschichten zu erzählen war überaus lebendig und es machte Spaß zuzuhören. Sie schaffte es sogar, dass Becca, trotz Anwesenheit ihres Vaters, befreit lachte. Es fühlte sich beinah ein bisschen an wie früher.

Auch ihr Vater wirkte erstaunlich entspannt und heiter an diesem Abend, obwohl sie nicht sicher war, ob es vielleicht bloß am Wein lag.

„Ach und weißt du noch, als ich und Eva damals mit den Kindern in den Zoo wollten und du...", plapperte Nadja freudig los, doch Becca hörte den Rest des Satzes nicht mehr. Bei dem Namen ihrer Mutter hatte ihr Herz kurz einen Schlag ausgesetzt und ihr wurde klar, wie lange ihn keiner in diesem Haus laut ausgesprochen hatte. Auch der Blick ihres Vaters hatte von heiter zu bedrückt gewechselt. Nadja entging der schlagartige Stimmungswechsel selbstverständlich nicht, weshalb sie augenblicklich innehielt.

„Sorry Leute", meinte sie zerknirscht. „Ich wusste nicht – ich habe nicht nachgedacht."

Becca sah, wie ihr Vater schwer schluckte.

„Du brauchst dich nicht entschuldigen." Seine Stimme klang belegt als er weitersprach: „Wir reden nicht so oft – über sie. Es war einfach ungewohnt. Aber du hast Recht. Es sollte normal sein ihren Namen zu sagen. Es gibt so viele schöne Momente, die wir in Erinnerung behalten sollten." Er rang sich ein schmales Lächeln ab.

Becca war erstaunt über die Reaktion und die Worte ihres Vaters. Sie hatte erwartet er würde mit einer diffusen Ausrede das Weite suchen, stattdessen wirkte er überaus kontrolliert.

Wie oft hatte sie in der Vergangenheit den Wunsch gehabt mit ihm reden zu können. Ihre Gefühle teilen zu können, um gemeinsam das Geschehene zu verarbeiten. Aber er war nicht in der Lage dazu gewesen und vor jeder Unterhaltung davongelaufen.

Er hatte den Eindruck vermittelt als glaube er, dass es nicht real war, solange man es nur nicht laut aussprach – und irgendwann hatte auch Becca angefangen das zu glauben.

Nadja lächelte Thomas verständnisvoll an und drückte dann sanft seine Hand.

Einen Moment herrschte eine bedrückende Stille, doch dann ging Nadja einfach dazu über ein paar witzige Anekdoten aus ihrem Job als Chefsekretärin zu erzählen, was die Stimmung nach und nach wieder etwas lockerte.

Becca bewunderte sie für die Fähigkeit eine so unangenehme Situation innerhalb kürzester Zeit aufzulösen. Zwar konnte sie sehen, dass auch ihr Vater noch etwas mit seinen Gefühlen zu kämpfen schien, aber in diesem Moment keimte die Hoffnung in ihr auf, dass es irgendwann wieder für sie möglich sein würde darüber zu sprechen.

Dass irgendwann dieser schwere schwarze Schleier der Trauer, der über ihnen schwebte, verschwinden würde und dass das Geschehene irgendwann nicht mehr alles andere überschatten würde.

Vielleicht noch nicht heute oder morgen, aber irgendwann.

VIERZEHN

Als der Wecker klingelte stöhnte Becca entnervt auf und drückte ihren Kopf ins Kissen, um das störende Geräusch zu dämpfen. Mit der Hand versuchte sie gleichzeitig das Gerät zum Schweigen zu bringen. Als sie die Küche betrat, sah sie, dass es ihrem Vater nicht viel anders zu gehen schien. Die Hände in den Kopf gestützt saß er am Küchentisch, vor sich eine große Kaffeetasse.

Als er sie bemerkte, hob er allerdings hastig den Kopf und lächelte sie an, wobei sein Lächeln jedoch etwas erzwungen und fehlplatziert wirkte. Er sah aus, als wäre er über Nacht zehn Jahre gealtert.

„Guten Morgen."

„Morgen", brummelte Becca als Gegengruß und strebte auf die Kaffeemaschine zu.

„Nadja hat Kaffee gekocht. Nicht ganz so stark wie deiner, aber er erfüllt seinen Zweck."

Becca goss sich eine Tasse ein und nahm gleichdarauf einen kräftigen Schluck. Nadjas Verhältnis von Pulver zu Wasser kam bei weitem nicht an das ihre heran, aber ihr Vater hatte recht: Er erfüllte seinen Zweck. Nach zwei Tassen fühlte sich Becca schon viel lebendiger.

„Nadja ist schon vor 'ner Weile rüber gegangen. Keine Ahnung, wo sie diese Energie hernimmt. Beneidenswert.

Aber sie war ja schon immer eine Macherin." Thomas zuckte die Schultern und stellte seine Tasse dann in die Spüle. „Wir sehen uns drüben."

Becca machte Lenny Frühstück und ging dann ebenfalls rüber zum Aufräumen. Sie fand Nadja hinter der Theke, wo sie mit Gläser spülen beschäftigt war. Becca staunte nicht schlecht, als sie sah, wie fleißig Nadja schon gewesen war. Ihr Vater hatte nicht übertrieben. Die Tische waren bereits komplett abgeräumt und gewischt, die Deko verpackt und der Boden gekehrt.

„Guten Morgen Liebes, gut geschlafen?" Nadja sah im Gegensatz zu Becca und ihrem Vater aus, als hätte sie mindestens acht Stunden Schlaf hinter sich.

„Eindeutig zu kurz." Wie zur Bestätigung musste Becca gähnen. „Kann ich dir helfen?"

„Willst du hier weitermachen? Dann kann ich schon mal die Klos putzen", schlug Nadja vor.

„Das kann ich auch machen", wehrte Becca ab, doch Nadja schüttelte bloß den Kopf und trocknete sich die Hände an einem Geschirrtuch ab.

Sie hatte gerade die Hände ins heiße Spülwasser getaucht, als ein fröhliches „Morgen" hinter ihr erklang. Erschrocken fuhr Becca zusammen.

Sie sah Peter durch die Küche reinkommen. Beccas Stirn verengte sich und kommentarlos wandte sie sich wieder der Spüle zu.

„Und, schon wieder fit nach dem langen Tag gestern?", fragte er unbeirrt, trat neben sie und krempelte sich dabei die Ärmel seines Sweatshirts hoch, sodass seine gebräunten Unterarme zum Vorschein kamen. Ein kurzer Blick zu ihm zeigte Becca, dass Peter erstaunlich frisch aussah und der Duft von Seife ging von ihm aus. Das weiße Shirt, das er trug, schien beinah zu strahlen. Verwundert stellte sie fest, dass er nicht wie üblich über die Terrasse, sondern durch den Hintereingang in der Küche reingekommen war. Der Ruf ihres Vaters, der in der Ecke mit den Wärmebehältern herumhantierte, lenkte sie jedoch ab, sodass sie sich keine weiteren Gedanken darüber machen konnte.

„Ah Peter, du kommst perfekt, kannst du mir hier mal helfen?", bat er und sofort eilte Peter Thomas zu Hilfe.

„Bec, kannst du mir grade mal den Lappen da geben?" Peter war erneut hinter sie getreten und deutete an ihr vorbei auf den Tresen. Becca lehnte sich vor und hielt ihm dann etwas abwesend den Lappen entgegen.

„Was ist denn das?" Statt den Lappen nahm er ihr Handgelenk in seine Hand und drehte es leicht, sodass ihr Unterarm nach oben zeigte.

Wie selbstverständlich fuhr er mit einem Finger die blasse Narbe auf ihrem Unterarm entlang.

Becca durchfuhr ein Schauer.

„Wie ist das passiert?", wollte er wissen.

Reflexartig entriss Becca ihm seinen Arm. „Geht dich das was an? Hier!" Mit einer schnellen Bewegung feuerte sie ihm den geforderten Lappen entgegen und es gelang ihm gerade so, ihn noch aufzufangen.

„Also immer noch sauer. Got it", meinte Peter achselzuckend und zog von dannen.

Sie schafften es rechtzeitig vor Öffnung des Lokals alles in seinen ursprünglichen Zustand zurückzuversetzen und Nadja verabschiedete sich, um die zweistündige Heimreise anzutreten.

Der Betrieb hielt sich jedoch den gesamten Mittag in Grenzen. Nicht mal Henrick Satters tauchte auf.

Gegen Nachmittag schlug dann auch noch das Wetter um. Der Morgen war schon sehr verhangen gewesen, doch nun zogen dicke Gewitterwolken auf, die sich nur wenige

Zeit später über dem Land entluden. Eine logische Folge nach den warmen Temperaturen der letzten zwei Wochen.

Eilig räumten sie draußen zusammen und machten alles wetterfest, ehe sie sich zurück ins Innere flüchteten. Thomas reichte Peter ein Handtuch, nachdem es diesem endlich gelungen war die Glastüren gegen den Wind zu schließen.

„Puh was ein Sauwetter", meinte Thomas mit Blick zu den schwarzen Wolken, die sich bedrohlich über dem Meer auftürmten. „Ich hoffe Nadja ist gut zuhause angekommen."

Lars, der sich sein Handtuch um den Hals geschlungen hatte und dessen Haare ebenfalls vor Feuchtigkeit wild abstanden, trat zu ihnen. „Ich denke mal hier geht heute nicht mehr viel oder was meinst du, Chef?"

Thomas schüttelte bloß den Kopf. „Mach dich nach Hause Lars. Ich räum noch fertig auf und ihr zwei könnt schon mal rüber, Lennart Gesellschaft leisten."

Kurz darauf verließen Peter, Becca und Lars gemeinsam das Lokal. Während Lars sich seine Jacke über den Kopf zog und zu seinem Auto hastete, überquerten Becca und Peter eilig den Hof. In dem Moment bellte Ted zweimal auf. Der Rüde saß unter dem Carport und blickte ihnen freudig aufgeregt entgegen.

„Hey Buddy. Schöne Dusche was." Peter machte vor der Haustür einen Schlenker und bog zu seinem vierbeinigen Freund ab.

Becca betrat derweilen kommentarlos das Haus. Lenny fand sie im Wohnzimmer vorm Fernseher. Oben zog sie sich schnell trockene Sachen an und kehrte dann zurück in die Küche, um etwas zu Mittag zu machen. Als sie gerade den Kühlschrank öffnete, ging die Seitentür auf und Peter betrat die Küche. Er schüttelte sich kurz wie ein

Hund, um die Feuchtigkeit aus seinen Haaren zu bekommen.

„Machst du essen?", fragte er dann an Becca gewandt und machte Anstalten ihr zur Hilfe zu kommen. Becca blockte sofort ab. „Du kannst Lenny etwas Gesellschaft leisten. Vielleicht bekommst du ihn ja mal vorm Fernseher weg."

„Oh Mann, jetzt geht es aber richtig los." Thomas stand hinter der Küchentheke und blickte aus dem Fenster. Peter und Lenny saßen am Küchentisch und spielten Mau-Mau, um sich die Wartezeit bis zum Essen zu vertreiben. Über die Schulter ihres Vaters hinweg konnte Becca sehen, wie der Wind den Regen gegen die Fensterscheibe peitschte.

„Oh Gott Peter, was ist denn mit deinem Zelt?", fiel es Thomas plötzlich siedend heiß ein, doch Peters Miene wirkte völlig entspannt, als er nun von seinen Karten aufschaute.

„Alles gut. Ich habe mir inzwischen ein Zimmer in der Stadt gesucht", winkte er ab. „Mir tat so langsam der Rücken weh. Brauchte mal wieder ein richtiges Bett – und eine Dusche", fügte er mit einem Zwinkern an Becca hinzu, die ihn nur böse anblickte.

„Und wie kommst du morgens hier her?", fragte Thomas.

„Zu Fuß", meinte Peter leichthin und warf eine seiner Karten mit einem frechen Grinsen auf den Ablagestapel.

„Menno", jammerte Lenny nun und zog mehrere Karten.

„Da bist du doch mindestens eine dreiviertel Stunde unterwegs." Thomas wirkte erstaunt.

„Ach dann hab' ich Teds Spaziergang auch gleich erledigt", lachte Peter.

„Ich habe eine bessere Idee", meinte Thomas plötzlich und Beccas Alarmglocken schrillten.

Die Ideen ihres Vaters waren in ihren Augen zuletzt nicht wirklich die Besten gewesen.

„Wir haben ein Gästezimmer, da könntest du wohnen." Beccas Kopf fuhr herum.

„Papa?", fragte sie mit ungläubiger Stimme. Becca konnte nicht glauben, was er da gerade vorgeschlagen hatte. Das übertraf wirklich alles Vorherige.

Was fiel ihm ein, Peter ohne ihre Zustimmung einzuladen bei ihnen zu wohnen. Reichte es nicht, dass sie ihn schon den ganzen Tag an der Arbeit um sich hatte und er so gut wie jeden Abend mit ihnen aß? Musste sie ihn jetzt auch noch den restlichen Tag in ihrer Nähe ertragen? Sie warf ihrem Vater einen Blick zu, der ihm eindeutig zeigen musste, was sie von der Idee hielt.

„Was? Das steht doch sowieso die ganze Zeit leer", erwiderte Thomas ohne Beccas Entrüstung überhaupt wahrzunehmen.

Peter schien ihre Reaktion allerdings nicht entgangen zu sein, da er ihr einen kurzen Seitenblick zuwarf, bevor er das Angebot höflich ablehnte. „Vielen Dank das ist wirklich nett, aber ich will euch nicht noch mehr zur Last fallen. Es ist wirklich kein Problem. Das Zimmer ist sehr gemütlich."

„Das mag ja sein, aber bestimmt auch nicht ganz billig auf Dauer, und du hast doch erzählt, dass du es mit vielen Familien vorher auch so gemacht hast, oder?"

„Ja das stimmt", gab Peter zu.

Becca versuchte weiterhin mit Blicken ihren Vater auf ihren Unmut aufmerksam zu machen, da sie nicht laut vor Lenny zugeben wollte, dass sie Peter auf keinen Fall hier haben wollte. Jedoch erfolglos.

„Dad ich finde nicht...", setze sie an, doch jetzt mischte sich auch Lenny ein und fiel seiner Schwester damit in den Rücken.

„Oh ja, das fände ich toll. Kann Ted dann bei mir im Zimmer schlafen?", fragte er voll kindlicher Begeisterung und nahm Becca damit völlig den Wind aus den Segeln.

„Naja, da reden wir nochmal drüber", meinte Thomas und lächelte seinen Sohn gutmütig an. „Jetzt hast du wohl keine andere Wahl mehr", meinte er dann wieder an Peter gewandt.

Dieser lächelte schwach und warf dann Becca einen vorsichtigen Blick zu, die inzwischen innerlich kochte. Entrüstet knallte sie den Kochlöffeln auf den Tresen und stapfte ohne ein weiteres Wort aus dem Raum.

„Wo willst du denn jetzt hin?", rief ihr Vater ihr verwirrt hinterher.

In ihrem Zimmer kletterte sie auf ihr Bett, lehnte sich mit angezogenen Beinen an die Wand und starrte die gegenüberliegende Wand an.

Es dauerte nicht lange und sie hörte Schritte auf der Treppe. Sie überlegte, noch schnell die Tür zuzuschließen, doch es war schon zu spät, denn ihr Vater betrat nach einem kurzen Klopfen ihr Zimmer. Demonstrativ drehte sie ihren Kopf zum Fenster, um ihm zu signalisieren, dass sie kein Interesse daran hatte mit ihm zu sprechen. Doch auch diesmal verstand er ihre Zeichen nicht. Er durchquerte das Zimmer und setzte sich auf ihre Bettkante.

„Was habe ich denn jetzt schon wieder falsch gemacht?", fragte Thomas vorsichtig.

Becca schaute ihn nicht an als sie antwortete.

„Fragst du, dass jetzt wirklich?", giftete sie.

„Geht es um die Sache mit Peter?"

Sie wandte sich ihm zu. „Natürlich! Wie kommst du darauf ihn einfach einzuladen hier zu wohnen, ohne mich zu fragen?" Ihre Stimme bebte vor Wut. „Ich will ihn verdammt nochmal nicht hier haben."

Sie war sich nicht sicher, ob man sie unten hören konnte, was wenn sie genauer darüber nachdachte auch schon egal war. Sollte er doch hören, dass er hier unerwünscht war. Ihr stürmischer Abgang war vermutlich sowieso schon Aussage genug gewesen.

Ihr Vater schaute sie schockiert über ihren Gefühlsausbruch mit großen Augen an. Er schien zu überlegen, bevor er antwortete. „Das wusste ich nicht, Schatz. Ich hatte eigentlich das Gefühl, ihr würdet euch inzwischen ganz gut verstehen."

„Da siehst du mal, wie gut du mich kennst. Das liegt daran, dass du dich kein bisschen dafür interessierst, was ich eigentlich will", warf sie ihm entgegen.

„Schatz das stimmt doch nicht. Natürlich will ich wissen wie es dir geht und was du dir wünschst", erwiderte Thomas verletzt durch diesen Vorwurf.

„Gut. Ich will zum Beispiel nicht, dass dieser Typ da unten auch noch bei uns einzieht."

„Ich kann doch mein Angebot jetzt nicht wieder zurückziehen. Lennart freut sich auch schon", entgegnete Thomas mit leiser, aber eindringlicher Stimme. Die Tatsache Lenny enttäuschen zu müssen ließ Becca kurz zweifeln.

„Das ist dein Problem wie du ihm das jetzt sagst", meinte sie dann jedoch stur und funkelte ihren Vater an.

Dieser musterte seine Tochter eingehend. „Nein, tut mir leid Rebecca, das werde ich nicht machen. Mein Angebot steht. Irgendwie wirst du dich damit arrangieren müssen." Seine Miene zeigte Entschlossenheit. Dann stand er auf und verließ ihr Zimmer.

Becca blickte ihm entgeistert und mit vor Überraschung geweiteten Augen hinterher. So bestimmt und autoritär hatte sie ihren Vater schon lange nicht mehr erlebt.

FÜNFZEHN

Ted sprang von der Ladefläche des grauen Jeeps und Becca beobachtete, wie Peter zu seinem riesigen Rucksack griff, um ihn sich gleichdarauf über die Schulter zu hieven. Sie trat vom Fenster zurück, als sie Peters und Thomas Stimmen im Flur vernahm.

Kurze Zeit später betrat ihr Vater das Wohnzimmer.

„Ach, du bist ja hier." Er wirkte seltsam überrascht sie zu sehen.

Becca hatte sich wieder der Bügelwäsche zugewandt und schaute nur kurz auf.

„Haben wir noch ein frisches Betttuch für das Bett im Gästezimmer? Im Schrank liegt keins", wollte Thomas wissen.

„Muss ich schauen", brummte Becca bloß.

In der Tür drehte er sich nochmal um. „Ich hatte überlegt für heute Abend Essen zu bestellen und vielleicht können wir ja ein paar Spiele spielen oder sowas", schlug ihr Vater etwas unsicher vor.

Becca sah in zweifelnd an. Wollte er jetzt einen auf happy family machen oder sollte das der traurige Versuch sein wieder etwas bei ihr gut zu machen.

„Lieber italienisch, griechisch oder chinesisch? Du darfst aussuchen."

„Morgen könnte ja ich was für euch kochen", schlug Peter vor und schob sich eine Gabel seiner Tortellini in den Mund. „Ihr habt mich jetzt schon so oft eingeladen."

„Das hört sich gut an. Gibt's irgendwas typisch Irisches, was du für uns machen könntest?", fragte Thomas.

„Also so richtig typisch sind eigentlich nur Irish Stew und Blackpudding, wobei ich bezweifle, dass Blackpudding nach eurem Geschmack ist", beantwortete Peter Thomas Frage.

„Ich mag Pudding!", meinte Lenny erstaunt über Peters Aussage. Die Männer lachten und auch Becca konnte sich ein Schmunzeln nicht verkneifen.

„Das ist aber kein gewöhnlicher Pudding", erklärte Peter. „Der wird nämlich mit Blut gemacht." Bei seinen Worten kreischte Lennart laut auf.

„IIIIhhh, wer isst denn sowas?" Angewidert rümpfte er die Nase

„Also lieber Irish Stew", schlug Thomas glucksend vor.

„Dann bräuchte ich aber noch ein paar Dinge", überlegte Peter.

„Kein Problem. Schreib es mir einfach auf und ich bring alles mit, wenn ich Lennart morgen von der Schule hole." Thomas stand auf und trug seinen leeren Pizzakarton zum Mülleimer.

„Jemand noch Lust auf Eis?", wollte er wissen, woraufhin er jubelnde Zurufe von Lenny erhielt.

Becca stocherte noch immer in ihren fast kalten Nudeln herum. Ihr war der Appetit vergangen. Der Versuch ihres Vaters, einen harmonischen Abend zu gestalten, nervte sie, doch sie hielt sich vor Lenny zurück, das zu zeigen.

Nach dem Essen stand Peter auf und verkündete, dass er noch eine kurze Runde mit Ted laufen wolle, woraufhin sich Lenny ihm anschloss. Kaum hatten die beiden die Küche verlassen, stand auch Becca auf, sammelte die Eisschalen zusammen und machte sich wortlos daran sie zu spülen. Als sie den Blick ihres Vaters auf sich spürte, wandte sie sich um. Thomas saß noch immer am Tisch und schien in Gedanken versunken, während er seine Tochter beobachtete.

„Was ist?"

„Nichts." Er schüttelte kurz den Kopf, ehe er aufstand und auf sie zukam.

Becca hielt verdutzt inne.

„Ich hoffe, du wirst mir das nicht ewig übelnehmen." seine Stimme klang zögerlich. Auch wenn mit *das* einiges gemeint sein konnte, wusste Becca, von was er sprach. Sie zuckte jedoch lediglich die Schulter als Antwort. Sie war des Streitens müde.

Nach einer Weile brach Thomas das Schweigen. „Ich glaube, es tut uns ganz gut ihn hier zu haben. Er ist eine großartige Hilfe und auch mit Lennart..."

„Weil du ja so gut weißt, was gut für diese Familie ist", unterbrach ihn Becca. „Ich hab' jedenfalls im letzten Jahr herrlich wenig davon mitbekommen, wie du für uns da warst."

„Ich weiß." Betrübt blickte Thomas zu Boden. „Aber irgendwann musst du mir auch wieder verzeihen."

„Ich muss?" Beccas Stimme hatte einen gereizten Unterton.

„So habe ich das nicht gemeint", versuchte er zurückzurudern. „Aber ich geb' mir doch wirklich Mühe. Kannst du mir nicht ein bisschen entgegenkommen?"

„Das bin ich! Indem ich dir eine zweite Chance gegeben habe. Aber erwarte nicht, dass ich hier sitze und heile Welt spiele." Becca wollte gerade nachsetzten, als sie hörte wie die Tür zur Küche erneut geöffnet wurde und Peter und Lenny den Raum betraten. Sie verstummte augenblicklich.

„Was ist los?", fragte Lenny traurig und schaute zwischen Becca und ihrem Vater hin und her.

„Gar nichts mein Schatz." Beccas Züge glätteten sich und sie lächelte ihn liebevoll an.

Thomas räusperte sich und wandte sich dann seinem Sohn zu „So es ist auch schon spät. Zeit fürs Bett, junger Mann", meinte er bemüht fröhlich, doch seine Schauspielkünste ließen zu wünschen übrig. „Komm ich geh mit dir hoch."

Im Vorbeigehen strich er Becca sachte über den Arm, doch diese drehte sich einfach weg und widmete sich wieder ihrer Spültätigkeit.

Als die beiden die Küche verlassen hatten herrschte Stille. Becca wusste, dass Peter noch da war. Auch wenn sie ihm den Rücken zugedreht hatte, bemerkte sie seine Anwesenheit. Es war ihr unangenehm, dass er den Streit mit ihrem Vater mitbekommen hatte, und sie wartete nur auf irgendeine dumme Frage von ihm. Doch er blieb stumm. Stattdessen nahm er sich das trockene Tuch, das neben der Spüle lag und begann das Geschirr, welches Becca neben der Spüle aufgetürmt hatte, abzutrocknen.

Schweigend machten sie den Abwasch und Peters Anwesenheit wirkte erstaunlich beruhigend auf Becca. Schon nach kurzer Zeit hatte sie den Streit beiseitegeschoben.

Im Anschluss drückte sie Peter noch ein Handtuch und frisches Bettzeug in die Hand, womit er ins Gästezimmer verschwand.

Endlich sah sie die Möglichkeit, noch einen Moment für sich allein zu haben. Für den Strand war es bereits zu dunkel und so begnügte sie sich mit dem Gedanken es sich mit einem Glas Weinschorle, die noch von dem Abend mit Nadja offen im Kühlschrank stand, auf der Terrasse bequem zu machen.

Mit einem Glas in der einen und der Flasche in der anderen Hand trat sie hinaus. Eine Bewegung neben der Tür ließ sie jedoch gleichdarauf erschrocken zurückweichen. Ted, der sich in der Ecke neben einer Bank zusammengerollt hatte, hatte bei ihrem Erscheinen neugierig den Kopf gehoben, ließ ihn nun aber entspannt wieder sinken. Auch Beccas Adrenalinpegel normalisierte sich rasch und sie setzte sich auf einen der Holzstühle. Sie schenkte sich ein großzügiges Glas Wein aus, zog die Beine an ihren Körper und umschlang sie mit einem Arm. Es war fast vollständig dunkel um sie herum nur das Licht, das von drinnen herausschrien, erhellte die Nacht und bis auf das entfernte Rauschen der Wellen und das leise Klimpern der Windspiele war es ruhig. Völlig in ihre Gedanken vertieft bekam sie nicht mit, dass noch jemand die Terrasse betreten hatte. Erst als Ted aufsprang, bemerkte sie Peter, der leise in der Terrassentür stand.

„Schleichst du dich eigentlich immer so an?", keifte sie ihn an.

„Sorry, ich wollte dich nicht stören. Ich wollte nur nochmal nach Ted schauen." Er ging in die Hocke und graulte seinen Vierbeiner hinter den Ohren. „Ist es okay, wenn ich noch ein Weilchen hierbleibe? Es ist ungewohnt für mich ihn nachts nicht in meiner Nähe zu haben." Die tiefe Zuneigung zu seinem Begleiter war nicht zu überhören.

Becca zuckte nur gleichgültig mit den Schultern.

Peter erhob sich und setzte sich auf einen Stuhl ihr gegenüber. Ted folgte ihm und legte sich brav zu seinen Füßen.

Becca schaute wieder in die Dunkelheit und versuchte Peter so gut wie möglich zu ignorieren.

„Du redest nicht gerne, oder?", hörte sie Peter nach einer Weile sagen. Es klang nicht wie eine Stichelei, eher wie eine ehrliche Frage.

Becca wusste nicht, was sie darauf antworten sollte, deswegen zuckte sie nur mit den Schultern.

Peter lachte leise. „Das nehme ich mal als *ja*. Aber vielleicht redest du auch nur nicht gerne mit mir", fügte er dann leise hinzu.

Becca schwieg. Dann hörte sie sich plötzlich sagen: „Möchtest du auch was trinken?" Sie wusste nicht, warum sie ihn fragte, doch nun war es zu spät das Angebot wieder zurückzuziehen.

Peters Blick fiel auf die Weinflasche. „Danke für das Angebot, aber um ehrlich zu sein trinke ich nicht", meinte er ernst.

Ihm schien ihre Überraschung nicht zu entgehen, denn er lachte leise: „Long story".

Becca fragte nicht weiter. Es war ihr eigentlich auch egal, warum er nichts trank. Sie senkte ihren Blick und er fiel auf Ted, der zu Peters Füßen lag, den Kopf auf die Pfoten gelegt. Sie fand es erstaunlich, welche tiefe Bindung die beiden zueinander hatten, und sie erinnerte sich daran, wie auch sie sich früher immer einen Hund gewünscht hatte.

Peter war ihrem Blick gefolgt. „Weißt du, ich finde jeder braucht einen Ted", meinte er, als hätte er ihre Gedanken gelesen.

Bei dem Klang seines Namens hob der Hund seinen Kopf. Peter beugte sich vor und kraulte ihn wieder hinter den Ohren.

„Also ich meine damit, dass jeder jemanden braucht, der immer für ihn da ist und auf den er sich verlassen kann. Weißt du was ich meine?"

Sie antwortete nicht auf die Frage, stattdessen meinte sie: „Du kannst ihn auch gerne mit reinnehmen."

„Echt?", entfuhr es Peter überrascht. „Weißt du, ich bin so daran gewöhnt, dass er immer an meiner Seite ist."

Als er sie dankbar anlächelte, nickte sie nur einmal und schaute dann geradeaus in die Dunkelheit. Sie leerte ihr Glas in einem Zug und stand dann auf. „Ich werde dann wohl mal schlafen gehen. Gute Nacht." Sie war schon fast an der Tür, als sie Peters Stimme vernahm.

„Becca." Er war noch immer nach vorne gebeugt, die Ellenbogen auf den Knien und kraulte gedankenverloren Teds Kopf.

Der Klang ihres Namens aus seinem Mund löste ein seltsames Gefühl in ihr aus.

„Weißt du, du kannst mir ruhig sagen, wenn du mich nicht hier haben willst. Ich kann jederzeit wieder gehen."

Becca verharrte an ihrem Platz.

Peter hob den Kopf und schaute sie jetzt direkt an.

„Das ist doch sowieso nicht meine Entscheidung", meinte sie schließlich nur.

„Das meinte ich aber nicht. Ich will wissen, was du willst."

Das überraschte Becca. Sie hatte schon lange keiner mehr gefragt, was *sie* eigentlich wollte. Peter ließ sie nicht aus den Augen, während sie nachdachte.

Sie wandte den Blick ab. „Du kannst ruhig bleiben", sagte sie. Dann ging sie rein.

SECHSZEHN

Nathan war nicht nur enttäuscht, er machte sich auch Sorgen. Es war inzwischen der dritte Tag in Folge an dem Perry und Ted nicht auftauchten. War dem Mann etwas zugestoßen?

Doreen, der nicht entgangen war, dass Nathan täglich nach Perry Ausschau hielt, versuchte ihn zu beruhigen, indem sie ihm erzählte, dass Perry häufiger Freunde und Bekannte besuchte und einige Tage nicht in der Stadt war. Doreen kannte die meisten der Leute, die hier täglich auftauchten, recht gut und Nathan hatte keinen Grund ihr nicht zu glauben. Doch trotz allem blieb ein ungutes Gefühl zurück, das er sich nicht ganz erklären konnte.

Das Gefühl verfolgte ihn bis nach Hause, wo er sich nach dem Essen an seinen alten Lieblingsplatz zurückzog.

Wie viele missverstandene Teenager hatte auch Nathan früher seinen privaten Rückzugsort gehabt. Einen Platz zum allein sein und Nachdenken. Sein Zufluchtsort bot noch dazu eine wunderschöne Aussicht.

Oben auf dem Dach ihres Hauses, von wo aus er alles überblicken konnte, wirkte alles so weit weg und klein. Selbst seine Probleme.

Bis auf das entfernte Geräusch vorbeifahrender Autos und dem Wind, der durch die Äste der Bäume hinter ihrem Haus wehte, war es dort oben still.

Andere würden sich in solchen Höhen unwohl fühlen, doch für ihn bedeutete dieser Ort Freiheit und das sogar in zweierlei Hinsicht.

•

Seine linke Wange brannte und ihm standen Tränen in den Augen. Tränen der Wut.

Sein Blick huschte an *ihm* vorbei und er bemerkte sie im Türrahmen – ihre Augen vor Entsetzen weit aufgerissen. Sie starrte auf den Hinterkopf des Mannes, der noch immer ihn selbst fixierte.

Eine Welle von Erleichterung durchfuhr ihn. Er hatte nicht gewollt, dass sie es so rausfand, aber vielleicht sah sie jetzt endlich, was aus dem Mann, den sie so gut zu kennen glaubte, geworden war.

Es bestand kein Zweifel, dass sie ihm nun glauben würde, denn es traf ihn keine Schuld, zumindest diesmal nicht.

Endlich folgte *er* seinem Blick und mit einem Gefühl der Genugtuung beobachtete er, wie ein Anflug von Panik in *seinem* Blick aufflackerte, als auch *er* sie im Türrahmen entdeckte. *Er*

schien sich jedoch schnell wieder im Griff zu haben und *seine* Miene wurde glatt.

Gespannt wartete er auf ihre Reaktion. Würde sie *ihn* zur Rede stellen, würde sie schreien und *ihn* vor die Tür schmeißen. Würden sie dann zu ihrem alten Leben zurückkehren können, wo es nur sie beide gegeben hatte.

Dieser Gedanke ließ ihn seine Wut über die haltlosen Anschuldigen vergessen.

„Geh auf dein Zimmer", vernahm er plötzlich ihre Stimme. Sie sprach leise und beherrscht nicht ganz das, was er erwartet hatte. Verständnislos schaute er sie an, doch ihr Blick war noch auf *ihn* gerichtet, der mit verschränkten Armen vor ihm stand und nicht den Anschein machte, als fühlte *er* sich in irgendeiner Weise schuldig.

„Geh auf dein Zimmer, wir reden später", wiederholte sie diesmal etwas energischer.

Er suchte Blickkontakt mit ihr, doch sie wich ihm aus.

Wie konnte es sein, dass sie ihm noch immer nicht glaubte trotz dem was sie gerade gesehen hatte.

„Aber Mum...", begann er, doch sie warf ihm nur einen auffordernden Blick zu.

Wütend rannte er aus dem Raum und schmiss die Tür mit einem harten Stoß hinter sich ins Schloss.

Das konnte nicht ihr Ernst sein. Wie konnte sie ihm nicht glauben und stattdessen auf *seiner* Seite stehen. Er war enttäuscht und verwirrt, aber vor allem fühlte er sich von ihr verraten und allein gelassen.

In seinem Zimmer schloss er die Tür hinter sich ab und warf sich auf sein Bett. Er vergrub sein Gesicht in seinem Kissen und krallte die Hände hinein.

Sein verzweifelter Schrei wurde von dem Kissen gedämpft.

Nach einer Weile hatte er sich etwas beruhigt. Er hatte die Hoffnung gehabt, dass sie noch zu ihm kommen würde, um ihm zu sagen, dass sie ihm glaubte und dass sie *ihn* fortgeschickt hatte. Seiner Meinung nach die einzige zu erwartende Reaktion nach den letzten Ereignissen.

Doch sie kam nicht. Die Ziffern auf seinem Wecker zeigten, dass es schon weit nach Mitternacht war und er musste sich damit abfinden, dass sie nicht mehr kommen würde.

Langsam setzte er sich in seinem Bett auf. Mit dem Handrücken wischte er sich durch sein verweintes Gesicht und nach und nach lichtete sich der Nebel in seinem Kopf und ließ ihn wieder klarsehen.

Ihre Botschaft war eindeutig. Sie hatte sich für eine Seite entschieden – und zwar nicht für seine.

Die Erkenntnis schmerzte, doch in diesem Moment fasste er einen Entschluss.

Er stand von seinem Bett auf und durchquerte sein Zimmer. Aus seinem Schrank kramte er seine große Sporttasche hervor und fing an, unbedacht Klamotten hineinzuwerfen.

Nachdem er mit dem Schrank fertig war, ging er zu seinem Nachttisch und verstaute seinen I-pod und sein Ladekabel in seiner Tasche.

Er schaute sich in seinem Zimmer um und sein Blick fiel auf sein rotes Sparschwein. Entschlossen holte er es von seinem Regal und öffnete die untere Klappe. Nach mehrmaligem Schütteln fielen einige Eurostücke auf sein Bett und nachdem er mit dem Finger etwas in der Öffnung gefischt hatte, gesellten sich auch ein paar Scheine zu den Münzen.

Ein Blick auf das Geld auf seiner Matratze genügte jedoch, dass ihm klar wurde, dass das höchstens ein paar Wochen reichen würde. Er stopfte es eilig in eine Seitentasche und ging dann zu seinem Schreibtisch. Nach kurzem Stöbern fand er was er suchte – das kleine blaue Heftchen, dass er zu seinem 16 Geburtstag bekommen hatte.

Das Geld war eigentlich für seinen Führerschein und sein erstes Auto gedacht gewesen, aber an solche Dinge dachte er in diesem Moment nicht. Er wollte nur noch weg...

SIEBZEHN

Als Becca am nächsten Morgen von ihrem Zimmer in den Flur trat, stieg ihr der Geruch von gebackenen Eiern und Speck in die Nase und verwundert folgte sie dem Duft in die Küche.

Lenny saß in seinem Schlafanzug am Tisch und fütterte Ted mit Wurstbröckchen.

Peter stand am Herd und rührte in einer Pfanne. „Guten Morgen!" Er lächelte sie an, als er sie im Türrahmen stehen sah und auch Lenny hob den Kopf.

„Peter macht Eier. Ist das nicht toll", rief er begeistert und fing dann wieder an, Ted kleine Wurstbrocken zuzuwerfen, die der Hund geschickt mit dem Maul auffing.

Becca wusste nicht so recht, was sie sagen sollte. Die Situation überforderte sie und irgendwie gefiel es ihr nicht. Sie hatte gehofft, dass der vergangene Tag nur einer ihrer schlechten Träume gewesen wäre.

Stumm ging sie zur Kaffeemaschine und füllte die Kanne mit Wasser

„Hast du gut geschlafen?" Peter drehte sich um und lächelte sie mit seinem übergroßen Lächeln an.

Was bildete der Typ sich eigentlich ein. Nur weil sie ihm gestern zugestanden hatte, dass er bleiben konnte, hieß das nicht, dass er sich hier wie zuhause fühlen konnte.

„Geht", antwortete sie wortkarg. „Wo ist Dad?", wandte sie sich an Lenny.

„Der holt was von drüben aus der Küche", antwortete dieser, ohne seine Schwester anzusehen.

Sie setzte den Kaffee auf und verließ dann ohne ein weiteres Wort die Küche.

„Willst du nichts frühstücken?", hörte sie Peter hinter sich rufen, doch sie ignorierte es.

Im Badezimmer versuchte sie sich länger Zeit zu lassen als gewöhnlich, um diesem Schauspiel in der Küche einen Moment länger entgehen zu können. Jedoch bot ihr ihre morgendliche Routine dazu nicht viel Möglichkeit und so machte sie sich kurz darauf wieder zurück auf den Weg nach unten.

Sie brauchte ihren Kaffee, um zu funktionieren, weshalb kein Weg daran vorbeiführte, die Küche erneut zu betreten.

Ihre Hoffnung, dass die anderen vielleicht inzwischen mit dem Frühstück fertig waren, wurde zerschlagen, als sie den unteren Treppenabsatz erreichte und die Stimmen aus der Küche vernahm.

„Ah da bist du ja", meinte ihr Vater freudig, als sie die Küche wieder betrat. Nun saß auch er am Küchentisch, gemeinsam mit Lenny und Peter.

Jeder hatte einen Teller mit gebackenen Eiern vor sich. Becca hatte in diesem Haus schon lange nicht mehr einen so reichlich gedeckten Frühstückstisch gesehen. Diese Mahlzeit fiel in den meisten Fällen eher gering aus oder wurde gleich ganz ausgelassen.

„Komm setz dich zu uns. Es ist noch genug da", meinte ihr Vater heiter.

„Keinen Hunger", brummte Becca nur und schlurfte zur Kaffeemaschine. Sie nahm sich eine frische Tasse aus dem Schrank und goss sich dann die noch immer dampfend heiße Flüssigkeit hinein.

„Könnte ich auch einen bekommen?" Peter war zu ihr getreten.

„Oh nein, überleg dir das gut." Thomas drehte sich auf seinem Stuhl zu den beiden um.

„Wieso?"

„Weil keiner außer Rebecca das trinken kann", meinte Thomas todernst.

Peter zog jedoch bloß amüsiert die Augenbrauen hoch.

„Das wollen wir doch mal sehen." Er reckte sich an Becca vorbei, um sich ebenfalls eine Tasse zu greifen und schob sie ihr dann auffordernd zu.

„Der ist halt ziemlich stark", meinte nun auch Becca, goss ihm jedoch bereitwillig etwas in seine Tasse.

„Ach was, es muss ja auch nach Kaffee schmecken", meinte Peter grinsend. Sein Grinsen verzog sich jedoch zu einer Grimasse, sobald er einen kräftigen Schluck genommen hatte.

„Woooah. Wie kannst du das denn trinken?", platzte es aus ihm heraus, nachdem er mühsam geschluckt hatte. Becca zuckte nur die Schulter und Thomas lachte.

„Wir haben dich ja gewarnt."

„Habt ihr noch Milch?"

„Kühlschrank", meinte Becca bloß.

„Ich sehe schon, Gastfreundschaft wird bei dir großgeschrieben", lachte Peter, während er schon den Deckel von der Packung drehte.

„Wieso, du fühlst dich doch sonst auch gleich wie zuhause", gab Becca provokativ zurück.

Nach Feierabend breitete sich Peter in der Küche aus, um sein Stew zu kochen, und Becca zog sich in ihr Zimmer zurück.

Eigentlich verbrachte sie hier nie viel Zeit, aber einen weiteren Abend happy family spielen hielt sie nicht aus. Eine Weile lag sie einfach nur auf ihrem Bett und starrte die weiße Decke über sich an. Doch das Nichtstun fühlte sich schnell komisch an, weshalb sie aufstand und sich an ihren Laptop setzte.

Sie öffnete den Internetbrowser und sofort erschienen auf dem Bildschirm die zuletzt verwendeten Websites. Ihr Blick fiel auf das kleine blaue Icon und ehe sie sich versah, hatte sie schon daraufgeklickt. Sie wusste nicht, warum sie das immer wieder machte. Es tat ihr nicht gut und trotzdem kam sie nicht davon los. Los davon, immer wieder nachzuschauen.

Nachdem sie auf Anmelden geklickt hatte, scrollte sie ein wenig hinunter, doch die angezeigten Nachrichten waren nicht das, was sie interessierte. Es war der erste Name, der erschien, als sie auf die kleine Lupe klickte und schon tauchte das bekannte Gesicht auf.

Eine ganze Weile starrte sie nur auf das kleine Profilbild und der Kummer überrollte sie.

Es gab nicht viele neue Einträge, seit sie das letzte Mal geschaut hatte.

Ein leises Klopfen riss sie aus ihren Gedanken und ruckartig klappte sie den Bildschirm zu. Sie wischte sich durchs Gesicht und stand auf. „Was ist?", rief sie und gleich darauf streckte Lenny seinen blonden Schopf zur Tür herein.

„Peter hat gesagt, das Essen ist gleich fertig."

Nach dem Abendessen verließ Peter mit Ted das Haus. Becca nutze ihre Chance und brach kurz darauf selbst zum Strand auf.

Wie es der Zufall so wollte, blieb sie jedoch nicht lange allein. Sie war keine zehn Minuten dort, da tauchte Ted freudig schwanzwedelnd vor ihr auf.

Becca lehnte sich vor, um ihm durchs lange Fell zu wuscheln.

Aus etwas Entfernung vernahm sie Peters Stimme, die Teds Namen rief. Sekunden später trat er zwischen zwei Strandkörben zu ihnen.

„There you are – ach hi", fügte er überrascht hinzu, als er Becca erblickte.

Becca unterbrach ihre Streicheleinheit und lehnte sich wieder zurück.

„Er ist plötzlich einfach abgedüst", erklärte Peter.

Entgegen Beccas Erwartung, setzte Peter seinen Spaziergang nicht fort, sondern kam nun auf sie zu.

„Darf ich?", fragte er und setzte sich gleich darauf neben sie in den Strandkorb.

Überrascht rutschte Becca zur Seite und verschränkte die Arme, was Peter gar nicht zu bemerken oder zumindest nicht zu interessieren schien.

„Du bist gern hier, oder?", fragte er, den Blick geradeaus aufs Meer gerichtet. „Versteh ich. Das Meer hat was unglaublich Beruhigendes."

„Bis eben", entfuhr es Becca und Peter lachte.

„Sorry, ich halt die Klappe, versprochen." Er hob zwei Finger zum Schwur.

Becca atmete tief ein und aus und versuchte dann, seine Anwesenheit zu ignorieren. Zu ihrer Überraschung verhielt sich Peter tatsächlich ruhig und so schauten sie gemeinsam der Sonne beim Untergehen zu.

Als nur noch ein roter Streifen den Horizont erhellte, stand Peter plötzlich auf und rekelte sich.

„Bleibst du noch?", fragte er und Becca zögerte, stand dann jedoch auf und folgte ihm. Sie liefen ein paar Minuten lang nebeneinander durch den Sand, bis Peter das Schweigen brach.

„Darf ich dich was fragen?"

Becca zuckte bloß die Schultern. Sie wusste, dass er es sowieso tun würde.

„Deine Mum – lebt nicht mehr, oder?"

Der allzu bekannte Schmerz breitete sich bei dieser Frage in ihrer Brust aus und sie fragte sich, wann es endlich weniger weh tun würde.

„Warum fragst du, wenn du es schon weißt?", erwiderte sie mit leicht gereiztem Unterton, um ihre eigentliche Stimmung zu überspielen.

„Wie lang ist das her?", fuhr er unbeirrt fort

„Über ein Jahr." Becca starrte vor sich in den Sand.

„Und wie – wie ist sie gestorben? Du musst nicht drüber reden, wenn du nicht willst", beeilte sich Peter zu sagen, als Becca tief Luft holte.

„Da gibt es nicht viel zu reden", gab sie karg zurück, doch sie spürte Peters fragenden Blick auf sich.

„Sie – sie war krank."

Peter schien ihren seltsamen Unterton bei den Worten nicht zu bemerken und Becca hoffte, er würde nicht weiter nachbohren.

„Das muss hart für euch gewesen sein. Besonders für Lenny." Er sprach es nicht mit dieser mitleidigen Stimme aus, die sie von allen anderen gewohnt war und so sehr hasste. Er klang dabei sehr klar, als wüsste er genau, wovon er sprach.

Ein Moment herrschte wieder Stille, als sie ihren Weg fortsetzten. Sie hatten schon fast die Holztreppe erreicht.

„Und du und dein Dad?"

Becca runzelte bei der Frage verwirrt die Stirn.

„Wir sind erwachsen. Wir kommen klar." Sie sah aus dem Augenwinkel, wie er leicht den Kopf schüttelte.

„Das mein ich nicht. Ich wollte wissen, was zwischen euch vorgefallen ist?"

Becca blieb stehen. „Wieso denkst du das?"

Er sah sie mit großen Augen an. „Das ist offensichtlich. Er wirkt total verunsichert in deiner Gegenwart, als hätte er Angst, was falsch zu machen. Und du zeigst ihm ständig die kalte Schulter, obwohl er sich echt bemüht es dir recht zu machen."

„Das war nicht immer so", entfuhr es Becca und sie beobachte, wie Peters Stirn sich in Falten legte.

„Was meinst du damit?"

„Vergiss es", erwiderte sie bloß und ließ Peter stehen. Doch Peter hatte mit seinen langen Beinen keine Mühe wieder mit ihr aufzuschließen.

„Ich denke nur, dass es euch vielleicht helfen würde, wenn ihr euch einfach mal aussprecht. Ich bin der Meinung man kann über alles reden, wenn man..."

„Merkst du eigentlich echt nicht, wenn du anderen auf die Nerven gehst?" Becca wirbelte herum und starrte Peter genervt an.

Dieser hob abwehrend die Hände. „Ich will doch nur helfen", erwiderte er zur Verteidigung.

„Darum hat dich aber keiner gebeten", fuhr Becca ihn an. „Das ist mein Leben und geht dich echt null an. Halt dich also einfach raus und kümmere dich um deinen eigenen Scheiß, okay? Bleib hier, geh, tu was du willst, aber lass mich verdammt nochmal in Ruhe." Schwer atmend stand sie vor Peter, der sie zu ihrem Ärger nun beinah mitleidig anblickte.

„Ich weiß, wie es ist, wenn man vom Leben enttäuscht wurde, aber manchmal verrennt man sich so in seinem Ärger und Kummer, dass man drum rum nichts mehr wahrnimmt. Ich will doch nur, dass du...", begann er mit einfühlsamer Stimme auf sie einzureden, was Becca nur endgültig zum Explodieren brachte.

„Ahhh!!! Willst du es einfach nicht kapieren?" Wutentbrannt fuchtelte sie mit den Händen vor ihm herum. „Ich will deine *fucking* Hilfe nicht."

ACHTZEHN

An diesem Morgen verließ Nathan besonders früh das Haus.

Leise zog er die schwere Tür hinter sich ins Schloss, um keinen zu wecken. In seinem Rucksack befand sich genügend Proviant und er hatte seinen Ipod extra aufgeladen. Sein altes Fahrrad war über die Zeit etwas eingerostet und verstaubt, der Reifendruck war jedoch noch ausreichend und so wischte er es lediglich kurz ab und prüfte noch mal die Bremsen, bevor er sich auf den Drahtesel schwang.

Es war ein milder Samstagmorgen und die Natur um ihn herum erwachte langsam zum Leben.

Auf seinem Weg entdeckte er die ersten Blumen, die bereits durch die harte Erde gebrochen waren und den bevorstehenden Frühling ankündigten.

Etwas außer Atem kam er 20 Minuten später an seinem Ziel an.

Die frühe Uhrzeit sorgte dafür, dass er weit und breit der Einzige war. Nachdem er sein Fahrrad gesichert hatte, ließ er sich auf der kleinen Metallbank nieder, kramte seinen Ipod aus der vorderen Tasche seines Rucksacks und steckte sich die Kopfhörer ins Ohr. Kaum hatte er auf Play gedrückt, drang laute Musik in sein Ohr und Nathan lehnte sich entspannt zurück und überschlug die ausgestreckten Beine.

Während die Musik in seinem Kopf vibrierte, schloss er die Augen. Bei dem Gedanken an das bevorstehende Treffen wurde ihm mal wieder mulmig zumute. Auch wenn er ihn inzwischen schon ein paar Mal besucht hatte, schien dieses Gefühl nicht weggehen zu wollen. Jedes Mal wieder weckte sein Anblick Erinnerungen in ihm, die er lieber vergessen wollte. Aber trotz allem hatte er sich geschworen, die Besuche fortzusetzten, allein schon für sein Gewissen.

Durch die laute Musik hindurch meinte er seinen Namen zu hören und er öffnete die Augen. Vor ihm stand ein Mädchen mit blonden Haaren, die sie zu einem Zopf zurückgebunden hatte und lächelte ihn freundlich an. Es handelte sich um Veronica Pears. Ein Mädchen mit dem er drei Jahre lang zur Schule gegangen war. Nathan nahm die Stöpsel aus seinen Ohren

„Jonathan bist du's?", fragte sie nun und Nathan nickte bloß.

Ihr Lächeln wurde noch eine Spur breiter. „Du meine Güte, dich habe ich ja ewig nicht mehr gesehen. Bestimmt zwei Jahre ist das her. Wie geht es dir denn? Du warst ja so plötzlich weg damals. Es hieß, du wärst auf ein Internat gekommen. Stimmt das? Obwohl, es wurde auch gemunkelt du wärst von zuhause abgehauen." Sie lachte kurz, fuhr aber gleich darauf unbeirrt fort, ohne Nathan, auch wenn er gewollt hätte, die Chance zu geben auf eine ihrer Fragen zu antworten. „Aber das waren bestimmt nur dumme Gerüchte, nicht wahr? Was machst du denn eigentlich hier in der Gegend?"

Endlich machte sie eine Pause und schaute ihn erwartungsvoll an. Nun war er doch gezwungen ihr zu antworten. Er entschied sich dafür lediglich die letzte Frage zu beantworten: „Ich warte auf den Bus." Veronica legte bei seinen Worten den Kopf schief. „Ach was!?" Sie lachte.

„Ich will einen Freund besuchen und die Nummer fährt nur von hier", erklärte er etwas zögerlich und hoffte, dass sie seine Nervosität nicht bemerkte. „Und was machst du hier schon so früh?", fragte er, um von sich abzulenken, auch wenn ein Blick auf ihr Outfit ihm die Antwort bereits verriet.

„Ach ich geh nur ein bisschen laufen, um mich fit zu halten. Du weißt schon, der Sommer steht schließlich vor der Tür." Sie kicherte.

Nathans Blick schweifte über ihre schlanke Gestalt und ihr sportliches Outfit. Veronica hatte schon früher eine super Figur und die meisten Kerle in seinem Jahrgang waren hinter der hübschen Blondine her gewesen.

Auch Nathan hatte sie das ein oder andere Mal still aus der Ferne beobachtete. Aber sobald sie den Mund aufmachte, verflogen bei ihm jegliche romantische Gefühle. Auch daran hatte sich nichts geändert. Umso mehr war er erleichtert, als der Bus nun um die Ecke bog und ihm somit einen Fluchtweg bot.

„Das ist meiner", meinte er nun und stand auf.

Sie runzelte kurz die Stirn, als sie das Fahrtziel des herankommenden Busses bemerkte und Nathan machte sich schon auf die nächste Fragerunde gefasst, doch stattdessen lächelte sie ihn nochmal an.

„Hat mich gefreut dich mal wieder zu sehen. Vielleicht sieht man sich ja mal irgendwo."

Nathan lächelte schmal und erwiderte ein paar Abschiedsworte, ehe er in den Bus stieg und extra einen Platz auf der anderen Seite wählte.

Ca. drei Stunden später betrat er durch die gläsernen Schiebetüren das weitläufige Foyer, das ausschließlich in weiß und hellen Grautönen gehalten war. Zu seiner Rechten befanden sich die Aufzüge, sowie das Treppenhaus, auf das er nun geradewegs zuhielt. Der Dame hinter dem Empfang nickte er nur kurz im Vorbeigehen zu. Diese hatte den Blick gehoben, als er eingetreten war, widmete sich aber nun sofort wieder ihren Tätigkeiten.

Im zweiten Stock angekommen, betrat er durch die schwere Brandschutztür die Station. Sofort stieg ihm dieser typische Geruch in die Nase. Dieser Mix aus Desinfektionsmittel und dem undefinierbaren Geruch von Krankheit.

Bereits routiniert bog er nach links ab und dann nochmal nach rechts und als er sein Ziel, das Zimmer mit der Nummer 67, schon vor sich sah, hielt ihn der erneute Klang seines Namens zurück.

„Nathan?"

Verblüfft drehte er sich um und seine Verwunderung wurde noch größer, als es ausgerechnet Perry war, dem er nun ins Gesicht schaute.

Der Mann saß auf einem der weißen Stühle. Sein Stock lehnte neben ihm an der Wand und er hatte die Hände über dem Bauch gefaltet.

„Was machst du denn hier Junge?", fragte er. Auch er schien über diese Begegnung verwundert. Automatisch verspannte Nathan sich etwas. „Ich besuch hier jemanden." Er versuchte seine Antwort beiläufig klingen zu lassen, war jedoch nicht mal in der Lage den Mann direkt anzuschauen, während er sprach. Stattdessen fixierte er einen Punkt an der Wand, oberhalb seines Kopfes. Irgendwie hatte er das Gefühl, Perry könnte in ihn hineinschauen, wenn er ihm in die Augen blickte, und könnte dort die Wahrheit sehen. Die ganze unschöne Wahrheit.

„Was für ein verrückter Zufall", meinte Perry.

„Besuchen sie hier auch wen?" Perry schüttelte bloß den Kopf und Nathan fiel auf, dass er lediglich eine schmuddelige Jogginghose und ein weißes einfaches T-Shirt trug.

„Ist alles in Ordnung?", entfuhr es ihm besorgt und das ungute Gefühl, das er die letzten Tage mit sich rumgetragen hatte, schien nicht unbegründet gewesen zu sein.

„Ja, keine Sorge Junge. Ich bin nur zur Beobachtung hier."

Wie aufs Stichwort trat eine Schwester aus einer Tür.

„Mr. Byrne. Sie können jetzt mitkommen. Dr. Hover hat nun Zeit für sie. Ach, hallo Jonathan."

Nathan war etwas verwirrt, als die Schwester sich plötzlich an ihn wandte und ihn auch noch mit Namen ansprach. Er hatte keine Ahnung, wie sie hieß, aber ihr Gesicht kam ihm bekannt vor.

„Hallo", stotterte er und warf Perry einen Seitenblick zu, der ihn aufmerksam musterte.

„Du hast Glück, er ist vor einer halben Stunde aufgewacht", fügte sie mit einem Lächeln hinzu. Eigentlich sollte es ihn gar nicht wundern, dass sie seinen Namen kannte und auch wusste, zu wem er wollte. Wahrscheinlich tat das jeder auf dieser Station. Er nickte dankbar für diese Information und lächelte schwach. Er beobachtete, wie sie zu Perry trat, der nach seinem Stock gegriffen hatte und nun etwas wackelig aufstand.

„Kommen sie Mr. Byrne ich helfe ihnen." Hilfsbereit reichte die Frau ihm einen Arm, den er dankend annahm.

„Wir sehen uns Junge", meinte Perry und nickte Nathan zu, ehe er sich am Arm der Schwester von ihm entfernte.

NEUNZEHN

„Es soll morgen richtig warm werden, vielleicht könntet ihr nach der Schule ja mal an den Strand gehen", schlug Thomas vor.

Es war Sonntag und sie aßen gerade zu Abend.

„Au jaa. Können wir das machen. Bitte, bitte." Lenny rutschte aufgeregt auf seinem Stuhl hin und her.

„Ja klar", willigte Becca ein.

„Was ist mit dir?", wandte sich Thomas an Peter, der daraufhin nur einen unsicheren Blick in Beccas Richtung warf

„Peter muss auch mit", bestimmte Lenny gleichdarauf.

„Ist das okay für dich?", versicherte sich Peter und Becca zuckte bloß die Schultern, da sie gar keine andere Wahl hatte.

Am nächsten Morgen traf Becca Lenny und Peter schon wach in der Küche an. Sie hatte nicht besonders gut geschlafen, was Peter ihr direkt anzusehen schien.

„Schlecht geträumt?", fragte er.

Peters Frage erschreckte Becca etwas, da er mit seiner Annahme genau richtig lag. Ihr war jedoch klar, dass es bloß ein Zufall gewesen war und Peter nicht wirklich von ihren wiederkehrenden Träumen wusste.

131

Während Peter Thomas am Vormittag in die Stadt begleitete, kümmerte sich Becca, wie jeden Montag, um den Haushalt, der während der Woche liegen geblieben war. Zwischendurch packte sie noch ein paar Snacks, sowie Badesachen für den Nachmittag zusammen.

Als sie gerade in ihrem Zimmer in ihre Strandklamotten schlüpfte, hörte sie, wie unten im Hof der Jeep über den Schotter fuhr.

Trotz des schönen Wetters war der Strand an diesem Tag kaum besucht, da die meisten Leute um diese Tageszeit noch arbeiteten.

Sie breiteten ihre Handtücher im Sand aus und Lenny war aus seinen Klamotten geschlüpft, kaum dass sie ihre Sachen im Sand abgestellt hatten.

Nun hüpfte er aufgeregt auf und ab.

„Los Peter, wir gehen schwimmen." Er ergriff Peters Hand und zog ihn auffordern Richtung Wasser.

Peter lachte, zog sich rasch sein T-Shirt über den Kopf und folgte Lenny.

„Kommst du auch?" Er hatte sich auf halbem Weg zu Becca umgedreht, die noch tatenlos an Ort und Stelle stand. Der Anblick Peters, bloß in Badehose gekleidet, hatte sie schlagartig an den Abend zurückversetzt, an dem sie ihn beim Duschen am Strand beobachtet hatte. Eilig wandte sie den Blick von all der nackten Haut ab.

„Ja, ich komme sofort", lenkte sie ein und sah dann zu, wie sich die beiden in die kühlen Wellen stürzten.

Etwas langsamer folgte Becca den beiden. Vorsichtig watete sie durch die seichten Wellen. Das Wasser war eiskalt und als es ihre Hüften erreicht hatte, sog Becca scharf die Luft ein. Lenny und Peter schienen die Temperaturen nichts auszumachen. Ohne Probleme tauchten sie durch das eisige Wasser.

„Was ist? komm rein!", rief Lenny verwundert, da Becca sich nicht mehr rührte.

„Ich glaube, deine Schwester hat Angst", wisperte Peter Lenny gerade so laut zu, dass Becca es noch hören konnte.

„Auf, du Feigling", zog Lenny seine Schwester gleich darauf auf.

„Ich habe keine Angst. Das Wasser ist nur mördermäßig kalt", verteidigte sich Becca

„Dachte nicht, dass *du* ein Problem mit Kälte hast. "

Becca sah das schalkhafte Blitzen in Peters Augen, als er das sagte, doch sie konnte das Gefühl, das die Worte in ihr auslösten, nicht ignorieren. Es fühlte sich an, wie ein Schlag in die Magengegend. Wirkte sie so auf andere Menschen – wie ein Eisklotz?

Noch ehe sie sich weitere Gedanken darüber machen konnte, merkte sie, wie eiskalte Spritzer ihre Haut trafen und erschrocken quietschte sie auf. „Was zum..."

Schelmisch grinsend stand Peter da und setzte zum nächsten Ausholen an.

„Wag dich!" Beide Arme schützend vor sich ausgestreckt stand Becca da und blickte Peter drohend an, der sich zu ihrem Erstaunen sofort wieder aufrichtete. Der nächste Schwall Wasser traf sie schräg von der Seite, gefolgt von Lennys schallendem Gelächter. Gleich darauf war kein Halten mehr. Abwechselnd spritzen Lenny und Peter Becca nass, die, statt zu fliehen, bald schon dazu überging sich zu revanchieren.

Wie kleine Kinder spritzten sie sich nass und versuchten sich unterzutauchen.

Lenny war auf Peters Schultern geklettert und versuchte ihn unter Wasser zu drücken jedoch vergeblich. Peter packte ihn stattdessen und warf ihn in hohem Bogen vor sich ins Wasser. Prustend tauchte der Junge wieder auf. „Nochmal!", rief er mit glitzernden Augen und die nächsten zehn Minuten diente Peter als Sprungbrett.

„So jetzt geht's erst mal raus sich aufwärmen", befahl Becca nach einer Weile, da sie ihre Zehen schon nicht mehr richtig spüren konnte.

„Ich frier nicht", protestierte Lenny.

„Du hast schon ganze blaue Lippen", widersprach Becca.

„Also mir ist auch kalt", mischte sich Peter ein, was Lenny augenblicklich milder stimmte, sodass sie alle zusammen zurück zu ihrem Platz gingen. Becca packte die Snacks aus, die sie eingepackt hatte, und die Jungs machten sich gierig darüber her.

Die Sonne wärmte ihre Körper schnell auf, sorgte jedoch auch dafür, dass Becca sehr schläfrig wurde. Als die Jungs beschlossen Ball zu spielen, entschied Becca sich dafür ein bisschen in der Sonne zu entspannen.

„Komm her, erst noch ein bisschen eincremen", verordnete sie ihrem kleinen Bruder, der mit einem genervten Stöhnen wieder kehrt machte.

Während Peter und Lenny im seichten Wasser Ball spielten, lag Becca bäuchlings auf ihrem Handtuch, die Arme unter dem Kopf verschränkt, die Augen geschlossen. Das ferne Lachen ihres Bruders drang an ihr Ohr und als sie einmal tief ein und ausatmete, sank sie noch tiefer in ihre Entspannung. Es war himmlisch. Sie war kurz davor komplett einzudösen, als Peters Stimme sie wieder ins Hier und Jetzt versetzte.

„Du könntest auch 'ne Ladung Creme gebrauchen. Deine Schultern sind schon ganz rot."

Becca hob verdutzt den Kopf. Peter stand schräg hinter ihr, den Ball unter den Arm geklemmt.

Sie beobachtete, wie er sich umdrehte und den Ball zurück in Lennys Richtung warf.

„Komm gleich, Kumpel." Dann setzte er sich neben Becca in den Sand und griff in ihrer Tasche zu der Tube Sonnencreme.

„Gib her, ich kann das selbst." Auf einen Ellenbogen gestützt versuchte sie Peter die Tube abzunehmen. Als er
sich von ihr wegdrehte, setzte sie sich rasch auf, um erneut danach zu fischen, doch schon wieder entzog er sich
ihr gerade weit genug, dass sie ihn nicht erreichte und
drückte sich bereits die Creme in die Handfläche.

„Umdrehen", befahl er, woraufhin Becca ihn abschätzig
anschaute.

„Jetzt komm schon, dreh dich um." Seine Stimme klang
gleichermaßen eindringlich wie sanft. Er hielt ihrem Blick
stand und schließlich gab Becca nach, wandte ihm den
Rücken zu und fasste ihre Haare an einer Seite zusammen.

Als seine Finger mit der kühlen Creme ihre erhitzte
Haut berührten, zuckte sie kurz zusammen. Sachte verteilte er sie auf ihrem oberen Rücken und ihren Schultern.

„Genießt du es?", fragte er plötzlich, womit er Becca aus
ihren Gedanken riss.

„Was?"

„Genießt du es, mal frei zu haben und einfach mal nichts
zu tun?"

„Mh, ja schon", gab sie zu. „Aber vor allem ist es schön,
wie viel Spaß Lenny hat. Danke, dass du dich so toll mit
ihm beschäftigst"

„Nichts zu danken. Ich mach so was gern."

Becca wollte ihn gerade fragen, ob er selbst eigentlich
auch Geschwister hatte, doch da strich Peter ihr ein letztes
Mal über den Rücken und sprang dann plötzlich auf. „So
fertig. Jetzt kannst du weiter brutzeln."

Zwei Stunden später traten sie den Heimweg an.

„Sag mal, hast du zufällig einen PC, den ich mal nutzen
könnte?", wollte Peter wissen, als er die Kühltasche auf
dem Küchentresen abstellte.

Becca nickte. „Ja, meinen Laptop. Er ist oben in meinem Zimmer. Kann ich dir gerne ausleihen. Jetzt gleich?"

„Nein, nein, ist nicht so eilig", winkte Peter ab. „Aber danke schon mal." Er schenkte ihr ein Lächeln.

„Klar, sag einfach Bescheid", erwiderte sie leichthin.

Ein paar Tage später kam Peter dann auf ihr Angebot zurück.

„Sorry, stör ich?" Etwas zögerlich streckte er seinen Kopf durch die Tür, nachdem Becca ihn hereingerufen hatte. Verwundert blickte sie von ihrem Buch auf. Sie hatte nicht mit ihm gerechnet. War er überhaupt schon mal in ihrem Zimmer gewesen?

„Eh nein, was gibt's?"

Er schob die Tür ganz auf und trat in ihr Zimmer.

„Du meintest doch neulich, ich könnte mir deinen PC mal ausleihen. Ich würde gerne mal meine Mails checken und mich bei meiner family melden."

Becca stand von ihrem Bett auf und ging zu ihrem Schreibtisch rüber.

Peter hatte ebenfalls das Zimmer durchquert und stand nun direkt neben ihr.

„Kannst ihn gern unten behalten, ich brauch ihn zur Zeit kaum", meinte Becca, während sie das Kabel ausstöpselte und es anschließend mit dem Laptop an Peter übergab.

„Vielen Dank." Etwas unschlüssig stand er nun vor ihr und schaute im Raum umher.

„Was liest du?", fragte er dann, als sein Blick auf ihr Bett fiel, auf dem der Krimi mit dem Cover nach oben aufgeschlagen lag.

„Das Urteil", las er dann selbst laut vor. „Spannend?"

„Bin noch nicht sehr weit, aber ist nicht schlecht."

Peter nickte bloß, dann entstand eine peinliche Stille, bis er sich plötzlich räusperte.

„Okay also, danke nochmal." Er hob den Laptop leicht an und wandte sich dann zum Gehen.

Becca schloss die Tür wieder hinter ihm und starrte dann noch einen Moment verwirrt auf die Holzmaserung der Tür.

Seltsam!

ZWANZIG

„Hallo Nathan."

Er erkannte die Stimme sofort und drehte sich überrascht um.

Perry stand hinter ihm, wie immer leicht krumm auf seinen Krückstock gestützt und lächelte ihn freundlich an.

Es waren noch drei weitere Tage seit ihrem merkwürdigen Treffen im Krankenhaus vergangen, an denen Perry nicht in der Suppenküche aufgetaucht war.

Nathan hatte sich mehrfach gefragt, wie es sein konnte, dass sie sich gerade dort über den Weg gelaufen waren. So viele Kilometer entfernt hatte er geglaubt, dass das Geschehene ihn nicht bis hierher einholen würde.

Gab es wirklich solche Zufälle?

„Feierabend?" Perrys Frage riss ihn aus seinen Gedanken.

„Ich wollte gerade los, mit Ted eine Runde drehen. Hast du Lust mich zu begleiten? Natürlich nur, falls du nichts anderes vorhast", fügte Perry hinzu.

Nathan hatte keine besonderen Pläne. Da er in dieser Stadt nie viele *wirkliche* Freunde gehabt hatte, verbrachte er seine freie Zeit meist zuhause mit seiner Familie oder einem guten Buch. Perrys Angebot war also eine willkommene Abwechslung. Außerdem hoffte er, ein paar Antworten zu erhalten.

Ganz in der Nähe war ein kleiner Park, auf den sie nun zuhielten. Trotz seines Beines war Perry überraschend schnell unterwegs. Als sie jedoch an einer Parkbank vorbeikamen, bat er Nathan, sich einen Moment setzen zu können.

„Ich nehme an du würdest gerne wissen, wieso ich dort war. Ich meine in Dublin. Richtig?" Perry kam gleich zum Punkt und seine Frage traf noch dazu genau ins Schwarze. Nathan nickte und wartete dann gespannt auf Perrys Ausführung.

„Ich wollte eigentlich nur einen alten Freund besuchen, aber schon während der Hinfahrt ging es mir nicht sonderlich gut", erklärte der Mann.

„War etwas mit Ihrem Bein nicht okay?", sprach Nathan den ersten Gedanken aus, der ihm durch den Kopf ging. Er musste daran denken, wie Perry ihm von seinem tragischen Unfall während eines Wanderausflugs erzählt hatte, bei dem er sein Bein verloren hatte. Der Mann war damals so unglücklich gestürzt, dass sein Bein zwischen zwei Felsen eingeklemmt worden war und hätte er Ted nicht bei sich gehabt, hätte ihn vermutlich nicht mal jemand gefunden. Der Rüde hatte auf sie aufmerksam gemacht und Perry so das Leben gerettet.

„Nein, nein ich war nicht wegen meinem Bein im Krankenhaus. Mein Herz macht mir manchmal etwas zu schaffen", berichtete Perry.

„Geht es ihnen wieder gut?" Ernsthafte Besorgnis lag in Nathans Stimme. Er mochte den Mann und er wollte wissen, ob es ihm gut ging.

„Jaja, die machen im Krankenhaus immer aus jeder Mücke gleich einen Elefanten und dann wollen sie einen ewig zur Beobachtung dabehalten, obwohl es mir längst wieder gut ging", winkte Perry leichthin ab.

Nathan war sich nicht sicher, ob er die Worte des Mannes ganz glauben sollte oder ob er nur versuchte, seinen Zustand herunterzuspielen.

„So hatte ich mir den Besuch bei meinem Freund jedenfalls nicht vorgestellt. Aber zumindest Ted hatte mal ein paar Tage Urlaub von mir", lachte der Mann.

Es herrschte kurz Stille, als beide Ted beobachteten, der gemütlich die Umgebung erkundete.

Nathan befürchtete, dass sie jetzt zu dem Teil kommen würden, in dem er den Grund für seinen Besuch im Dubliner Krankenhaus erklären müsste, doch als Perry wieder ansetzte zu sprechen, fiel die Frage anders aus als erwartet.

„Was war eigentlich der Grund für dein Stehlen?"

Sein Ton war völlig wertfrei, doch Nathan spürte, wie er ihn von der Seite mit seinem durchdringenden Blick ansah und er hatte das Gefühl einen riesigen Kloß im Hals stecken zu haben.

Es war nicht so, als würde er die Antwort darauf nicht kennen. Perry war nicht der Erste, der ihn das fragte. Auch Mr. Flynn, sein Anwalt, hatte ihm diese Frage gestellt. Das Problem war, dass die Gründe, die er damals meinte zu haben, selbst in seinen Augen keine ernsthaften Gründe waren. Nicht mehr zumindest.

Da er Perry weder die Wahrheit noch eine Lüge erzählen konnte, schwieg er.

Perry deutete sein Schweigen richtig, denn statt ihn zu bedrängen, stellte er ihm einfach eine neue Frage.

„Würdest du es wieder tun?"

Diesmal zögerte Nathan nicht mit seiner Antwort.

„Nein", beteuerte er, „auf keinen Fall."

Perry nickte. „Dann hatte es seinen Sinn."

Abends lag Nathan auf seinem Bett. Er starrte an die weiße Zimmerdecke und spielte gedankenverloren mit dem Kompass, den ihm seine Mutter vor der Anhörung gegeben hatte. Nachdenklich betrachtete er die beiden geschnörkelten Buchstaben auf dessen Rückseite und unwillkürlich musste er über den früheren Eigentümer dieses Schmuckstückes nachdenken.

Perrys Nachfrage zu seinen Beweggründen hatte ihn an die Zeit vor der Anhörung denken lassen, als Mr. Flynn und besonders er selbst dieser Frage nachgegangen waren.

Das Ganze hatte ihn im Umkehrschluss zu einer ganz neuen Frage geführt, die wahrscheinlich schon lange in ihm geschlummert, die er jedoch nie auszusprechen gewagt hatte, bis zu dem Gespräch mit seiner Mutter, nur wenige Tage vor dem Gerichtsbesuch.

„Warum wollte er mich nie kennenlernen?"

Nachdem die Worte über seine Lippen waren, merkte er, wie sein ganzer Körper sich anspannte.

Die Angst vor ihrer Antwort war der Grund gewesen, warum er so lange geschwiegen hatte. So viel hatte erst passieren müssen, dass er sich endlich traute sie laut auszusprechen. Ihm war jedoch klar geworden, dass er die Wahrheit hören musste, um eine Chance zu haben, damit abzuschließen.

Seine Mutter schaute ihn regungslos an. Es wirkte, als hätte sie aufgehört zu atmen. Er war sich nicht sicher, was sich hinter ihrer ausdruckslosen Miene verbarg, aber in ihren großen grünen Augen meinte er eine Mischung aus Mitleid und Verzweiflung zu erkennen. Dann wandte sie plötzlich ihr Gesicht ab und ihr Blick wurde verschwommen, als sie ihn ins Leere richtete. Es sah aus, als würde sie vor ihrem inneren Auge eine Zeitreise starten. Nathan betrachtete sie stirnrunzelnd, wartete jedoch geduldig ab, bis sie von sich aus anfangen würde zu sprechen. Doch dann musste er etwas Unerwartetes beobachten. Er sah wie die Fassade seiner Mutter bröckelte und ihre glatte Miene sich veränderte. Gleichzeitig schien ihr Körper in sich zusammen zu sacken. Sie schloss für einen kurzen Moment die Augen und eine Träne stahl sich den Weg über ihre Wange. Olivia Kane weinte. Nicht, dass das Nathan nach der letzten Zeit noch überraschen würde. Seine Mutter war nicht mehr dieselbe starke, selbstbewusste Frau wie in seiner Erinnerung und daran war er nicht unschuldig, aber er hatte sie noch nie weinen sehen, wenn sie über seinen Vater sprach...

Das war nicht besonders oft der Fall gewesen in der Vergangenheit, doch bei den wenigen Malen hatte sie stets zu verstehen gegeben, das sein Vater ein riesen Arschloch war, dass sie einfach verlassen hatte, als es ernst wurde, und dass sie so einen Mann in ihrem Leben nicht bräuchten.

Nathan verband mit „ernst wurde" stets seine Geburt und so hatte sich in seinem Kopf festgesetzt, dass sein Vater sie wegen ihm verlassen hatte. Er konnte nicht sagen, ob er ihn vermisste. Wie konnte man auch einen Menschen vermissen, den man nie kennen gelernt hatte. Aber die Tatsache, dass er sich von seiner Mutter abgewandt hatte, weil sie sein Kind auf die Welt gebracht hatte, belastete ihn seit dem Tag, an dem er die Wahrheit über seine Abwesenheit erfuhr. Er wusste auch nicht, wie es seiner Mutter damit ging. Sie hatte nie den Anschein gemacht, dass er ihr fehlte, aber seine Mutter war auch schon immer eine Frau gewesen, die selten ihre Gefühle teilte und ihre Bedürfnisse stets hinter die der anderen stellte. Das war einer der Gründe warum es Nathan so erschreckte seine Mutter jetzt weinen zu sehen.

Etwas überfordert mit der Situation rückte er näher an sie ran und legte tröstend einen Arm um sie. Doch in diesem Moment schien sich Olivia über ihren Gefühlsausbruch bewusst zu werden, öffnete die Augen wieder und atmete tief ein und aus. Sie versuchte ihn anzulächeln, was jedoch kläglich misslang. Für Nathan ließ diese Reaktion nur eine Schlussfolgerung zu und mit einem Mal fiel es ihm wie Schuppen von den Augen. Seine Mutter liebte seinen Vater noch immer und sie musste sehr *unter seiner Trennung gelitten haben – für die er verantwortlich war.*

Seine Mutter richtete sich etwas auf und wandte sich ihm zu. Ihre Finger waren eiskalt, als sie Nathans Hand in ihre nahm. „Jonathan versprich mir eins, versprich mir, dass…" Sie brach ab, als ein erneutes Schluchzen sie übermannte. Nachdem sie sich etwas gesammelt hatte, begann sie von Neuem: „Ich muss dir etwas gestehen und ich bitte dich mir zu glauben, dass ich immer, wirklich immer, nur das Beste für dich wollte." Sie sah ihn eindringlich an und innerlich schien sie einen der schwersten Kämpfe auszufechten. „Ich hatte meine Gründe und ich werde dir alles erklären. Ich weiß, das hätte ich schon viel früher tun müssen." Verzweifelt schüttelte sie den Kopf. „Aber jetzt, jetzt wo ich weiß, was du wegen dieser Sache alles durchgemacht hast – wenn ich gewusst hätte, wie sehr dich das belastet - glaub mir, ich hätte es dir gesagt." Sie machte erneut eine Pause und wandte sich etwas von ihrem Sohn ab. Es schien sie wirklich jegliche Kraft zu kosten und Nathan bekam es mit der Angst zu tun. Was konnte so schlimm sein, dass die Tatsache, ihm die Wahrheit zu sagen, seiner Mutter solch seelische Qualen bereitete. Bisher wurde er aus ihren Sätzen nicht schlau und deshalb blieb er still in der Hoffnung, sie würde weitersprechen.

Einen Moment schien sie noch mit sich zu ringen, den Blick starr vor sich auf den Boden gerichtet. Als sie dann endlich anfing zu erzählen, war ihre Stimme plötzlich ganz ruhig und klar, fast schon teilnahmslos. Als wäre es nicht ihre Geschichte, die sie da erzählte.

„Nach meinem Studium wollte ich deinem Opa unbedingt beweisen, dass ich auch ohne seine Hilfe und vor allem ohne seine

Kontakte erfolgreich werden konnte. Ich bewarb mich also in einem großen Architekturbüro, das mich auch tatsächlich nahm und zog zu meiner Tante Viola, bis ich etwas Eigenes gefunden hatte. Das war ein riesen Schritt für mich, alles war neu, ich kannte kaum jemanden und hatte Probleme mich einzugewöhnen. Das Heimweh wurde so groß, dass ich bald schon überlegte, wieder nach Hause zu gehen. Dann habe ich deinen Vater kennengelernt. Wir haben zufällig an dem gleichen Projekt gearbeitet und liefen uns häufig über den Weg. Nach ein paar Wochen hat er mich dann zu einem Kaffee eingeladen. Er war der Erste richtige Freund, den ich dort gefunden habe, und wir haben viel Zeit miteinander verbracht.

Aus Freundschaft wurde schnell mehr und wir schmiedeten schon Pläne für die Zukunft. Wir träumten von gemeinsamen Reisen und er redete häufig davon eine eigene Firma zu eröffnen.

Er hat mir allerdings nicht alles über sich erzählt und so musste ich rausfinden, dass er zu der Zeit längst verheiratet war. Als ich Schluss machen wollte, schwor er mir, dass die Ehe mit seiner Frau längst vorbei war und er sich scheiden lassen wollte. Verliebt wie ich war, habe ich ihm natürlich geglaubt.

Ich wurde allerdings wieder eines Besseren belehrt. Ständig vertröstete er mich, ich solle noch ein wenig Geduld haben, doch mir wurde klar, dass er seine Frau niemals für mich verlassen würde und beendete die Beziehung. Kurz darauf wurde deine Großmutter sehr krank und ich kehrte nach Hause zurück, um bei ihr zu sein. Die ständige Übelkeit und Stimmungsschwankungen schob ich damals auf die derzeitige Situation und den ganzen Stress. Bald konnte ich die Zeichen aber nicht mehr leugnen. Ich war schwanger – mit dir." Seine Mutter unterbrach ihre Erzählung für eine Sekunde und blickte Nathan bei den letzten beiden Worten liebevoll ins Gesicht. Ihr Blick schweifte jedoch gleich darauf wieder ab und sie fuhr fort. „Als ich meine Mutter einweihte freute sie sich sehr. Vor der Reaktion meines Vaters hatte ich jedoch panische Angst. Er war ein Mann, der viel von den alten Sitten hielt und ein uneheliches Kind entsprach nicht wirklich seinen Vorstellungen. Ich konnte es allerdings nicht ewig verbergen, das wusste ich. Als er es dann kurz vor dem Tod meiner Mutter rausfand, war seine Reaktion sogar noch schlimmer, als ich es mir vorgestellt hatte. Ich war davon ausgegangen, dass er enttäuscht wäre, aber er war regelrecht wütend und beschimpfte mich, wie dumm und naiv ich doch wäre. Robert hat versucht mich zum Bleiben zu überreden, aber kurz nach der Beerdigung reiste ich wieder ab und zog dich alleine groß." Sie schluckte schwer und holte tief Luft „Ich habe damals oft überlegt, wieder Kontakt zu deinem Vater aufzunehmen und ihm von dir zu erzählen, aber ich wollte ihn nicht auf diese Weise an mich binden, sondern, dass er sich aus eigenen Stücken für mich - für uns entscheidet."

Nathan war auf das, was seine Mutter ihm da offenbarte, nicht vorbereitet gewesen und er merkte, wie sich alles in seinem Kopf zu drehen anfing. Wie durch Watte hörte er die Stimme seiner Mutter: „Das ist der Grund, warum dein Vater dich nie kennen lernen wollte." Ihre Stimme war nur noch ein Flüstern „Er hat nie von deiner Existenz erfahren."

Die letzten Worte seiner Mutter spukten immer und immer wieder in Nathans Kopf herum, während er immer noch den Kompass in seinen Fingern hin und her drehte. All die Jahre hatte er geglaubt, dass sein Vater ihn nicht kennen lernen wollte. Dabei wusste er nicht mal, dass er einen Sohn hatte. All die Wut war nicht gerechtfertigt gewesen. Er hatte seinen Vater für etwas gehasst, für das er nichts konnte, und auf unerklärliche Weise fühlte er sich nun ihm gegenüber schuldig, denn er hatte ihm Unrecht getan.

Auch wenn ihn das Geständnis seiner Mutter im ersten Moment sehr wütend gemacht hatte und er sie kurz darauf allein auf seinem Bett hatte sitzen lassen, um erst mal das Weite zu suchen, war ihm inzwischen klar geworden, dass er seiner Mutter nicht allein die Schuld an all dem geben konnte. Natürlich wäre alles anders verlaufen, wenn sie seinem Vater damals die Wahrheit gesagt oder wenn sie Nathan früher in ihr Geheimnis eingeweiht hätte, aber es stand ihm nicht zu, sie für all seine dummen Entscheidungen verantwortlich zu machen. Er selbst war erst vor kurzem in der Lage gewesen sich den Grund für sein bisheriges Verhalten einzugestehen. Wie sollte sie also wissen, weshalb ihr Sohn sich so verhielt, wenn er nie mit ihr darüber gesprochen hatte. Außerdem konnte er die Gründe seiner Mutter gut verstehen. Sie hatte bloß ihn und sich selbst vor dem Gefühl der Zurückweisung bewahren wollen, sowohl in Bezug auf seinen Großvater als auch auf seinen Vater. Sie konnte mit dem Gedanken leben, dass sein Vater sich gegen sie entschieden hatte, was aber wäre gewesen, wenn er das Gleiche mit ihm getan hätte. Zwar war es nicht der richtige Weg gewesen

Nathan nie die Wahrheit über ihn zu erzählen, denn so war in ihm genau dieses Gefühl der Zurückweisung entstanden, aber sie war jung und auf sich allein gestellt gewesen, als sie diese Entscheidung traf, und man konnte ihr nicht vorwerfen, dass sie in dieser Situation nicht alle Konsequenzen bedacht hatte. In seiner Erinnerung war Olivia Kane immer für ihn da gewesen, wenn er sie brauchte. Und heute wusste er auch, dass sie immer hinter ihm stand, egal welche dummen Entscheidungen er traf. Auch an jenem Abend, an dem er glaubte, sie hätte ihn verraten, hatte sie sich für ihn entschieden. Leider hatte er ihr nicht die Möglichkeit gegeben, ihm das zu beweisen.

Er hatte seiner Mutter viel Kummer zugemutet und ihr jetzt noch die Schuld an allem zu geben, was sie wahrscheinlich schon tat, kam Nathan mehr als falsch vor. Er war inzwischen alt genug, um selbst für seine Fehler geradezustehen.

Tage nach diesem Gespräch war seine Mutter erneut zu ihm gekommen, als er noch spät abends an seinem Schreibtisch gesessen und auf ein paar Papiere gestarrt hatte, die ihm Mr. Flynn zum Durchlesen gegeben hatte.

„Mach dir keine Gedanken. Alles wird gut", meinte sie als sie zu ihm trat und einen Blick auf das Schreiben vor ihm warf. Nathan löste seine Augen von dem Blatt Papier und richtete sich in seinem Stuhl auf.

Er wollte ihren Worten und ihrem aufmunternden Lächeln so gern glauben, doch die Zweifel drängten sich immer wieder an die Oberfläche, egal wie sehr er sie zu ignorieren versuchte.

„Ich hab' Angst, Mum", brach es aus ihm heraus und Tränen quollen aus seinen Augen. Beinah zeitgleich lag er schon in ihren Armen und tröstende Laute drangen in sein Ohr.

Er verstand kein Wort von dem, was sie ihm zuflüsterte, da sein Schluchzen alles übertönte, doch ihre Nähe beruhigte ihn und er konnte sich schnell wieder sammeln.

Die Ungewissheit der letzten Wochen, war inzwischen nicht mehr zum Aushalten und auch wenn er wünschte, der Tag der Entscheidung würde nie kommen, sehnte er ihn gleichzeitig herbei.

„Ich habe etwas für dich", meinte seine Mutter plötzlich und holte etwas Kleines aus ihrer Hosentasche. Sie streckte ihm die geöffnete Hand entgegen und Nathan nahm mit irritiertem Blick den kleinen Kompass, der auf ihrer Handfläche lag.

„Was ist das?" Die Frage war unnötig. Er wusste, wie ein Kompass aussah. Viel mehr fragte er sich, was er damit sollte.

„Dreh ihn um", wies seine Mutter ihn an und er gehorchte. Auf der Rückseite entdeckte er die zwei eingravierten Buchstaben:

P.B.

Stirnrunzelnd betrachtete er sie.

„Der gehörte deinem Vater", sagte Olivia mit leiser Stimme und es dauerte einen Moment, bis er ihre Worte begriff. Mit ungläubigem Blick starrte er das kleine Etwas in seinen Händen an.

EINUNDZWANZIG

„Peter hast du eigentlich einen Führerschein?", wollte Thomas wissen

„Ja, wieso?"

„Und bist du auch vertraut damit auf der *richtigen* Straßenseite zu fahren?"

„Ich denke, das sollte kein Problem sein." Peter grinste.

„Was hast du denn vor?", wollte Becca nun wissen.

„Ich habe 'ne Liste mit Sachen, die wir aus dem Großmarkt brauchen, und ich dachte, ihr beiden könntet das netterweise übernehmen."

„Wo ist denn der Großmarkt? In Wismar oder? Ja klar können wir das machen", erklärte sich Peter kurzerhand einverstanden, wobei er nach Beccas Geschmack etwas zu euphorisch klang.

„Und warum kannst du nicht selbst fahren?", wollte Becca umgehend wissen.

„Ich, ich habe morgens noch ein bisschen was im Büro zu erledigen und später habe ich versprochen mit Lenny sein Projekt für den Werkunterricht fertig zu machen. Außerdem dachte ich, Peter würde sich freuen, wenn er mal was anderes siehst und da du ja nicht mehr gerne fährst seit..."

„Okay, meinetwegen", unterbrach Becca ihren Vater. Thomas stockte verdutzt, nickte dann aber erfreut über ihre Zustimmung.

„Ach und Peter, die Tankanzeige ist kaputt bzw. das Signallämpchen, wenn er fast leer ist. Nur zur Info, dass du da ein Auge drauf hast."

Die Autofahrt stellte sich als eine der unangenehmsten Fahrten in Beccas Leben heraus. Peters Versuche eine Unterhaltung aufrecht zu erhalten scheiterten kläglich und Becca war froh, als er es endlich aufgab und stattdessen die Musik etwas lauter aufdrehte.

Im Großmarkt schob Peter dann brav den Wagen hinter Becca her, während diese ihn mit all den Dingen auf der Liste volllud. Der gesamte Einkauf verlief weitestgehend schweigend. Anschließend verstauten sie alles in Kisten im Kofferraum und stiegen wieder ein.

„So, und was machen wir jetzt?" Neugierig blickte Peter Becca an.

„Was meinst du?"

„Naja, ich hatte gehofft, dass wir noch was unternehmen könnten, wo wir schon mal hier sind."

„Und an was hattest du dabei gedacht?", fragte Becca etwas skeptisch

„Keine Ahnung." Peter zuckte mit den Schultern. „Du kennst dich hier doch besser aus." Abwartend sah er sie an, doch in Beccas Kopf herrschte völlige Leere.

„Okay, Vorschlag. Du zeigst mir den Weg zur Altstadt. Da gibt's doch bestimmt 'ne Eisdiele oder so. Ich lad dich ein", beschloss Peter und legte den Rückwärtsgang ein.

Da die Eisdiele ziemlich überfüllt war, beschlossen sie, sich lediglich eine Kugel auf der Waffel zu holen, und schlenderten damit in Richtung des nahegelegenen Parks.

„Wie kann man sich nur Vanilleeis bestellen?", wunderte sich Becca. „Es gibt doch so viele ausgefallene Sorten. Vanille ist so – langweilig."

Peter zuckte bloß die Schultern. „Muss es immer ausgefallen und besonders sein? Manchmal sind die einfachsten Sachen doch die schönsten. Ein Spaziergang am Strand, eine gute Unterhaltung oder 'ne simple Umarmung. Kostet nichts und macht glücklich." Er grinste Becca schelmisch an, was sie nur mit einem Kopfschütteln erwiderte.

Sie setzten sich auf eine Parkbank neben einem Kinderspielplatz und leckten schweigend an ihrem Eis, während spielende Kinder umherrannten und freudig kreischten.

„Ich find's echt schade, dass man das irgendwann verliert"

„Was meinst du?"

Peter nickte mit dem Kinn Richtung der spielenden Kinder. „Na diese kindliche Freude an allem. Es braucht nicht viel, um ein Kind glücklich zu machen. Und die Erwachsenen jagen ständig irgendwelchen unerreichbaren Zielen hinterher, ärgern sich den ganzen Tag über unnötiges Zeug und wundern sich dann, dass sie nie glücklich sind."

„So ist das halt. Man kann halt nicht auf ewig Kind bleiben", erwiderte Becca kühl.

„Das ist doch Quatsch. Das hat doch jeder selbst in der Hand, wie viel Kind sein er sich erhält."

Becca reagierte nicht, sondern starrte nur weiterhin auf die umhertollenden Kinder. Sie hatte keine Lust eine Diskussion mit Peter anzufangen, denn sie wusste, dass es darauf hinauslaufen würde. Wie sollte sie jemandem wie Peter klar machen, wie es war, Verpflichtungen zu haben, und nicht wie er von einem Tag zum nächsten zu leben. Nicht völlig frei Entscheidungen treffen zu können, sondern das zu tun, was von einem erwartet wurde. Sie konnte nicht leugnen, eine tolle Kindheit gehabt zu haben, doch sie hatte das Gefühl mit einem Mal jeglicher Leichtigkeit in ihrem Leben beraubt worden zu sein. Und das war ganz sicher nicht ihre eigene Entscheidung gewesen.

„Schauen wir uns noch ein bisschen die Altstadt an?", wechselte Peter schlagartig das Thema und sprang auf. Becca wischte sich die Hände an den Jeans ab und erhob sich ebenfalls.

Sie schlenderten ein wenig durch die engen Gässchen der Altstadt, vorbei an Schaufenstern und Cafés. Das schöne Wetter lockte die Menschen auf die Straße und obwohl es kein Wochenende war, waren die Biergärten vor den Lokalen um die Mittagszeit gut besucht. Als auch sie langsam Hunger bekamen, kauften sie sich an einem Stand ein frisches Fischbrötchen.

Becca fiel auf, dass es eine ganze Weile her war, dass sie zuletzt hier gewesen war, denn einige Läden in der Einkaufsstraße waren ihr völlig unbekannt.

„Bist du eigentlich öfter mal hier?", wollte Peter plötzlich wissen, als hätte er mal wieder ihre Gedanken gelesen.

„Nein wieso?", erwiderte Becca überrascht.

„Weiß nicht, Hätte ja sein können, dass du Freunde oder so hier hast." Er zuckte die Schultern.

„Nein", gab Becca knapp zurück.

Als sie auf den Marktplatz traten, strebte Peter plötzlich ein kleines hipp aussehendes Restaurant an.

„Komm lass uns noch was trinken gehen, mein Fisch war ganz schön salzig."

Nach kurzem Zögern stimmte Becca zu und folgte ihm dann zur Tür. Als sie jedoch an dem großen Fenster vorbeilief und ihr Blick ins Innere fiel, blieb sie wie angewurzelt stehen. „Ich kann da nicht rein", sagte sie tonlos. Ihr Gesicht war blass geworden.

Peter hatte bereits den Türgriff in der Hand, drehte sich aber wieder zu ihr um.

Becca trat eilig einen Schritt zur Seite, sodass sie nicht mehr im Blickfeld des Fensters stand, und schaute Peter an. Ihr Gesichtsausdruck wirkte panisch.

„Wieso? Was ist los?"

„Können wir einfach woanders hingehen?" Becca griff nach seiner Hand und wollte ihn weiterziehen, doch er hielt sie zurück.

„Peter, ich erklär dir gleich alles, aber können wir erst mal hier weg!?", sagte sie nun drängend, doch er bewegte sich immer noch nicht

„Bec, was soll denn passieren?"

Becca drehte sich wieder um und schaute ihn verwirrt an. Als sie endlich begriff wurden ihre Augen riesig.

„Du weißt es?" Der Anflug von Panik in ihrer Stimme war kaum zu überhören.

„Nein, ich weiß nichts. Nur, dass ihr mal Freunde wart", erklärte Peter, „und dann – plötzlich nicht mehr" Die unausgesprochene Frage nach dem Grund schwebte zwischen ihnen und ein Ausdruck tiefer Trauer huschte über Beccas Gesicht, als sie sich an das Vergangene zu erinnern schien. Dann veränderte sich ihre Miene jedoch schlagartig von Trauer zu blankem Zorn.

„Gut, das geht dich nämlich auch nichts an", zischte sie wütend. „Halt dich einfach..." In diesem Moment öffnete sich hinter Peter die Tür des Cafés und Beccas Blick huschte panisch zum Eingang. Ein paar Leute traten nach draußen. Dann schloss sich die Tür wieder.

„Halt dich einfach raus. Aus allem", vollendete sie ihren Satz und lief dann entschlossen davon. Für sie war das Gespräch damit beendet, doch Peter holte sie schnell ein und lief neben ihr her.

„Warte Bec, bleib stehen und rede mit mir."

Sie blieb nicht stehen und redete auch nicht.

Nachdem sie eine Seitengasse durchquert hatten, landeten sie an einem Teil des Hafens, der kaum besucht war. Becca rannte fast, doch Peter hielt Schritt.

„Was ist so Schlimmes passiert, dass du so davor wegläufst?"

Becca blieb plötzlich wie angewurzelt stehen. Sie hielt den Kopf gesenkt, sodass ihr ihre Haare vors Gesicht fielen. Mühsam schluckte sie die aufsteigenden Tränen runter. Peter sollte nicht sehen, wie nahe ihr das Ganze ging. Dieser nutzte seine Chance und umfasste ihren Arm. Ehe sie sich versah, hockte sie neben ihm auf einem Randstein.

„Du bist doch nicht glücklich Bec. Und deine Reaktion gerade hat mir ganz eindeutig gezeigt, dass du sie eigentlich vermisst."

Becca reagierte nicht.

„Deine Mutter zu verlieren muss schlimm gewesen sein." Verwirrt runzelte sie die Stirn. Sie konnte seinen Gedankensprung nicht nachvollziehen.

„Aber keiner ist schuld daran, dass sie krank geworden ist. Warum stößt du alle weg, die doch nur für dich da sein wollen?"

„Du hast doch gar keine Ahnung", meinte Becca aufgebracht, doch ihre harte Fassade schien Risse bekommen zu haben, denn sie schloss erschöpft die Augen

„Dann erklär es mir", erwiderte Peter ruhig.

„Das würdest du doch eh nicht verstehen." Becca schüttelte entschieden den Kopf.

„Probier's aus."

Ihre Blicke fanden sich und das warme Braun seiner Augen ließ Becca kurz nachdenklich werden. Doch dann wandte sie den Kopf ruckartig ab.

„Du weißt doch gar nicht, wie es ist, seine Mutter zu verlieren und plötzlich allein dazustehen. Wenn man all seine Träume in die Tonne hauen kann und nur noch irgendwie versucht weiterzumachen, weil sich andere darauf verlassen, darauf verlassen, dass du stark bist. Du hast doch keine Ahnung", wiederholte sie. „Also versuch hier nicht den Retter zu spielen." Becca wollte aufspringen, doch Peter hielt sie davon ab.

„Ich versteh dich viel besser als du denkst und das würdest du wissen, wenn du nicht einfach ständig Dinge annehmen und behaupten würdest, nur weil dein Kopf keine andere Erklärung zulässt. Reden hilft Bec. Es gibt nicht immer nur die *eine* Wahrheit." Er sprach nicht laut und in seiner Stimme lag keine Spur von Wut oder Anschuldigung, doch trotzdem hatte Becca das Gefühl gerade zurechtgewiesen zu werden. Wäre er ebenfalls laut oder ausfallend geworden, hätte sie eine Rechtfertigung gehabt zurückzufeuern oder besser noch, einfach aufzustehen und wegzulaufen, doch der verständnisvolle Tonfall machte es ihr unmöglich patzig zu reagieren, sodass sie einfach nur stumm dasaß und auf ihre Füße starrte.

„Und eins ist auf jeden Fall Bullshit", meinte Peter, „du stehst keinesfalls ganz allein da! Aber man muss sich auch helfen lassen wollen." Er stand plötzlich von der Mauer auf.

Als Becca ihm überrascht nachschaute, musste sie blinzeln, weil sie direkt in die Sonne blickte. Sie konnte nur Peters Silhouette im Sonnenlicht erkennen, sein Gesicht lag im Dunkeln, aber sie sah, wie er ihr die Hand hinhielt, womit er seinen Worten noch mehr Bedeutung gab. Becca zögerte. Sie war es nicht mehr gewohnt, dass ihr jemand Kontra gab, und noch viel weniger, dass es jemand hinbekam, ihr jeglichen Wind aus den Segeln zu nehmen, sodass sie sich danach völlig bescheuert vorkam. Seine Worte hatten sie nachdenklich gestimmt und sie wusste, dass sie zu krass in ihrer Aussage gewesen war. Natürlich war sie nicht allein, aber das änderte doch nichts daran, dass sie sich manchmal genauso fühlte - Allein! Wie sollte das ein Außenstehender verstehen, der gerade mal die halbe Wahrheit kannte. Aber vielleicht war das der springende Punkt: Sie sprach nicht darüber. Wie sollte irgendjemand verstehen, was wirklich in ihr vorging. Ihr wurde bewusst, dass sie noch immer seine Hand anstarrte. Sie wollte das Bild, das Peter von ihr hatte, nicht bestätigen. Er sollte nicht Recht behalten und auch wenn ihr selbst nicht ganz klar war, warum, so wollte sie auch nicht, dass er schlecht von ihr dachte. Also rang sie sich dazu durch seine Hand zu ergreifen und ließ sich von ihm hochhelfen. Es fühlte sich auf unerklärliche Weise so an, als würde eine schwere Last von ihrer Brust weichen und all die Wut, der Ärger und die Trauer waren mit einem Mal wie ausgelöscht.

Die gesamte Heimfahrt verlief schweigend. Becca war ihr Ausbruch etwas unangenehm. Sie konnte ihren Stolz jedoch nicht überwinden, um das vor Peter zu gestehen. Dieser schien zu merken, dass Becca keine Lust auf ein weiteres Gespräch hatte, weshalb auch er sich in Schweigen gehüllt hatte. Lediglich das rhythmische Klopfen seiner Finger auf dem Lenkrad war zu hören. Seine Worte schwirrten schon eine ganze Weile in Beccas Kopf umher. Er hatte ihr vorgeworfen, dass sie über ihn urteilen würde, ohne ihn zu kennen und damit hatte er Recht. Sie wusste beinah nichts über ihn.

Ihr Vater saß am Küchentisch, den Kopf in die Hände gestützt, als Becca die Küche betrat. Erschrocken fuhr er hoch, als er sich ihrer Anwesenheit bewusstwurde. Er wirkte erschöpft, stand nun aber eilig auf und schob den Stuhl an den Tisch.

„Alles gut?" Beccas Stirn verengte sich als sie ihren Vater beobachtete.

„Jaja. Ich habe nur schlecht geschlafen letzte Nacht", lenkte ihr Vater ein und gähnte demonstrativ.

Becca nickte und wandte sich um, um sich ein Glas Wasser zu holen.

„Habt ihr alles bekommen?"

„Mhm, haben auch schon alles drüben eingeräumt", antwortete Becca.

„Super! Und hattet ihr einen schönen Tag?", wollte Thomas nun wissen.

Becca stockte kurz. Es hatte nicht den Anschein, als würde er mit seiner Frage auf etwas Bestimmtes anspielen wollen. Er hatte also nichts von Peters Plan gewusst.

„Ja, wir waren noch ein bisschen in der Stadt was essen und so", erzählte sie dann knapp. Sie nahm einen großen Schluck aus ihrem Glas und stellte es dann neben die Spüle.

„Ich geh duschen", meinte sie und ging nach oben.

ZWEIUNDZWANZIG

„Hey hast du einen Moment?“
Überrascht wandte Peter sich Becca zu, als diese zu ihm auf die Terrasse trat. Er legte das Buch, in dem er geblättert hatte, zur Seite und beobachtete sie aufmerksam, als sie sich etwas zögerlich zu ihm an den Tisch setzte.
Eigentlich wusste sie gar nicht recht, was sie ihm sagen wollte, doch seit gestern in der Stadt hatte sie das Gefühl ihm eine Erklärung schuldig zu sein.
„Es tut mir leid.“ Die Worte kamen ihr nur schwerlich über die Lippen und sie starrte dabei stur vor sich auf die Tischplatte.
Peters Schweigen ließ sie dann jedoch weiterreden.
„Ich meine mein Ausrasten gestern. Du hast Recht, ich weiß gar nichts über dich“, fügte sie hinzu.
Als er jedoch auch darauf nichts erwiderte, blickte sie auf und ihre Blicke trafen sich. Seine Miene wirkte völlig glatt und er schaute sie einfach nur an. Seine Reaktion oder besser gesagt seine fehlende Reaktion verwirrte sie und machte sie gleichzeitig wütend.
„Na gut. Mehr wollte ich eigentlich nicht,“ Eilig stand sie auf, um zu gehen, doch seine Stimme hielt sie auf.
„Warte Bec.“
Becca hielt inne.

„Du brauchst dich nicht bei mir zu entschuldigen. Ich hätte mich da vermutlich nicht einmischen sollen." Peter lächelte entschuldigend.

„Nein, das hättest du nicht", meinte Becca erwiderte jedoch sein Lächeln. „Woher wusstest du das überhaupt alles? Das mit Jule und wo sie arbeitet, mein ich?"

„Erinnerst du dich, als ich mir deinen PC ausgeliehen habe?"

Becca nickte ungeduldig, weil sie nicht wusste, worauf Peter hinauswollte.

„Ihre Facebook-Seite war noch offen und ich hab' ein Bild von euch gesehen. Als ich Lenny nach ihr gefragt habe, meinte er nur, dass ihr mal beste Freundinnen wart, aber jetzt nicht mehr. Wo sie arbeitet steht auf ihrer Seite", beendete er mit einem Schulterzucken.

„Und bei ihr im Café aufzutauchen sollte deiner Meinung nach was bringen?" Becca verschränkte die Arme vor der Brust.

„Ich weiß nicht", gab Peter ehrlich zu. „Lenny meinte, dass du sehr traurig warst, nachdem ihr euch zerstritten habt. Ich weiß ja nicht was passiert..."

„Genau, du weißt nicht, was passiert ist und deshalb halt dich doch..."

„Ich will nicht schon wieder streiten, Bec." Diesmal war er es, der ihr das Wort abschnitt. „Ich versteh, dass du einiges durchgemacht hast. Ein Elternteil zu verlieren ist wahrscheinlich mit das Schlimmste. Ich weiß, wie du dich fühlst. Es ist als würde – als würde ein Teil von dir – fehlen. Aber warum stößt du die Menschen, denen du wichtig bist und die dir helfen wollen, so von dir weg. Sie können doch nichts dafür, dass du deine Mutter verloren hast."

Becca ließ sich wieder auf ihrem Stuhl nieder. Sie atmete einmal tief ein und aus, dann schloss sie die Augen.

„Peter ich habe dir nicht die Wahrheit gesagt." Sie konnte seine Reaktion auf das, was sie ihm gleich offenbaren würde, nicht sehen, da sie ihre Augen noch immer fest geschlossen hielt. „Wegen meiner Mutter. Sie war nicht krank." Sie holte tief Luft. „Sie ist bei einem Autounfall gestorben – und mein Vater ist gefahren."

Es fiel Becca unglaublich schwer diese Geschichte zu erzählen und noch viel schwerer die Tränen, die sie so lange unterdrückt hatte, zurückzuhalten. Doch gleichzeitig hatte sie das Gefühl, dass es an der Zeit war, endlich mal über alles zu sprechen. Dass es nun ausgerechnet Peter war, dem sie all das erzählte, verstand sie jedoch selbst nicht.

„Es war im Frühjahr letztes Jahr kurz vor den Abiprüfungen. Ich war mit meinen Eltern bei einer Schulaufführung vom Schauspielkurs, in dem Jule war. Die haben irgendein Märchen aufgeführt. Ich kann dir nicht mal mehr sagen, welches es war. Ich weiß nur, dass so ein Typ, der einen Zwerg gespielt hat, einen witzigen Akzent hatte und mein Vater ihn die ganze Heimfahrt über nachgemacht hat. Meine Mutter und ich hatten Bauchschmerzen vor Lachen. Und dann, ganz plötzlich war da ein Tier auf der Straße. Ein Reh glaub ich. Ich sehe noch immer vor mir, wie die Augen im Scheinwerferlicht gelb leuchten." Becca stockte kurz und versuchte den Kloß runterzuschlucken, der sich in ihrem Hals gebildet hatte. Die Bilder, die vor ihrem inneren Auge entstanden, wirkten viel zu echt. „Mein Vater hat versucht auszuweichen. Wir sind von der Straße abgekommen und 'ne Böschung runter. Wir haben uns mehrfach überschlagen. Es ging alles mega schnell. Das letzte, woran ich mich erinnere, ist der Aufprall, als wir seitlich gegen einen Baum geknallt sind. Ich bin erst wieder im Krankenhaus aufgewacht."

Peter hatte während der ganzen Erzählung schweigend zugehört.

„Bec, ich weiß nicht was ich sagen soll. Es tut mir leid."
Ehrliche Bestürzung schwang in seiner Stimme mit.

Becca schniefte, während sie gegen die aufkommenden Tränen ankämpfte.

„Hast du daher auch die Narbe?" Peter wies auf ihren Arm und Becca nickte bloß. Es dauerte einen Moment, bis sie weitersprechen konnte.

„Ich hatte eine schwere Kopfverletzung und war ein paar Tage nicht ansprechbar. Mein Vater ist auch bloß mit einer Gehirnerschütterung und ein paar Prellungen davongekommen. Meine Mutter ist noch in der gleichen Nacht im Krankenhaus gestorben. Sie saß genau dort, wo wir gegen den Baum geprallt sind. Sie wurde eingequetscht und hatte schlimme innere Blutungen." Becca vergrub ihr Gesicht in den Händen. „Manchmal wünschte ich mir, ich wäre auch einfach nicht mehr aufgewacht. Mein Leben war danach nicht mehr dasselbe." Sie sprach leise und ihre Stimme wurde durch ihre Hände gedämpft, doch Peter musste sie trotz allem gehört haben. Sie hatte diesen Gedanken schon häufiger gehabt, doch es war das erste Mal, dass sie ihn laut aussprach. Es herrschte eine Weile Stille.

„Ist das der Grund, warum du so zu deinem Dad bist. Gibst du ihm die Schuld an dem Tod deiner Mutter?" Die Frage klang nicht vorwurfsvoll. Viel mehr lag ehrliches Interesse darin.

Rückartig hob Becca den Kopf „Nein! Nein, er konnte nichts dafür", widersprach sie eilig. „Aber – ich gebe ihm die Schuld für das, was danach passiert ist." Becca sah, wie sich Peters Augenbrauen zusammenzogen. Sie wusste nicht ganz, wie sie ihre Gefühle in Worte fassen sollte, und es dauerte einen Moment, ehe sie ihre Gedanken sortiert hatte. „Nachdem ich aus dem Krankenhaus entlassen wurde und ich wieder zu Hause war, wurde die Tatsache, dass meine Mutter nicht mehr da war, zum ersten Mal zur

Realität für mich. Es war die Hölle. Aber Lenny war noch so klein und ich wollte nicht, dass er noch mehr darunter litt als nötig. Deshalb habe ich mich zusammengerissen und versucht einfach weiterzumachen. Er, also mein Dad, hat sich jedoch eingeigelt und hat niemanden mehr an sich rangelassen, nicht mal seine Kinder. Er hat mich mit allem allein gelassen. Mit Lenny, mit dem Lokal und mit mir selbst." Beccas Stimme brach „Es – es hat sich angefühlt, als hätte ich nicht nur meine Mutter, sondern auch ihn an dem Abend verloren."

Sie saßen eine ganze Weile nur beieinander. Becca hätte nicht erwartet, dass es ihr so gut tun würde ihren Gedanken und Gefühlen einfach mal freien Lauf zu lassen. Peter war zu Beccas Überraschung ein erstaunlich guter Zuhörer, der genau an den richtigen Stellen schwieg oder sprach.

„Und deine Freundin Jule?", fragte er vorsichtig, „Warum habt ihr keinen Kontakt mehr?" An seiner Miene konnte Becca erkennen, dass er schon beinah mit einer ihrer patzigen Antworten rechnete, doch Becca war in diesem Moment nicht streitlustig. Stattdessen zuckte sie bloß mit den Schultern, als gäbe es dazu nicht viel zu sagen.

„Ich war ziemlich arschig drauf nach dem Tod meiner Mutter", erklärte sie.

„Warst?", rutschte es Peter raus und für eine Sekunde blitze der Schalk in seinen Augen auf. Becca überging die Bemerkung mit einem Augenrollen.

„Willst du es jetzt hören oder nicht?"

Peter tat, als würde er seinen Mund versiegeln, um ihr zu signalisieren, dass er nun schweigen würde.

„Ich muss dazu sagen, dass wir eigentlich nach dem Abi zusammen in die Stadt ziehen und studieren wollten. Naja, ich habe mein Abi nie gemacht und saß hier fest und hab mich mit Ilonas Hilfe um Lenny und das Lokal gekümmert. Jule dagegen hat wie geplant weiter gemacht. Ich nehme an ich war einfach neidisch auf sie", fügte Becca nach kurzem Zögern hinzu und wunderte sich dabei selbst über ihre Ehrlichkeit. „Kurz vor ihrem Umzug haben wir uns dann ziemlich in die Haare bekommen und ich habe ein paar unschöne Sachen zu ihr gesagt, die ich gerne zurücknehmen würde."

„Hast du ihr das so gesagt?", unterbrach Peter sie nun doch.

Becca schüttelte den Kopf. „Wir hatten seitdem keinen Kontakt mehr", erklärte sie. „Wahrscheinlich hat sie inzwischen eine Menge neuer Freunde und vermisst mich gar nicht", sprach sie ihre Gedanken aus.

„Also willst du es gar nicht versuchen, aus Angst, dass sie dir nicht verzeihen kann?"

Becca überlegte eine Weile, bevor sie antwortete. „Ganz ehrlich. Ich habe das Gefühl, dass ich es nicht verdient habe, dass sie mir verzeiht."

„Und könntest du ihr verzeihen?"

„Da ist nichts zu verzeihen. Sie hat nichts falsch gemacht."

Becca hätte niemals gedacht, dass sie sich so schnell an Peters ständige Anwesenheit gewöhnen würde, doch nach ihrem Gespräch hatte sich etwas verändert und in den darauffolgenden Tagen kehrte beinah so etwas wie Harmonie ein. Auch wenn sie es niemals zugegeben hätte, so musste sie ihrem Vater doch Recht geben. Es tat ihnen gut ihn im Haus zu haben. Besonders Lenny. Er brachte auf seltsame Weise ein bisschen Normalität in ihr Leben, was ironischer nicht hätte sein können, denn nichts an ihm war normal.

Obwohl sie es hasste, dass er sich überall versuchte einzumischen, konnte sie nicht leugnen, dass sie, seit er da war, anfing, sich mehr mit ihren Gedanken und Gefühlen auseinanderzusetzten, statt sie bloß zu verdrängen, was befreiend und beängstigend zugleich war. Zu wissen, dass sie vieles selbst beeinflussen und ändern könnte, war wie ein Hoffnungsschimmer und machte ihr gleichzeitig eine Heidenangst, denn sie wusste nicht, ob sie mutig genug war. Es war einfacher, sich zurückzuziehen und eine Mauer aufzubauen, nichts an sich ranzulassen und dem Leben die Schuld zu geben. Es kostete jedoch eine Menge Kraft und Überwindung sich seinen Ängsten zu stellen.

Ihre Wut und ihre Abweisung hatten Becca bisher als Schutz gedient, indem sie ihr das Gefühl von Kontrolle und Sicherheit gegeben hatten, etwas, woran sie sich festhalten konnte.

Gefühle, Hoffnung und Träume zuzulassen hieß für sie sich verletzlich zu machen, denn am Ende könnte sie auch enttäuscht werden.

DREIUNDZWANZIG

Gierig schlang er auch das letzte Stück des Sandwiches hinunter, das er sich gerade von dem wenigen Geld, was noch übrig war, gekauft hatte. Eigentlich hatte er es sich einteilen wollen, doch sein Hunger war zu groß und das Sandwich einfach zu lecker gewesen.

Nun knüllte er das Papier zusammen und erhob sich von der Bank, die unter einem großen Laubbaum direkt an dem hübsch angelegten See stand. Der Himmel war strahlendblau und die Sonne spiegelte sich in den sanften Wellen, die durch die Enten entstanden, die sich auf dem See tummelten. Doch der Anblick erfreute ihn schon lange nicht mehr. Er trat auf den geschotterten Weg und ließ im Vorbeigehen das Papier in einen der unzähligen Mülleimer, die gefühlt alle zwei Meter aufgestellt waren, fallen. Auf den Wiesen um ihn herum hatten sich immer mehr kleine Grüppchen zusammengefunden und sich auf Decken niedergelassen. Viele hatten Essen dabei und picknickten gemeinsam, während sie sich ihr Feierabendbier schmecken ließen. Als ihm der Geruch von gegrilltem Fleisch in die

Nase stieg, lief ihm das Wasser im Mund zusammen. Er war längst nicht satt. Was hätte er jetzt für ein saftiges Steak gegeben. Aber das ließ sein Budget nicht mehr zu.

Zwei Monate waren vergangen, seit er seine Sachen gepackt und von zuhause abgehauen war.

Der erste Schritt, unbemerkt davon zu kommen, war einfach gewesen. Nicht zum ersten Mal hatte er sich im Dunkeln fortgeschlichen. Durchs Fenster aufs Dach, runter auf die Terrasse und von da aus über das Garagendach in den Garten.

Der zweite Schritt war schon etwas schwieriger gewesen. Wo sollte er nun hin? Zu Freunden? Außer Benjamin hatte er keine Freunde und dort würden sie ihn sofort finden. Nein, er musste größer denken. Er musste weiter fort.

Mit diesem Entschluss machte er sich auf den Weg zum Bahnhof. Dort auf einer Bank verbrachte er die erste Nacht, um dann am nächsten Morgen mit dem ersten Zug nach Dublin zu fahren. In einer so großen Stadt würden sie ihn niemals finden, solange er nicht gefunden werden wollte.

Die ersten Tage war er noch sehr vorsichtig gewesen, aber schon bald wurde ihm klar, dass sie ihn hier tatsächlich nicht finden würden. Allerding hatte das Zugticket sein Guthaben stark geschmälert. Inzwischen besaß er gerade noch genug für maximal drei Mahlzeiten. Wie es dann weitergehen sollte, wusste er nicht. Irgendwie hatte er sich das Ganze anders vorgestellt. Das anfängliche Hochgefühl nach seiner Ankunft war schnell verflogen, nicht zuletzt als er ein paar

Tage später in der Bank erfuhr, dass er an das Geld auf seinem Sparbuch nicht ran kam ohne die Einwilligung seiner Mutter, was das blaue Heft unbrauchbar machte – zumindest bis zu seinem Geburtstag in 18 Monaten. Auch den Versuch Arbeit zu bekommen hatte er sich einfacher vorgestellt. Da er nicht Volljährig war, verlangten die meisten auch in diesem Fall eine Unterschrift eines Ehrziehungsberechtigten. Diese hätte er im Notfall noch fälschen können, die Tatsache, dass er keinen festen Wohnsitz in dieser Stadt hatte, jedoch nicht und spätestens da wurden die Leute stutzig.

Nach einigen Tagen hatte er allerdings Glück. Ein Pub-Besitzer bot ihm ein Probearbeiten an, ohne seine Daten zu überprüfen. Bezahlung bar auf die Hand.

Und es hätte auch alles gut gehen können, wäre er nicht so blöd gewesen und hätte eines Abends seinen Geldbeutel im Pub liegen gelassen.

Natürlich fand der Chef ihn und warf einen Blick hinein. Am nächsten Abend war er seinen Job los. Er konnte jedoch froh sein, dass der Pub-Besitzer keine weiteren Maßnahmen eingeleitet hatte.

Seitdem hatte er nichts Neues finden können und der Verdienst der drei Wochen war so gut wie aufgebraucht.

Da die Nächte inzwischen sehr mild waren, hatte sich zumindest das Schlafproblem fürs erste gelöst. Aus dem Hostel, in dem er eine Weile gewohnt hatte, war er wegen Geldmangel längst ausgezogen und schlief seitdem draußen.

Seinen Schlafsack hatte er einem jungen Mann abgekauft, mit dem er sich ein Zimmer geteilt hatte, was bis heute wohl seine beste Investition gewesen war.

Er merkte, wie sich ein Pärchen, das ihn passierte, hinter seinem Rücken tuschelnd nach ihm umdrehte. Sie waren nicht die Ersten.

Er musste schlimm aussehen und mindestens so übel riechen. Seine Besuche im Schwimmbad, die er nutzte, um sich ordentlich zu waschen, waren schon viel zu lange her und das T-Shirt, das er trug, hatte auch dringend eine Wäsche nötig.

Er war weggelaufen, weil er es zuhause nicht mehr aushielt. Weggelaufen, um neu anzufangen und sich nicht mehr anhören zu müssen, was für eine Enttäuschung er war.

Er war jedoch nicht weggelaufen, um als Straßenkind zu enden, das hungrig und stinkend umherwanderte und dabei für die Menge unsichtbar blieb, bis auf die paar Einzelnen, die sich angeekelt oder mitleidig nach ihm umdrehten. Er wollte kein Mitleid und er hatte auch nie vorgehabt zu betteln. Dafür war er viel zu stolz. Aber bald würde er gar keine andere Wahl mehr haben.

VIERUNDZWANZIG

Es war nicht so als hätte Becca nichts gemerkt. Sie war nicht blöd, natürlich ahnte sie, worum es ging, wenn sie Peter und ihren Vater miteinander tuschelnd in der Küche vorfand und sie sich, sobald sie den Raum betrat, in geheimnisvolles Schweigen hüllten. Sie hatte ganz einfach die Hoffnung gehabt, sie würde sich irren.

Es war ein gewöhnlicher Tag. In Beccas Augen gab es keinen Grund diesen zu feiern und schon gar nicht wollte sie im Mittelpunkt stehen. Doch als sie sich morgens vor einer geschlossenen Küchentür wiederfand, war ihr schon klar, dass ihr Wunsch nicht in Erfüllung gehen würde. Umso überraschter war sie, als sie die Küche betrat und alle ganz sittlich um den Küchentisch saßen und bereits ihr Frühstück genossen. Sie hatten nicht mal auf sie gewartet.

„Guten Morgen. Setz dich. Peter hat Rührei gemacht", begrüßte sie ihr Vater.

Immer noch etwas skeptisch setzte sich Becca auf ihren Platz.

„Alles gut?", fragte Peter und beobachtete sie mit hochgezogenen Brauen.

Becca war sichtlich irritiert

„Ich halt's nicht mehr aus", platzte es nach einer Weile aus Lenny. „Wir veräppeln dich nur. Natürlich wissen wir, dass du Geburtstag hast", verkündete er nun und strahlte breit. Er sprang auf kletterte von der Sitzbank und drückte Becca fest.

Thomas war ebenfalls aufgestanden und kehrte mit einem Umschlag in der Hand zurück, den er vor Becca auf den Tisch legte. „Kannst du vielleicht heute direkt gebrauchen. Ilona kommt gleich und dann könnt ihr zwei euch einen schönen Tag in der Stadt machen." Thomas war noch nie ein Freund großer Gesten gewesen, wofür Becca in solchen Momenten sehr dankbar war.

Lenny kletterte wieder zurück neben Peter auf die Bank, der sich bisher zurückgehalten hatte.

„Mein Geschenk bekommst du später", meinte er nun. „Ist eine Überraschung."

Becca hasste Überraschungen und sie hatte so im Gefühl, dass sie Peters Überraschung ganz besonders hassen würde.

Gegen elf holte Ilona Becca dann zu dem geplanten Mädels-Tag in der Stadt ab. Als sie dort ankamen, war es bereits Mittagszeit und sie entschieden sich dazu, erst mal in einem kleinen Lokal etwas zu Mittag zu essen. Im Anschluss stürzten sie sich in das Getümmel der Kaufhäuser. Obwohl Becca zunächst wenig Lust auf einen Shoppingtag gehabt hatte, genoss sie es schon nach kurzer Zeit. Es gelang ihr, ihren Kopf auszuschalten und den Stress von Zuhause für kurze Zeit zu vergessen. Sie hatte das Gefühl, seit langem mal wieder einfach nur Mädchen sein zu können. Ilona scheuchte sie von einem Laden in den nächsten und überredete sie ständig, irgendwelche Sachen anzuprobieren, und obwohl es mit der Zeit anstrengend wurde, machte es auch Spaß. Am Ende fuhren sie mit zwei vollen Tüten nach Hause.

„So, jetzt müssen wir uns aber beeilen", meinte Ilona als sie gerade ihre Haustür aufschloss.

„Wieso?" Becca legte skeptisch die Stirn in Falten.

„Weil wir zwei noch ausgehen. Heute Abend." Während Ilona schon im Inneren ihres Hauses verschwunden war, blieb Becca etwas unschlüssig auf dem Treppenabsatz stehen. Nach Ausgehen war ihr eigentlich gar nicht zumute. „Können wir uns nicht einfach hier einen gemütlichen Abend machen?"

„Ich bin dafür, dass du die dunkelblaue Bluse anziehst. Ich bügle sie dir noch ein bisschen auf", überging Ilona Beccas Frage und wühlte bereits in den vollen Tüten.

„Ilona, ernsthaft, mir ist wirklich nicht nach Ausgehen. Wohin überhaupt? Willst du wirklich nochmal den ganzen Weg zurück in die Stadt fahren?", versuchte Becca auf ihre Tante einzureden, doch diese winkte nur ab.

„Lass das mal meine Sorge sein."

Keine Stunde später saß Becca wieder auf dem Beifahrersitz von Ilonas Wagen.

„Ist das nicht etwas übertrieben?", meinte sie, da Ilona ihr einen ihrer Schals um den Kopf gebunden hatte. „Wo fahren wir hin?", fragte sie und Ilona lachte

„Was denkst du, warum ich dir die Augen verbunden habe du Witzbold? Das soll eine Überraschung sein."

Zehn Minuten später hielt sie den Wagen an und Becca vernahm das Klicken als Ilona zuerst ihren und dann Beccas Sicherheitsgurt löste. „Wehe du lunzt. Ich helfe dir gleich raus."

Die Fahrertür ging auf und Becca vernahm das Rauschen der Wellen in der Ferne. Sie waren also Richtung Meer gefahren. Das vertraute Geräusch von knirschendem Kies erklang als Ilona ihr aus dem Wagen half und sie an einer Hand vorwärts führte.

„Sind wir bei uns zuhause?", fragte Becca skeptisch. Ihre Füße trafen auf Holzdielen und bestätigten ihren Verdacht. „Du kannst mir das Ding abnehmen ich weiß, wo wir sind." Becca wollte sich den Schal schon mit der freien Hand runterziehen, doch Ilona schlug sie ihr gleich darauf wieder weg.

„Nix da, erst wenn ich es sage."

Sie betraten das Lokal und dann gab Ilona ihr das Zeichen die Augenbinde abzunehmen.

Überraschung!!!" kam es ihr gleichdarauf lautstark entgegen. Becca musste mehrfach blinzeln, als die plötzliche Helligkeit sie blendete. Vor ihr stand eine kleine Gruppe an Menschen. Alle mit kleinen albernen Partyhütchen auf den Köpfen und Luftschlangen um die Hälse. Becca war wie erstarrt, bis sich plötzlich Nadja aus der Runde löste und mit weit ausgestreckten Armen auf sie zukam.

„Happy Birthday, meine Liebe." Sie drückte sie an sich und schaukelte sie überschwänglich hin und her. „Na, ist die Überraschung gelungen?", wollte sie dann breit grinsend wissen.

Becca war noch immer nicht fähig die Situation vollständig zu erfassen und nickte bloß.

Nun kamen auch die anderen näher und Becca erkannte unter den Leuten, neben Thomas Peter und Lenny, auch Lars, seine Frau Cara und Nadjas 16-jährige Tochter Isabell. Nach und nach traten sie alle vor, um ihr ihre Geburtstagswünsche zu übermitteln.

Selbst ihr Cousin Yannick, den sie seit der Scheidung von Ilona und ihrem Mann kaum noch gesehen hatte, war da. Über Lorenas Kommen freute Becca sich besonders. Als sie ihr jedoch bei der herzlichen Umarmung über die Schulter blickte erstarrte sie plötzlich.

Ihre Anwesenheit war ihr vorher nicht aufgefallen, doch nun blickte sie geradewegs in das vertraute Gesicht ihrer ehemals besten Freundin und die aufkommenden Gefühle verursachten ihr Übelkeit.

Sie war nicht in der Lage sich zu rühren und so beobachtete sie bloß, wie Jule nun langsam auf sie zutrat. Ihr Blick war freundlich doch auch sie konnte die Unsicherheit nicht ganz verbergen. Als sie direkt vor ihr stehen blieb, senkte Becca den Blick.

„Happy Birthday, Becky." Der Klang ihrer Stimme ging ihr durch Mark und Bein. Da sie den Blick noch immer gesenkt hatte, sah sie, wie Jule ihr ein kleines Päckchen entgegenstreckte. Zögerlich nahm sie es entgegen. Sie hatte das Gefühl, alle würden sie anstarren, und am liebsten wäre sie einfach rausgerannt. Stattdessen zwang sie sich, ihr ins Gesicht zu schauen, und bedankte sich mit einem scheuen Lächeln. Dann, als hätte sie jemand aus dem Schlaf gerissen, zuckte sie zusammen, als jemand ihren Arm umfasste. Nadja war an sie herangetreten. „Du musst noch deine Kerzen auspusten", meinte sie freundlich und Becca war ihr unendlich dankbar, als sie sie sanft von Jule wegzog.

Lars und Peter hatten scheinbar den halben Nachmittag in der Küche verbracht, denn es gab Unmengen von Essen und zum Dessert hatte Nadja Beccas Lieblingskuchen gebacken.

Die Tatsache, dass Jule nur wenige Stühle von ihr entfernt saß, führte jedoch dazu, dass Becca das Essen nicht richtig genießen konnte.

Nachdem alle Mägen gefüllt und die Teller geleert waren, machten sich die Männer ans Abräumen und Thomas brachte Lenny ins Bett. Becca hatte ebenfalls aufstehen wollen, um zu helfen, wurde jedoch von Lars gleichdarauf zurück auf ihren Stuhl gedrückt. „Nix da! Du hast heute Sendepause", meinte dieser energisch und entzog ihr ihren leeren Teller.

Hilfesuchend blickte sich Becca nach einem Fluchtweg um und war froh, als sie ihre Tante auf der Terrasse erblickte, die mit einer Zigarette in der Hand am Geländer lehnte. Schnell huschte Becca zu ihr an die frische Luft.

„Bist du mir arg böse?", wollte Ilona wissen, als ihre Nichte zu ihr ans Geländer trat.

„Du weißt doch, dass ich kein Fan von Überraschungen bin", erwiderte Becca.

„Ich habe auch ehrlich mit mir gehadert, ob ich dich nicht heimlich einweihen sollte, aber ich musste Peter und deinem Vater schwören, es nicht zu tun. Und du wärst wahrscheinlich nicht mal in mein Auto gestiegen, hättest du es gewusst. Habe ich Recht?"

„Nein, vermutlich nicht", gab Becca zu. „Wusstest du es? Das Jule kommen würde?"

„Nein, wusste ich nicht."

Becca lehnte sich gegen das Geländer und schaute aufs offene Meer hinaus. Sie wusste nicht, wie sie mit Jules Auftauchen umgehen sollte. Sie hatte geglaubt es würde nie dazu kommen, dass Jule und sie sich aussprechen würden. Es war nie ihr Plan gewesen, sich zu entschuldigen, denn aus ihrer Sicht war es nicht zu verzeihen, was sie ihr vorgeworfen hatte. Und wie entschuldigte man sich für etwas, das unverzeihbar war? Sie hatte damit abgeschlossen noch einen weiteren wichtigen Menschen in ihrem Leben verloren zu haben und daran noch dazu selbst schuld zu sein. Es kam ihr geradezu gerecht vor, so wie sie sich ihr gegenüber verhalten hatte. Doch mit ihrem Kommen hatte Jule einen Schritt auf sie zu gemacht und ihr gezeigt, dass sie bereit war über alles zu reden. Das konnte Becca nicht ignorieren. Es herrschte Chaos in ihrem Kopf und sie fühlte sich keineswegs bereit Jule gegenüberzutreten, als plötzlich deren Stimme über das Rauschen der Wellen an ihr Ohr drang.

„Hey stör ich euch?" Sie klang zögerlich.

Becca zuckte erschrocken zusammen. Einen Moment starrte sie ihre ehemals beste Freundin nur an, die scheinbar unsicher ein paar Meter vor ihr stand. Dann schüttelte sie bloß stumm den Kopf, da ihr Mund das Sprechen verlernt zu haben schien.

Ilona räusperte sich und drückte ihre Zigarette aus. „Ich lass euch mal allein", meinte sie und nickte Becca aufmunternd zu. Den hilflosen Ausdruck ihrer Nichte ignorierte sie dabei.

Ihre Blicke trafen sich erneut, dann wandte Becca sich wieder dem Meer zu. Sie merkte jedoch, wie Jule zu ihr ans Geländer trat. Eine ganze Weile herrschte Stille und Becca suchte fieberhaft nach den richtigen Worten, um das Gespräch zu beginnen. Doch es war Jule, die das Schweigen brach: „Ich hoffe es ist in Ordnung, dass ich gekommen bin. Ich war mir nicht sicher, ob du mich sehen willst." Nervosität schwang in Jules Worten mit und Becca hob überrascht den Kopf.

„Ich bin doch diejenige, die sich wie der größte Arsch verhalten hat", brach es aus ihr heraus.

„Nein, hast du nicht. Du hast getrauert. Da darf man das." Jules Worten klangen ehrlich. „Klar hat mich das geschockt und ich war vielleicht auch sauer, aber nicht lange."

„Du hattest jedes Recht sauer zu sein. Das war gemein, fies und überhaupt nicht gerechtfertigt, was ich gesagt habe. Du wolltest mir nur helfen und ich gebe dir die Schuld. Das war nicht fair. Trauer hin oder her."

Jule zuckte nur die Schultern. „Ich habe mich aber auch nicht fair verhalten. Ich wollte dich ablenken und mir fällt nichts Besseres ein, als vom Studium zu erzählen. Aber weißt du ich war auch irgendwie überfordert mit alldem. Ich wollte für dich da sein, aber ich habe mich so hilflos gefühlt, weil ich nicht wusste wie. Und als du dich dann nach dem Streit gar nicht mehr gemeldet hast, dachte ich, es wäre besser, wenn ich dir einfach Zeit lasse, bis du mich wieder in deiner Nähe haben willst." Jule atmete tief ein und aus, nachdem sie geendet hatte.

In Beccas Lachen klang Verzweiflung mit. „Ich dachte du wärst stinksauer und willst nichts mehr mit mir zu tun haben"

„Mhh wir sind schön blöd, oder?", meinte Jule und ihre Lippen verzogen sich zu einem traurigen Lächeln. „Allerdings"

„Ich war auf jeden Fall ziemlich verwundert, als dieser Peter plötzlich bei mir an der Arbeit aufgetaucht ist und mich zu deinem Geburtstag eingeladen hat." Jule lachte. Becca hatte schon vermutet, dass Peter hinter all dem steckte. Allerdings hielt sich der Ärger über sein erneutes Einmischen diesmal in Grenzen.

„Ich freu mich, dass du gekommen bist", gab Becca leise zu und Jule wirkte erleichtert.

„Das ist schön." Schüchtern lächelten sich die beiden Mädchen an.

„Du hast keine Vorstellung wie sehr du mir gefehlt hast. Es ist scheiße ohne beste Freundin in einer anderen Stadt zu sein. Ich hätte dich so oft gebraucht, einfach nur zum Reden", sprudelte Jule plötzlich los und Tränen kullerten ihr dabei über die Wangen

„Du hast mir auch gefehlt", gestand Becca. Auch ihre Stimme war erstickt von Tränen. „Es tut mir so leid", schluchzt sie. Zu mehr war sie nicht in der Lage. Die Worte schienen ihr nicht im Entferntesten angemessen, doch Jule schien es zu reichen, denn sie trat auf Becca zu und dann lagen sich die Mädchen in den Armen.

Als von drinnen plötzlich laut Musik erklang fiel Becca wieder die Party ein, die drinnen noch immer stattfand. Völlig verheult grinsten Jule und sie sich an.

„Der Waschbären-Look soll jetzt voll Inn sein", meinte Jule, als sie sich beide versuchten den Mascara unter den Augen zu entfernen.

Noch bevor sie das Lokal wieder betraten, konnte Becca durch die Scheiben sehen, wie Peter, Ilona, Nadja und Lorena sich auf der freien Fläche vor der Theke wild tanzend zur Musik bewegten. Isabell und Yannick hatten sich zum Dartspielen in die Ecke verzogen und ihr Vater, der inzwischen wieder zurück war, saß mit Cara und Lars am unteren Ende des Tisches.

Als Jule und Becca das Lokal betraten, wandte er ihnen den Kopf zu und Becca meinte Erleichterung in seinem Blick zu sehen, als er beobachtete, wie die beiden Mädchen nun ebenfalls wieder am Tisch Platz nahmen.

„Guck dir die an", meinte Jule grinsend und stupste Becca mit dem Ellenbogen an. Becca folgte Jules Blick zur Tanzfläche, auf der Nadja versuchte Peter ein paar Tanzschritte beizubringen.

„Ich habe immer noch nicht ganz verstanden, wie ihr euch eigentlich kennen gelernt habt."

„Wer? Peter und ich?"

„Ja, wer sonst?", meinte Jule übertrieben betont.

„Was hat er dir denn erzählt?"

„Nicht viel um ehrlich zu sein. Er meinte, er wäre ein Freund von dir und dass du dich freuen würdest, wenn ich zu deiner Geburtstagsparty kommen würde. Dann hat er mir einen Zettel mit Uhrzeit usw. in die Hand gedrückt."

Becca schnaubte spöttisch: „Typisch."

„Ich habe mir schon gedacht, dass du ihn nicht geschickt hast." Jule lachte „Und wie habt ihr euch nun kennengelernt?", lenkte sie zurück zu ihrer eigentlichen Frage.

Becca verzog etwas das Gesicht bei dem Gedanken an ihr erstes Treffen mit Peter.

„Am Strand. Er hat da gezeltet und ein Tag später ist er dann hierhergekommen und hat nach 'nem Job gefragt. Jetzt arbeitet er hier und wohnt in unserem Gästezimmer", beendete Becca ihre Erzählung.

„Er wohnt auch bei euch?", entfuhr es Jule überrascht.

„Ja, frag mich nicht wie das passiert ist.“ Wie zufällig wanderte Peters Blick plötzlich in ihre Richtung und ein Lächeln breitete sich auf seinem Gesicht aus, als ihre Augen sich fanden.

Eilig wandte Becca sich Jule zu. „Aber erzähl mir lieber, was ich bei dir alles verpasst habe“, versuchte sie beiläufig das Thema zu wechseln, worauf Jule zum Glück direkt einging

„Gar nicht so viel eigentlich. Studium läuft ganz gut aber meine Mitbewohnerin ist eine echte Drecksau.“ Sie gluckste, wurde aber gleichdrauf wieder ernst. „Naja und Daniel und ich sehen uns inzwischen fast nur noch am Wochenende, weil ihm die Stunde Fahrt zu blöd ist und er dann lieber bei sich bleibt, statt in die Stadt zu kommen. Und ich hab kein Auto, also läufts meistens auf 'ne Wochenendbeziehung raus.“ Jule seufzte leicht wehmütig, setzte dann jedoch wieder ein Lächeln auf. „Dafür arbeite ich seit ein paar Monaten in einem hippen Lokal in der Innenstadt. Und das Team ist einfach mega cool und mein Chef richtig chillig drauf.“

Jule erzählte noch eine Weile von ihrem neuen Job und ihren Studiengängen und Becca musste feststellen, dass sie sich ehrlich mit ihrer Freundin freuen konnte und keinerlei Missgunst mehr empfand.

„Daniel kommt mich gleich abholen“, meinte Jule plötzlich und Becca blickte sie überrascht an. „Ich wusste ja nicht, wie es läuft. Da dachte ich es wäre besser, wenn ich erst mal nicht allzu lang bleib“, gestand Jule. „Ich bin aber das ganze Wochenende hier. Vielleicht können wir uns ja morgen sehen?“, fragte sie dann hoffnungsvoll und auf Beccas Gesicht breitete sich ein schüchternes Lächeln aus.

„Sehr gern“

„Hast du noch deine alte Nummer?“, wollte Jule wissen, worauf Becca nickte.

„Dann melde ich mich morgen bei dir, okay? Nicht zu früh natürlich." Sie zwinkerte. Als ihr Handy vor ihr auf dem Tisch den Eingang einer neuen Nachricht anzeigte, erhob sie sich. „Daniel wartet draußen. Viel Spaß noch und wir sehen uns morgen." Jule drückte Becca überschwänglich an sich. „Ich freu mich"

„Ich auch. Und sag Daniel einen schönen Gruß." Jule winkte in die Runde und verließ dann die Party. Euphorisiert blickte Becca ihr nach.

Als sie sich umblickte musste sie feststellen, dass die Feier auch ohne sie einfach ihren Gang genommen hatte. Inzwischen hatten sich auch Cara und Isabell überreden lassen den anderen auf der Tanzfläche Gesellschaft zu leisten. Als Lorena und Ilona Becca auf ihrem Weg zur Theke ebenfalls zu sich ziehen wollten, brachte sie sich jedoch schnell hinter der Theke in Sicherheit. Sie holte sich ein neues Getränk und gesellte sich dann zu Lars, Yannick und ihrem Vater, die je mit einem Bier um den Tisch saßen.

„Du musst auch noch deine Geschenke auspacken", meinte Lars eifrig.

„Das mach ich später", erwiderte Becca bloß. Sie wusste sowieso, dass nichts in den kleinen bunt verpackten Schachteln diesen Abend noch toppen konnte, und das verdankte sie einzig und allein Peter.

„So jetzt bist du dran", meinte Nadja und beugte sich von hinten über Thomas Schulter. Sie zog ihn am Arm hinter sich her zur provisorischen Tanzfläche. Nach kurzen Widerreden ließ es Thomas einfach geschehen. Becca drehte sich auf ihrem Stuhl um und beobachtete für einen Moment, wie ihr Vater und Nadja sich perfekt zur Musik durch den Raum bewegten, als hätten sie das schon tausendmal gemacht.

Plötzlich spürte Becca, dass sie jemand anschaute, und Peters und ihr Blick trafen sich. Gleichdarauf kam er langsam auf sie zu. Becca hob jedoch sofort abwehrend die Hände, als er ihr eine entgegenstreckte.

„Nee, vergiss es! Ich tanz nicht." Hilfesuchend schaute sie sich zu Lars und Yannick um, die sich jedoch bloß an ihrem Bier festhielten und sie mitleidig anblickten.

„Hab dich nicht so. Ich tret' dir auch nicht auf die Füße, versprochen." Ohne ein weiteres Wort ergriff er ihre rechte Hand und führte sie zu den anderen Tanzenden. Er drehte sich zu ihr um und legte ihr seine freie Hand auf den Rücken. Sie standen eng beieinander, jedoch ohne sich zu berühren. Etwas steif begann er sich zu bewegen und Becca folgte ihm.

„So viel zu deinem Versprechen", meinte Becca sarkastisch, als Peter ihr schon nach kurzer Zeit mehrfach auf den Fuß getreten war.

„Zum Tanzen gehören immerhin zwei. Ich glaube, wir brauchen beide noch ein bisschen Übung", neckte Peter sie.

Sie gingen dazu über einfach von einem Bein auf das andere zu schwingen und nach einer Weile hatten sie ihren eigenen Takt gefunden.

„Hast du Spaß?", fragte Peter unverwandt.

„Naja, gibt besseres als Tanzen", entgegnete Becca plump und sah, wie Peter den Mund zu einem Grinsen verzog.

„Du weißt, dass ich das nicht meinte"

Das wusste sie, aber es fiel Becca unglaublich schwer ihren Stolz beiseitezuschieben und vor Peter zuzugeben, dass sie ihm unendlich dankbar war und froh, dass er sich nicht an ihre mehrfache Aufforderung, sich rauszuhalten, gehalten hatte.

„Du musst dich nicht bedanken", fuhr Peter unbeirrt fort und riss sie damit aus ihren Gedanken.

„Das hatte ich auch nicht vor", erwiderte sie patzig und Peter lachte.

„Das mag ich an dir. Du bleibst dir stets treu." Das versteckte Kompliment verunsicherte Becca und sie starrte konzentriert an Peter vorbei in die andere Raumecke. Schweigend setzten sie ihr Geschaukel fort. „Wann seht ihr euch wieder?", fragte Peter.

Becca blickte zu ihm auf. „Morgen" sagte sie, wobei sich automatisch ein seliges Lächeln auf ihr Gesicht legte.

„Das ist schön." Peter erwiderte ihr Lächeln.

Becca wandte den Blick wieder ab und es trat ein erneuter Moment des Schweigens ein.

„Danke", flüsterte sie plötzlich, wobei ihre Augen fest auf den dunklen Stoff seines T-Shirts gerichtet waren.

Sie hatte es nicht kommen sehen, weshalb ihr vor Überraschung ein kleiner Aufschrei entfuhr, als Peter sie plötzlich über einen Arm gebeugt nach hinten fallen ließ. Alle umstehenden warfen ihnen ebenfalls überraschte Blicke zu, fingen dann jedoch an zu lachen und Becca stimmte, immer noch kopfüberhängend, einfach mit ein.

Als Peter sie wieder zu sich raufholte, taumelte sie kichernd gegen seine Brust. Sie spürte, dass ihre Wangen vor Anstrengung gerötet waren. Mitgerissen von dem Moment legte sie überschwänglich ihre Arme um Peters Hals. Als sie jedoch merkte, wie nah sich ihre Gesichter plötzlich waren, senkte sie verlegen den Kopf und rückte etwas von ihm ab.

Peter legte seine Hände an ihre Taille und sie bewegten sich weiter im Takt der Musik.

„Das steht dir", drang seine leise Stimme an ihr Ohr. Verständnislos blickte sie zu ihm auf.

„Ich mein dein Lächeln. Es ist schön dich so fröhlich zu sehen."

Becca wusste nicht, was sie dazu sagen sollte, deshalb senkte sie bloß wieder den Kopf und schaute verlegen in eine Ecke, woraufhin Peter leise lachte. Als das Lied endete, nahm er ihre Hand, drehte sie einmal um die eigene Achse und verbeugte sich vor ihr. Becca konnte sich ein Kichern nicht verkneifen.

Einmal auf der Tanzfläche ließen die anderen sie natürlich nicht so schnell wieder weg. Sie tanzten alle gemeinsam und obwohl Becca tanzen eigentlich gar nicht leiden konnte, legte sie nach einer Weile ihre Hemmungen ab und genoss den Moment. Dass Peter sie dabei nicht aus den Augen ließ, entging ihr nicht, und ein seltsames Gefühl breitete sich in ihrer Brustgegend aus.

„Ich brauch 'ne Pause", meinte Peter plötzlich zu ihr runtergebeugt. „Komm wir gehen raus."

Kurzerhand griff er nach ihrer Hand und mit klopfendem Herzen folgte sie ihm raus auf die Terrasse.

„Oh man tut das gut", meinte Peter und atmete tief ein, kaum dass sie ins Freie getreten waren.

Und tatsächlich fühlte sich die kühle Nachtluft unglaublich gut an auf ihrer erhitzten Haut.

Becca folgte Peter, der die Terrasse überquert hatte und sich nun mit dem Rücken an das Geländer lehnte.

„Weißt du, dass ich echt Angst hatte, dass du einfach abhaust und uns alle dumm dastehen lässt?" Peter lachte und Becca verschränkte die Arme vor der Brust.

„Ich war kurz davor", feixte sie.

„Und bereust du, dass du es nicht getan hast?"

Beccas Miene glättete sich und sie trat neben Peter ans Geländer und schaute hinaus aufs Meer.

„Nein", gab sie ernsthaft zu und sie war froh, dass er ihr Gesicht im dunklen der Nacht nicht richtig sehen konnte, denn in ihren Augen bildeten sich Tränen. Tränen der Freude.

Peter drehte sich ebenfalls Richtung Meer und für eine ganze Weile schauten sie beide einfach nur schweigend in die Nacht hinaus. Irgendwann bemerkte Becca, dass Peter sie von der Seite beobachtete, und sie wandte sich ihm zu. Wie immer hielt er ihrem Blick stand und Becca merkte, wie sich ein Kloß in ihrem Hals bildete, als auch sie nicht fähig war den Blickkontakt zu unterbrechen. Sein Gesicht lag im Halbdunklen, nur erleuchtet vom sanften Licht, das von drinnen rausdrang. Sie konnte jedoch erkennen, dass sein Blick kurz runter zu ihren Lippen huschte und Becca vergaß kurz zu atmen. Sie wusste nicht, wo dieses seltsame Gefühl, das sich in ihrer Magengegend auszubreiten schien, herkam, geschweige denn der plötzliche Wunsch von Peter geküsst zu werden, doch in diesem Moment stellte sie keine Fragen, sondern wartete gebannt darauf, dass es gleich passieren würde.

Dann räusperte Peter sich plötzlich, wandte den Blick ab und dahin war der Zauber.

„Ich hoffe, du genießt den Abend?" Zum zweiten Mal an diesem Abend stellte er ihr diese Frage, doch diesmal klangen die Worte lahm und fast so, als erwarte er keine ernsthafte Antwort.

Becca schluckte den Kloß in ihrem Hals herunter und die plötzlich auftretende Enttäuschung legte sich wie ein dunkler schwerer Schleier über ihre gute Laune.

„Ja tu ich", presste sie heraus, wobei ihre Worte ähnlich lahm klangen.

Als Peter darauf keine Reaktion zeigte, trat sie einen Schritt vom Geländer weg. „Ich werde dann mal wieder reingehen." Sie zögerte kurz, betrachtete seinen Hinterkopf, wie er noch immer aufs Meer hinausblickte.

„Ja mach das", vernahm sie seine leise Stimme. Becca wusste nicht, was sie erwartet hatte, aber als sie die Terrasse überquerte wünschte sie sich, dass er sie aufhielt. Aber nichts passierte.

FÜNFUNDZWANZIG

Es war seltsam für Becca nach so langer Zeit wieder vor dieser Tür zu stehen. Sie stellte ihr Rad neben dem Garagentor ab und ging den schmalen Weg zur Haustür entlang.

Jule hatte ihr am Morgen wie versprochen getextet und sie hatten sich für den späten Nachmittag bei ihren Eltern zuhause verabredet. Obwohl es sich am vergangenen Tag beinah so angefühlt hatte wie früher, hatte Becca sich trotzdem mit gemischten Gefühlen auf den Weg gemacht. Sie war noch gar nicht dazu gekommen die Klingel zu drücken, da wurde die Tür schon geöffnet. Jule stand in Shorts und Top gekleidet vor ihr. Die dunklen kurzen Haare hatte sie zu einem hohen Zopf gebunden, aus dem jedoch der Großteil ihrer Haare hinausgerutscht war. Sie lächelte Becca freudig an, was Becca noch etwas zögerlich erwiderte.

„Hab' dich kommen sehen", berichtete sie und öffnete die Tür noch ein Stück weiter, um Becca hinein zu lassen. Entgegen Beccas Befürchtungen war es augenblicklich genauso locker wie schon am Abend zuvor und Jule zog Becca in eine feste Umarmung, sobald sie die Schwelle überschritten hatte. Becca bemerkte, wie eine schwere Last von ihrer Brust wich, während sie ihre Freundin fest an sich drückte.

„Er scheint ein netter Kerl zu sein, dieser Peter."
Jule und Becca saßen inzwischen im Schneidersitz auf dem Bett in Jules altem Zimmer.
„Du scheinst ihm sehr am Herzen zu liegen", bemerkte Jule nun verschmitzt.
„Das glaube ich nicht", widersprach Becca.
„Naja, wieso sollte er sonst eine Party für dich organisieren und mich aufsuchen, damit wir beide uns endlich aussprechen." Jule zog die Augenbrauen hoch und bedachte Becca mit einem skeptischen Blick
„Er leidet einfach nur unter dem stark ausgeprägten Bedürfnis den Leuten seine Hilfe aufzudrängen. Auch wenn diese sie gar nicht immer wollen", erklärte Becca.
„Das glaub ich nicht. So wie er dich anschaut, steckt da mehr dahinter." Jule zwinkerte und Becca musste widerstrebend lächeln, als ihre Freundin ihr verspielt in die Seite boxte.
„Uuund?", fragte sie dann, „wie sieht es bei dir aus? Was empfindest du für ihn? Ich mein ist ja schon irgendwie spannend, wie ihr euch kennengelernt habt. Ganz schön romantisch, findest du nicht?" Verträumt lächelte Jule ihre Freundin an, die jedoch nur die Augen verdrehte.
Becca hatte Jules Hang zur Romantik ganz vergessen.
„Er ist ganz nett, meistens zumindest. Er geht mir oft ganz schön auf den Wecker", sagte Becca so emotionslos wie möglich. Dass sie gerade gestern den Wunsch hatte von ihm geküsst zu werden ließ sie lieber unter Verschluss. Sie hatte bisher noch vermieden sich über ihre neu entdeckten Gefühle für Peter Gedanken zu machen.
„Naja wie du meinst." Jule wirkte etwas enttäuscht. „Aber wer weiß. Es kann noch eine Menge passieren", fügte sie dann grinsend hinzu. Becca musste über den Optimismus ihrer Freundin lachen und ihr wurde erneut bewusst, wie sehr sie ihr eigentlich gefehlt hatte.

SECHSUNDZWANZIG

Als sie mit dem Wäschekorb unter dem Arm den Flur entlanglief, fiel ihr Blick auf die Tür des Gästezimmers. Sie war nur angelehnt. Nach kurzem Überlegen beschloss Becca auch Peters Bett neu zu beziehen. Vorsichtig drückte sie die Tür auf und fand das Zimmer leer vor. Das Fenster war geöffnet und frischer Wind wehte von draußen herein. Das Zimmer war ordentlicher als Becca vermutet hatte. Selbst das Bett war gemacht. Sie stellte ihren Korb am Bettende ab und schaute sich erst mal um. Peters Tasche stand neben dem Sessel in der Zimmerecke und eine Montur Kleidung hing über dessen Lehne. Seine Schuhe standen ordentlich aufgereiht neben der Tür. Auf seinem Nachtschränkchen lag das Buch mit dem abgewetzten braunen Einband, in dem sie ihn schon einige Male hatte schreiben sehen. Becca starrte es einen Moment an, unterdrückte aber den Drang es zu öffnen. Unter dem Buch lugte ein Foto heraus. Vorsichtig zog Becca es hervor. Es war schon sehr ausgeblichen und die Ecken waren zerknickt. Das Foto zeigte eine junge Frau in den 20ern, die auf einer Holzschaukel saß, die von einem Baum hinunter hing. Ihre nackten Beine waren schwungholend nach vorne ausgestreckt, während sie mit einem strahlenden Lächeln auf die Kamera zuflog. Die Frau wirkte fröhlich und unbeschwert auf sie, so, als würde sie jeden Tag ihres Lebens in vollen Zügen genießen, und Becca spürte das völlig irrationale Gefühl von Neid gegenüber der fremden Frau in sich aufsteigen. Wer war sie? Hatte Peter etwa eine Freundin? War das der Grund, warum er sie an ihrem Geburtstag nicht geküsst hatte? Der Neid mischte sich mit Eifersucht, doch nach genauerer Betrachtung stellte sie fest, dass das Bild viel zu alt wirkte, um in den letzten Jahren entstanden zu sein. Als sie es umdrehte, bestätigte sich ihre Vermutung. Sommer 1987 war in geschwungener Handschrift auf die Rückseite geschrieben worden. Handelte es sich bei der Frau vielleicht um Peters Mutter? Bei dem Gedanken fiel ihr sofort eine gewisse Ähnlichkeit auf. Bevor Becca jedoch noch weitere Vermutungen über die Identität der Frau anstellen konnte, vernahm sie Geräusche aus dem Flur. Eilig legte sie das Bild dahin zurück, wo sie es entdeckt hatte. Panisch drehte sie sich um und überlegte, ob sie sich verstecken sollte, verwarf die Idee jedoch schnell wieder. Sollte es sich wirklich um Peter handeln und würde er sie versteckt in irgendeiner Ecke seines Zimmers entdecken, würde das nur noch viel größere Fragen aufwerfen. Sie vernahm das Geräusch von näherkommenden Schritten, doch als sie hörte, wie jemand die Treppe raufging, atmete sie erleichtert aus. Sie nahm sich vor, schnell ihr Vorhaben, die Bettwäsche zu wechseln, zu befolgen und dann das Zimmer wieder zu verlassen.

Sie begann damit den Bezug von der Decke abzuziehen und in den Korb zu werfen. Als sie sein Kissen hochnahm, um auch den Bezug zu wechseln, fiel etwas kleines Bronzefarbenes auf das Laken. Verwirrt hob Becca es hoch und betrachtete das kleine Etwas.

Es handelte sich um einen Kompass, der schon sehr alt und abgegriffen wirkte. Sie drückte auf den kleinen Knopf am unteren Rand und der Deckel sprang auf. Wie hypnotisiert beobachtete Becca die schwingende Kompassnadel, bis sie sich Richtung Norden ausgependelt hatte. Dann klappte sie ihn wieder zu. Als sie ihn gerade zurücklegen wollte, fielen ihr die zwei Buchstaben auf, die auf der Rückseite eingraviert waren.

P.B.

Ihr fiel auf, dass sie gar nicht Peters Nachnamen kannte, aber bei den Buchstaben musste es sich wohl um seine Initialen handeln.

Sie beendete ihre Arbeit und legte den Kompass zurück an seinen Platz unter dem Kissen. Dann klemmte sie sich den Korb mit der dreckigen Wäsche unter den Arm und verließ Peters Zimmer. Irgendwie hatte sie jedoch das Gefühl zu weit in seine Privatsphäre vorgedrungen zu sein.

SIEBENUNDZWANZIG

Für einen Moment vergas er, wo er sich befand, und genoss einfach nur das Gefühl eines vollen Magens. Er hatte die Schüssel mit dem undefinierbaren Eintopf bis auf den letzten Rest leer gekratzt und nun schob er die leere Schüssel etwas zur Seite und widmete sich dem kleinen Schälchen mit dem Schokopudding. Tief tauchte er den Löffel in die dunkle Creme ein und schob ihn sich anschließend in den Mund. Der Pudding war cremig und fluffig und zerging auf der Zunge. Der Geschmack von Schokolade breitete sich in seinem Mund aus und er schloss genüsslich die Augen. Das war mit Abstand das Highlight seiner Woche und diese Erkenntnis hätte nicht beängstigender sein können.

ACHTUNDZWANZIG

Schwungvoll stieß Becca mit der Hüfte die offene Schublade zu und tanzte rüber zum Kühlschrank, um einen Becher Sahne herauszuholen. Aus dem Radio drang laute Musik, zu der sie sich im Rhythmus durch die Küche bewegte und das Abendessen zubereitete.

Ihre gute Laune war nicht zu übersehen.

Angelockt von den lauten Klängen streckte Thomas neugierig seinen Kopf durch die Tür. „Alles in Ordnung bei dir?"

Becca stoppte ihren Tanz, lächelte jedoch weiterhin, als sie ihm antwortete. „In zehn Minuten gibt es Essen. Kannst du schon mal die Jungs reinholen?"

„Die Jungs?" Überrascht hob Thomas die Augenbrauen und zog dann grinsend von dannen.

Becca deckte derweil fröhlich summend den Tisch. Die gute Laune war in den letzten Tagen ein stetiger Begleiter geworden.

Unschlüssig stand Becca am Freitagabend vor ihrem Kleiderschrank und begutachtete sich in dem bodentiefen Spiegel. Sie konnte sich nicht erinnern das letzte Mal abends ausgegangen zu sein.

Auch wenn sie bloß vorhatten auf ein paar Bier in die Kneipe zu gehen, hatte sie den Wunsch gehabt, sich mal ein bisschen aufzubrezeln. Sie trug die neuen dunklen Jeans von ihrem Shoppingtrip mit Ilona und ein schulterfreies weißes Oberteil. Ihre langen braunen Haare hatte sie zu Locken eingedreht und sie trug die Ohrringe, die Nadja ihr zum Geburtstag geschenkt hatte.

Ilona, die Lenny vor einer halben Stunde vorbeigebracht hatte, hatte angeboten sie mit in die Stadt zu nehmen. Ein Blick auf ihr Handy zeigte ihr, dass es bereits nach acht war und sie stopfte es eilig mit einem Päckchen Tempos und ihrem Haustürschlüssel in eine kleine Tasche.

Sie fand ihre Familie inklusive Peter im Wohnzimmer vor.

„Ich wär' dann so weit", meinte sie zu Ilona, die sich etwas müßig vom Sofa erhob.

„Du siehst hübsch aus, mein Spatz. Hab Spaß und ruf an, wenn ich dich holen soll", meinte Thomas.

Als Becca plötzlich Peters Blick auf sich spürte, schweifte ihrer wie automatisch zu ihm rüber. Wie immer hielt er auch diesmal den Augenkontakt, statt sich ertappt abzuwenden. Er schenkte ihr ein Lächeln, das jedoch nicht ganz seine Augen erreichte. Mit einem undurchdringlichen Blick betrachtete er sie weiterhin und Becca wünschte sich in diesem Moment nicht zum ersten Mal in seinen Kopf schauen zu können.

„Viel Spaß", wünschte er ihr dann ebenfalls und wandte sich plötzlich ab Richtung Fernsehbildschirm.

Sie saßen zu viert um den kleinen Tisch in der urig eingerichteten Kneipe. Da sie so ziemlich den einzigen Treffpunkt in der kleinen Stadt bot, war sie am Wochenende immer ganz gut besucht. Jule und ihr langjähriger Freund Daniel saßen zusammengerückt auf der Bank, während Jules Bruder Moritz und Becca auf den Stühlen ihnen gegenüber Platz genommen hatten, jeder ein großes Glas Bier vor sich.

„Lust Karten zu spielen? Ein Kumpel hat uns letztens ein neues Spiel beigebracht." Moritz stand auf, um ein Kartenset zu besorgen.

„Ich hoffe, es war okay, dass wir Mo mitgebracht haben", fragte Jule vorsichtig, als ihr Bruder außer Hörweite war, und Becca nickte. Sie liebte Jules Familie. Auch wenn es komisch war mit Moritz, der einige Jahre jünger war als sie Freitagabends in einer Kneipe Bier zu trinken, freute sie sich sehr ihn wiederzusehen. Als sie zuletzt Zeit mit ihm verbracht hatte, steckte er noch mitten in der Pubertät. Inzwischen war er schon zu einem richtigen Mann geworden und mit seiner tiefen Stimme hätte sie ihn beinah nicht erkannt. Wie viel sich in einem Jahr doch verändern konnte.

„Da fällt mir ein, wir haben dir ja noch gar nicht die neusten aller neusten Nachrichten mitgeteilt", rief Jule aus. Sie machte eine theatralische Pause, um die Spannung noch ein bisschen mehr in die Höhe zu treiben. „Pascal hat Helena im Urlaub einen Antrag gemacht. Sie sind gestern vorbeigekommen und haben uns die freudige Botschaft überbracht", berichtete sie dann strahlend.

„Wow! Das freut mich für die beiden. Aber das war ja auch abzusehen. Die beiden sind doch schon wie lange zusammen? Ne halbe Ewigkeit?"

„Och Mann Becky. Ich habe vergessen, wie unromantisch du sein kannst." Jule zog eine Grimasse. „Die Hochzeit soll übrigens schon sehr bald stattfinden. 27. August war es doch oder Mo?" Moritz war mit einem Kartendeck an den Tisch zurückgekehrt und nickte bloß als Bestätigung. Er schien sich nicht sonderlich viel aus den Neuigkeiten zu machen und begann stattdessen die Karten zu mischen und anschließend auszuteilen.

„Ich denke, dass du auch bald eine Einladung im Briefkasten haben wirst. Die laden wahrscheinlich die halbe Stadt ein", plapperte Jule weiter.

Helena und Pascal, die beide in dem kleinen Städtchen aufgewachsen waren, waren schon zu Schulzeiten miteinander ausgegangen. Nach dem Studium war Helena dann für ein Jahr ins Ausland gegangen, was ihre Beziehung auf eine harte Probe gestellt hatte, und Becca freute sich, dass die beiden ihr Glück gefunden hatten. Helena war für Becca immer eine Art Vorbild gewesen, als sie noch jünger waren. Sie hatte Jule und sie immer mit ihren Freunden an den Strand mitgenommen oder gemeinsame Shoppingtrips unternommen und manchmal hatte Becca Jule um ihre Schwester beneidet.

Als sie sich mit Jule zerstritten hatte, war automatisch auch der Kontakt zur restlichen Familie Heger abgebrochen, doch Becca hatte mitbekommen, dass Helena und Pascal vor einer Weile das örtliche Gasthaus von Pascals Eltern übernommen hatten und sie sich dort auch niederlassen wollten.

Nach einigen Runden Karten hatte Daniel die glorreiche Idee Shots zu bestellen. Becca merkte, wie der starke Alkohol, kaum hatte er ihren Magen erreicht, wilde Reaktionen hervorrief. Es war lange her, dass sie mehr als ein Bier oder ein Glas Wein an einem Abend getrunken hatte. Aber das damit verbundene Gefühl der Leichtigkeit, welches der Alkohol in ihr auslöste, ließ sie weitertrinken.

Als eine neue Nachricht auf Moritz Handy einging, das neben ihm auf dem Tisch lag, leuchtete das Display auf, sodass Becca die Uhrzeit darauf erkennen konnte.

„Was? Schon so spät?", entfuhr es ihr. „Puh ich muss jetzt echt mal los. Ich muss doch morgen arbeiten."

„Bleibst du bei Ilona oder wie kommst du nach Hause?", wollte Jule wissen.

„Mein Vater wollte mich eigentlich holen. Ich hoffe er hat nicht vergessen sein Handy auf laut zu stellen." Als Becca aufstand, merkte sie, wie ihr kurz schwarz vor

Augen wurde. Sie hatte gar nicht gemerkt wie betrunken sie inzwischen war.

Als sie nun an die frische Luft trat wurde ihr Rausch nochmals verstärkt.

Vor dem Eingang hatte sich eine Gruppe von Rauchern versammelt, die sich lauthals unterhielten. Becca torkelte ein paar Meter von ihnen weg, bis sie sich sicher war, dass es leise genug war. Sie stand im Halbdunklen vor einem Hauseingang und fummelte ihr Handy aus ihrer Tasche. Der große Bildschirm leuchtete in der Dunkelheit auf und Becca kniff geblendet die Augen zusammen. Nachdem sie sich etwas an die Helligkeit gewöhnt hatte, öffnete sie ihre Kontakte, gab mit Mühe das Wort „Papa" in das Suchfeld ein und betätigte den Ruf Botton, als die Nummer auf dem Display auftauchte. Es klingelte ewig.

Becca wollte gerade schon auflegen, als sich eine Stimme am anderen Ende der Leitung meldete. Es war nicht ihr Vater, es war: „Peter?", lallte sie etwas überrascht.

„Bec, bist du's?" Sein Ton wirkte verschlafen.

„Mhhm. Warum hast du das Handy von meinem Vater?", wollte sie verwirrt wissen, wobei es ihr schwer fiel zu sprechen, da ihre Zunge sich zentnerschwer anfühlte.

„Er hat es in der Küche liegen gelassen und als es nicht aufgehört hat zu klingeln bin ich nachsehen gegangen", erklärte Peter, doch Becca hörte ihm gar nicht mehr richtig zu

„Ich würd' gern heim", nuschelte sie in ihr Handy „Kannst du ihm sagen, er soll mich holen?"

„Wo bist du?", war Peters prompte Rückfrage.

„Noch bei der Kneipe. Sag ihm ich warte am Marktplatz."

„Alles klar." Dann war die Verbindung tot. Sie starrte noch einen Moment auf das Display, das noch immer hell in der Dunkelheit leuchtete. Dann verstaute sie es in ihrer

Jackentasche und machte sich langsam auf den Weg zu dem vereinbarten Treffpunkt.

Der Marktplatz war wie leergefegt und vor ihr ragte der Kirchturm in den schwarzen Nachthimmel empor. Es war Neumond und auch die Sterne schienen heute nicht ihre volle Leuchtkraft zu spenden. Die einzige Lichtquelle war die Schaufensterbeleuchtung der Apotheke. Becca überquerte den dunklen Platz und ließ sich auf dem kühlen Steinrand des Brunnens nieder. Während sie so dasaß und ihren Blick durch die Dunkelheit schweifen ließ, stieg das Gefühl beobachtet zu werden in ihr auf und sie blickte nervös hinter sich. Sie konnte jedoch niemanden entdecken.

Erleichterung überkam sie, als sie einige Zeit später in weiter Ferne zwei Scheinwerferlichter erspähte, die durch die Nacht tanzten, während der Jeep langsam über das Kopfsteinpflaster auf sie zugehoppelt kam. Sie sprang auf. Etwas zu schnell, was ein erneutes Schwindelgefühl hervorrief. Sie schloss kurz die Augen, atmete tief ein und aus und ging dann dem Wagen entgegen. Dieser hielt hinter zwei Pfeilern, die den Beginn der Fußgängerzone markierten. Becca öffnete die Beifahrertür, wodurch die Innenbeleuchtung ansprang. Hingegen ihrer Erwartung saß nicht ihr Vater hinterm Steuer, sondern Peter.

„Du hast ein Taxi bestellt?", fragte er mit schiefem Grinsen.

Becca kletterte ohne ein Wort auf den Beifahrersitz. Sie war zu erledigt, um jetzt noch eine Diskussion darüber anzufangen, was ihm einfiel einfach ihren Wagen zu benutzen.

Die Fahrt verlief schweigend.

Becca war bemüht sich bei dem Holpern des Wagens nicht zu übergeben. Sie lehnte ihren Kopf gegen die kühle Scheibe, schloss die Augen und konzentrierte sich auf ihre Atmung. Eine gefühlte Ewigkeit später hielten sie an.

Becca öffnete vorsichtig die Augen und erkannte vor sich die Holzwand ihres Carports, die von den Scheinwerfern angestrahlt wurde.

Als Peter den Schlüssel aus der Zündung zog, erhellte erneut ein schwaches Licht das Innere des Wagens. Einen Moment rührte sich keiner, dann fasste Becca den Türgriff und kletterte anschließend etwas wackelig aus, wobei sie Peters Blick auf sich gerade zu spürte. Auf ihrem Weg um den Wagen nutze sie den Rand der Ladefläche als Handlauf. Währenddessen war auch Peter ausgestiegen und schloss bereits die Tür zur Küche auf. Es kostete Becca einiges an Überwindung das Auto loszulassen, um die paar Meter zur Tür zu wanken.

Peter schloss die Tür wieder hinter ihr und folgte ihr dann langsam wie eine Art Leibwächter durch die Küche und den Flur entlang.

Als Becca am Fuß der Treppe ankam, blieb sie stehen. „Ich glaub ich penn auf dem Sofa", überlegte sie laut und wollte sich schon umdrehen, als es ihr plötzlich den Boden unter den Füßen wegriss. Im nächsten Moment fand sie sich auf Peters Arm wieder. Instinktiv schlang sie ihre Arme um seinen Hals.

„Lass mich runter", jammerte Becca eher halbherzig und ließ ihren Kopf dann an seine Schulter sinken. Jegliche Bewegung schien ihr unendlich viel Kraft abzuringen, sodass sie nun einfach mal nachgab und sich entspannte. Die dadurch fehlende Körperspannung führte jedoch dazu, dass sie wie ein nasser Sack in Peters Armen hing und es ihn offensichtlich einiges an Anstrengung kostete sie die Treppe rauf zu bugsieren. Oben angekommen trug er sie durch den schmalen Flur. Ihre verschlossene Zimmertür stellte ihn dann jedoch vor ein Problem. Sanft setzte er sie auf ihren Füßen ab, diese versagten jedoch ihren Dienst unter ihrem plötzlichen Gewicht und sackten weg. Erneut spürte sie Peters Arme, als er sie auffing und festhielt, bis sie sich wieder stabilisiert hatte.

Ein Irrationales Gefühl von Verlust breitete sich in Becca aus, als er dann seine Arme von ihr entfernte und sie die Wärme seines Körpers nicht mehr spüren konnte. „Meinst du, du schaffst den Rest allein?", flüsterte er. Das schwache Flurlicht reichte aus, dass sie sein freches Grinsen erkennen konnte. Der Ton in seiner Stimme genügte, dass Becca schlagartig wieder etwas klarer im Kopf wurde.

„Ja! und bild' dir nicht ein ich hätte es nicht auch ohne dich geschafft", kam ihre patzige Antwort.

Peters Grinsen wurde noch breiter. „Niemals." Das Lachen, das in seinem Tonfall mitschwang, reizte Becca nur noch mehr.

„Ich kann dich nicht leiden, weißt du das?" Sie klang wie ein kleines Mädchen, als sie das sagte.

„Ja, das ist mir bewusst."

Sie schauten sich an, hielten in der Dunkelheit Blickkontakt und Becca kam es vor, als würde die Luft um sie herum zunehmend wärmer. Es fühlte sich an, wie an ihrem Geburtstag und als Peter nun einen Schritt auf sie zumachte setzte ihr Herz einen Schlag aus und sie hielt den Atem an. Sein Blick hielt ihren noch immer gefangen. Er hob eine Hand an ihr Gesicht und strich ihr mit dem Daumen zärtlich über die Wange. Becca schloss bei dieser Berührung flatternd die Lider. Offenbar reichte diese banale Berührung aus, um sie zu zähmen. In nüchternem Zustand hätte ihr das vermutlich Gedanken bereitet, aber in diesem Moment genoss sie es einfach. Das Gefühl seiner rauen Hand, die warm an ihrem Gesicht lag, und das erwartungsvolle Kribbeln, das sich langsam in ihr ausbreitete. Doch statt dem erhofften Kuss drangen plötzlich seine geflüsterten Worte an ihr Ohr.

„Gute Nacht Bec. Schlaf gut."

Dann war plötzlich seine Hand weg und als sie die Augen wieder aufriss, hatte er ihr schon den Rücken zugedreht. Was sollte das denn jetzt wieder? War das alles nur ein Spiel für ihn? Machte es ihm Spaß sie so an der Nase herumzuführen? Und sie war auch noch so dumm gewesen diese Gefühle zuzulassen. Jetzt würde er sie erst recht nicht mehr ernst nehmen. Doch statt Scham kämpfte sich diesmal die Wut an vordere Front und brach aus ihr heraus.

„Was soll der Scheiß?", wollte sie wissen. Ihre Stimme war immer noch gedämpft, aber ihr Tonfall hatte sich stark verändert.

Peter blieb augenblicklich stehen und drehte sich mit verdutztem Ausdruck zu ihr um. „Was meinst du?"

„Stimmt mit mir irgendwas nicht oder macht es dir Spaß mich so zu verarschen?"

In seine Stirn gruben sich noch tiefere Falten, aber er kam wieder zwei Schritte auf sie zu. „Von was sprichst du?"

Nüchtern hätte Becca niemals ehrlich auf diese Frage geantwortet, aber jetzt sprach die Wut aus ihr und der Alkohol verlieh ihr Mut. „Warum gibst du mir andauernd das Gefühl, du würdest mich mögen, und dann ganz plötzlich beweist du mir wieder genau das Gegenteil."

„Natürlich mag ich dich Bec." Sein Ton und seine Miene blieben völlig ernst, keines seiner üblichen Grinsen, die ihr verrieten, dass er sich mal wieder einen Spaß erlaubte.

„Warum küsst du mich dann nicht?"

Peter riss verdutzt die Augen auf und auch Becca wirkte kurz verunsichert, ob sie sich selbst da gerade richtig verstanden hatte. Aber jetzt war es zu spät, um irgendwas zurückzunehmen. Hastig trat sie auf den immer noch verwirrten Peter zu, streckte sich zu ihm hinauf und presste ihre Lippen auf seine, während sie ihre Arme um seinen Hals schlang. Im ersten Moment bemerkte sie seine

Überraschung, aber dann packte er ihre Hüfte und zog ihren Körper eng an sich. Als er ebenfalls die Lippen öffnete und ihren Kuss erwiderte, vermischte sich ihr Atem. Alkohol traf auf Pfefferminzzahnpasta.

Becca krallte ihre Finger in seine Haare und mit einem leisen Stöhnen seinerseits drängte er sie gegen die Wand. Es fühlte sich an, als würde ihr Körper in Flammen aufgehen, wo seine Hände sie berührten, und sie wollte ihn noch näher an sich ziehen. Ihm schien es offenbar genauso zu gehen.

In ihrem Magen flogen die Schmetterlinge Loopings. Viel zu spät merkte sie, dass es nicht nur die Schmetterlinge waren, die sich Bemerk verschaffen wollten. Der Alkohol meldete sich ohne Vorwarnung zu Wort. Becca riss sich augenblicklich von Peter los und erbrach sich mitten in den Flur.

NEUNUNDZWANZIG

Beccas Kopf hämmerte wie verrückt. Wie durch Watte vernahm sie das Zwitschern von Vögeln. War es schon Morgen? Als sie die Augen einen Spalt breit öffnete blieb die erwartete Helligkeit jedoch aus. Das Licht schien lediglich durch einen schmalen Spalt des herunter-gelassenen Rollladens. Das Fenster musste gekippt sein, da das Zwitschern lauter als gewöhnlich wirkte. Sie öffnete die Augen nun ganz und sah sich suchend in ihrem halbdunklen Zimmer um. Als ihr Blick letztlich auf ihre Jeans fiel, die sie gestern getragen hatte und die nun ordentlich über ihrem Stuhl hing, zog sie die Stirn nachdenklich kraus. Plötzlich lichtete sich der Nebel in ihrem Kopf und die Bilder der vergangenen Nacht blitzen vor ihrem inneren Auge auf. Becca schlug die Hände vor das Gesicht. Sie erinnerte sich daran, wie Peter sie abgeholt hatte. Sie erinnerte sich auch an ihren etwas hitzigen Wortwechsel. Vor allem aber erinnerte sie sich daran, wie sie ihn geküsst hatte, bis sie ihre peinliche Kotzattacke unterbrochen hatte. Sie stöhnte leise auf. So was Peinliches konnte doch nur ihr passieren. Hatte es nicht schon gereicht, dass sie ihn mit vollem Kopf hatte küssen müssen? Ausgerechnet Peter! Wie sollte sie sich ihm gegenüber jetzt verhalten? Die Kotzaktion machte das Ganze noch schlimmer. Obwohl Becca sich nicht sicher war, ob sie nicht Schlimmeres verhindert hatte. Das warf eine neue Frage auf: Was war danach passiert? Ihre Erinnerung brach in dem Moment ab, als sich der mühsam angetrunkene Alkohol in einem Schwall wieder von ihre verabschiedete.

Egal wie sehr sie sich anstrengte, es wollte ihr nicht einfallen. Vorsichtig hob sie die Decke an. Sie trug das verwaschene T-Shirt, das sie immer zum Schlafen trug. Ebenso ihren BH. Sie konnte sich aber nicht daran erinnern es angezogen zu haben, geschweige denn ins Bett gegangen zu sein. Es kam ihr eine böse Vorahnung. Peter musste sie umgezogen und ins Bett gebracht haben. Die alleinige Vorstellung ließ sie puterrot anlaufen vor Scham.

Als sie die Küche betrat, fiel ihr Blick sofort auf Peter, der auf der Eckbank saß. Vor ihm auf dem Tisch lag das braune Buch aufgeschlagen, das sie schon auf seinem Nachtschränkchen hatte liegen sehen. Er wirkte abwesend, während er in das Buch schrieb. Als er sie bemerkte, hob er den Kopf und klappte gleichzeitig, wie beiläufig, das Büchlein zu.

„Guten Morgen", presste Becca heraus und lief stur auf die Kaffeemaschine zu. Aus dem Augenwinkel nahm sie wahr, wie er ihr mit seinem Blick folgte.

„Guten Morgen", erwiderte er, wobei sie seinen Ton nicht ganz deuten konnte. Er wirkte nicht so heiter und gelassen, wie sonst. Ging es ihm vielleicht genauso? Wusste er auch nicht, wie er sich nach dem gestrigen Abend verhalten sollte?

„Wie geht es dir?", fragte er.

Becca ließ gerade Wasser in die Kanne laufen. „Gut.", erwiderte sie nur knapp.

„Das freut mich."

Sie warf ihm einen kurzen Blick zu und sah, dass er sie anlächelte. Es war ein ehrliches Lächeln. Es lag keinerlei Hohn darin, der auf ihren gestrigen Zustand anspielte.

Dann war es ruhig. Sie wusste nicht, wie sie das Gespräch anfangen sollte, und hoffte daher, dass er es tun würde. Doch auch er sagte nichts mehr. Die Anspannung, die in dem Raum herrschte, war fast greifbar. Sie hatte bereits das Pulver eingefüllt und betätigte nun den Schalter an der Maschine. Als sie sich umdrehte nahm sie all ihren Mut zusammen. Peter kritzelte inzwischen mit dem Kuli auf einem Block herum, der auf dem Tisch gelegen hatte.

„Ich wollte mich bedanken", fing Becca an, „für gestern Abend – also, dass du mich abgeholt hast und – für den Rest auch", fügte sie hinzu. Sie wusste selbst nicht, was sie damit jetzt genau meinte. Sie merkte, wie sie rot wurde, als Peter sie wieder anschaute.

„Kein Problem. Hab' ich gern gemacht." Sein Gesicht zeigte keinerlei Regung und er sagte auch nichts mehr, sondern wendete sich wieder seinen Kritzeleien zu. Er machte es ihr aber auch verdammt schwer.

„Und ich wollte mich entschuldigen..."

Sein Kopf fuhr überrascht hoch.

„Ich habe glaube ich etwas zu viel getrunken und das, was passiert ist – also es..."

„Hey, kein Problem, wir müssen nicht drüber reden", unterbrach er sie.

Beccas Augen weiteten sich vor Überraschung, was er jedoch nicht mehr sah, da er erneut den Blick gesenkt hatte. Das war's? Mehr hatte er dazu nicht zu sagen? Er wollte einfach nicht darüber reden und vergessen, was passiert war? Enttäuschung machte sich in Becca breit, die sie nicht ignorieren konnte. Trotzdem wollte sie sich das nicht anmerken lassen.

„Okay super", versuchte sie so unbeschwert wie möglich zu erwidern, doch der Kloß in ihrem Hals machte ihr das Sprechen schwer, sodass ihre Stimme eher gepresst klang. Peter warf ihr jedoch nur noch ein fast schon aufmunterndes Lächeln zu, als ob er ihr gerade wirklich einen Gefallen getan hätte, und stand dann auf.

„Ich werde mal eine Runde mit Ted drehen. Wir sehen uns dann später, ja?"

Becca kam gar nicht dazu etwas zu erwidern, denn da war er schon die Tür hinaus.

DREIßIG

Den Kopf in die Hände gestützt saß er vornübergebeugt auf den Stufen einer Treppe, die
runter in den Park führte. Er hatte die Augen geschlossen und das Gefühl der Verzweiflung, das
von Tag zu Tag wuchs, schien ihn zu erdrücken.
Er lebte von einem Tag zum nächsten, ohne zu
wissen, was ihn morgen erwarten würde und ob
es möglich war, dass es noch schlimmer kommen
könnte. Er hatte nicht mehr genügend Geld, um
sich was zu essen zu kaufen und in die Suppenküche konnte und wollte er nicht mehr gehen,
nachdem eine misstrauische Frau ihn nach seinem Alter und seinen Eltern gefragt hatte. Er war
zu besorgt, dass sie dem Ganzen weiter nachgehen würde, obwohl er, um ehrlich zu sein, selbst
längst mit dem Gedanken gespielt hatte, einfach
wieder nach Hause zu gehen. Vielleicht hatte
sich die ganze Situation dort inzwischen entspannt und sie wären einfach nur froh, wenn er
wieder bei ihnen wäre. Und er vermisste sie auch.
Vielleicht war das Ganze eine dumme und über-
eilte Entscheidung gewesen und vielleicht
musste er nur mit ihr reden, damit sie *ihn*

endlich vor die Tür setzte. In dem Moment knurrte sein Magen laut und er drückte mit einer seiner Hände dagegen, um den gleichzeitig auftretenden Schmerz zu unterdrücken. Egal wie seine Entscheidung aussehen würde, es änderte nichts daran, dass er jetzt etwas zu Essen brauchte und zwar schnell. Er öffnete seinen Rucksack in der Hoffnung, darin etwas brauchbares zu finden. Doch darin befanden sich lediglich übelriechende Klamotten und ein paar leere Dosen, die er im Park gesammelt hatte, die ihm aber bestimmt kein warmes Essen in den Bauch zaubern würden. Nach etwas wühlen hatte er plötzlich sein Handy in der Hand, das sich ganz unten in seinem Rucksack befunden hatte. Der Akku war schon seit Wochen leer und er hatte sich nicht die Mühe gemacht, es irgendwo aufzuladen. Wozu auch? Wen sollte er anrufen? Während er so auf den schwarzen Bildschirm blickte, erkannte er sein eigenes Spiegelbild, welches sich in der glänzenden Oberfläche spiegelte. Seine Haare waren lang geworden und lugten in fettigen Strähnen unter seiner Kapuze hervor. Seine Wangen wirkten eingefallen und insgesamt bestand seine sowieso schon sehr schlanke Gestalt nur noch aus Haut und Knochen. Er war müde und ihm fehlte jegliche Kraft. Sein Anblick ekelte ihn an und schnell wollte er sein Handy wieder in den Tiefen seines Rucksacks verschwinden lassen, als ihm eine Idee kam. Nicht weit von hier hatte er einen dieser Handyläden gesehen, die auch gebrauchte Sachen verkauften.

Angetrieben vom Hunger betrat er eine viertel Stunde später den Laden. Auf dem Weg zur Theke, stieß er mit einem Jungen zusammen, der vor einem Regal mit Handys stand und sich genau in dem Moment umdrehte, als er vorbeilief.

„Oh sorry Kumpel, habe dich nicht gesehen", entschuldigte sich dieser lahm, klopfte ihm aber freundschaftlich auf den Arm. Er hatte schwarze hochgestylte Haare und trug Markenklamotten, wie er auf einen Blick erkannte. Sein Gesichtsausdruck wirkte gelangweilt und obwohl er ihn schwach anlächelte, lag in seinen blauen Augen eine seltsame Kälte. Nichts an seinem Verhalten passte zusammen. Aber er ließ sich nicht lange davon ablenken. Er versicherte ihm bloß, dass alles okay sei und eilte dann weiter, auf der Suche nach einem Angestellten.

Er stopfte das Geld in seine Hosentasche und in seinem Kopf herrschte nur noch der Gedanke, wo er jetzt am schnellsten was zu essen herbekam. Es war zwar nicht unbedingt der beste Deal gewesen, denn eigentlich war sein Handy weit mehr wert, aber er hatte keine andere Wahl gehabt und es würde hoffentlich eine Zeit reichen. Als er gerade die Tür passierte, sprang der Alarm an. Verwirrt schaute er sich um und es dauerte nicht lange, bis er eine Hand spürte, die sich in seinen Oberarm krallte und ihn zurück ins Ladeninnere zog.

Der Schock machte es ihm kurz nicht möglich richtig zu reagieren und wie durch Watte vernahm er die erneute Aufforderung des Mitarbeiters.

„Mach schon Junge. Ich habe nicht den ganzen Tag Zeit."

„Ich habe nichts geklaut. Ich habe ihnen doch gerade erst mein Handy verkauft", erwiderte er nun trotzig, doch mit einem Anflug von Panik in der Stimme.

„Und wer sagt mir, dass nicht auch das geklaut war? So wie du aussiehst", fügte der Mann mit einem abschätzigen Blick auf sein Äußeres hinzu. „Na los! Oder soll ich gleich die Polizei holen?"

Bei den Worten wurde er endlich aktiv und tat wie ihm geheißen. Als sich seine Finger jedoch um das glatte Gehäuse eines Handys schlossen, das sich in einer seiner Jackentaschen befand, brach ihm der Schweiß aus. Das entging wohl auch seinem Gegenüber nicht.

„Na was haben wir da?", fragte er und beäugte nun seine rechte Jackentasche. Er wusste was passieren würde, wenn er bleiben und versuchen würde die Schuld abzuweisen. Ohne einen weiteren Gedanken zu verschwenden, schlug er gezielt zu. Im nächsten Moment löste sich der Griff um seinen Arm und dann rannte er nur noch.

Er wusste nicht, wie lang er gerannt war, bis er sich traute endlich langsamer zu werden. Sein Herz raste und sein Atem ging stoßweise. Die Fingerknöchel seiner Hand, die noch immer das Handy fest umklammert hielten, traten weiß hervor.

Die Unterführung, in die er sich geflüchtet hatte, war menschenleer. Erschöpft ließ er sich gegen die harte Betonwand gelehnt nach unten sinken, bis er den Boden unter sich spürte. Eine Ewigkeit bewegte er sich nicht, starrte nur auf das Handy in seinen Händen und versuchte zu verstehen, was da gerade passiert war. Sein Verstand ließ nur eine logische Schlussfolgerung zu: Jemand hatte ihm das Handy untergejubelt und es kam nur einer in Frage.

EINUNDDREIßIG

Beecky! Verdammt mein Kopf bringt mich um!!!
Ich lieg immer noch im Bett. :o Wie geht es dir? Hoffe, du bist gut heimge-
kommen. Kiss 🖤

Becca las lächelnd die Nachricht ihrer Freundin. Auch
wenn sie ihr natürlich nicht wünschte, dass es ihr so elen-
dig ging, freute sie sich, wenn ihr Name auf dem Display
aufpoppte.

Für sowas wie Kopfschmerzen habe ich keine Zeit, das weißt du doch :D
Außerdem hab ich gestern noch den ganzen Scheiß wieder ausgekotzt. :o

Textete sie zurück. Den peinlichen Teil mit Peter ließ sie
erst mal aus. Das würde sie ihr vielleicht irgendwann persönlich erzählen.

Sie steckte ihr Handy zurück in ihre Gesäßtasche und
setzte die Arbeit fort. Der Tag zog sich wie Kaugummi und
Becca sehnte den Moment herbei, in dem sie abends in ihr
Bett fallen konnte. Die Tatsache, dass Peter sich seit dem
Morgen so verhielt, als wäre alles beim Alten, machte ihre
Kopfschmerzen nicht besser, denn sie versuchte sich
krampfhaft zu erinnern, ob es nur Einbildung gewesen
war, dass Peter ihren Kuss erwidert hatte.

Als Becca zwei Tage später den Wäschekorb auskippte und die Wäschestücke zu sortieren begann, entdeckte sie das weiße Top, dass sie an dem Abend in der Kneipe getragen hatte. Peter musste es ausgewaschen haben, nachdem er es ihr ausgezogen hatte, denn die Spuren, die ihr Erbrochenes darauf hinterlassen hatte, waren bloß noch blasse Flecken. Becca hielt kurz inne, ehe sie es auf den Haufen mit der Weißwäsche warf.

Hatte sie sich wirklich nur eingebildet, dass Peter etwas für sie empfand?

Seit er aufgetaucht war, tat er nichts anderes als sich in ihr Leben einzumischen, als würde er sich um sie sorgen, als wäre es ihm wichtig, dass es ihr gut ging. Immer wieder überraschte er sie mit seinen Aktionen. So auch diesmal, denn sie hatte geglaubt, dass all sein Tun eine tiefere Bedeutung hätte. Doch sie lag falsch. Vielleicht war das auch besser so. Noch vor Kurzem wäre ihr von dem Gedanken von Peter und ihr – zusammen – schlecht geworden. Vor Kurzem hatte sie aber auch nicht daran geglaubt, dass sie und Jule je wieder ein Wort wechseln würden.

ZWEIUNDDREIßIG

Er erkannte ihn sofort wieder, wie er da lässig an die Mauer gelehnt stand und dabei den Uhrenladen auf der Gegenüberliegenden Seite nicht aus den Augen ließ. Deswegen überraschte es ihn auch nicht, als plötzlich die Alarmanlage des Ladens losging. Im Gegensatz zu ihm versuchte das Mädchen keine Fluchtaktion. Verwirrt und unschuldig, wie sie war, ließ sie sich von einem Wachmann zurück ins Ladeninnere führen. Kurz danach beobachtete er, wie ein Junge mit dunkelblonden Haaren aus dem Laden schlenderte. Die Hände lässig in den Jeanstaschen überquerte er in aller Seelenruhe die Straße und lehnte sich dann zu seinem Kumpanen an die Mauer. Das zufriedene Grinsen der Beiden entging ihm nicht und löste einen Würgereiz bei ihm aus. Er fand es widerlich wie die Jungen sich an dem Leid der anderen ergötzen und trotzdem kam er nicht umhin sich zu fragen, was die beiden dazu verleitete solche Dinge zu tun. Offensichtlich hatten sie selbst davon ja nichts, außer ihren Spaß. Ihrem Äußerem nach zu schließen hatten sie es auch bestimmt nicht nötig und sie hätten sich vermutlich jedes Hobby leisten können. Warum also machten sie es sich zur Freizeitbeschäftigung anderen Menschen Leid zuzufügen?

Er hatte sich nicht überlegt, was er tun oder sagen sollte, als er bereits auf die beiden zulief – fast wie ferngesteuert. Als der Schwarzhaarige ihn erblickte, gefror ihm das Grinsen im Gesicht. Er schien ihn wohl auch wiederzuerkennen. Ohne groß darüber nachzudenken, griff er in seine Tasche, holte das geklaute Handy hervor und ließ es achtlos auf den Rucksack vor ihren Füßen fallen, von wo aus es auf den Asphalt plumpste. Damit drehte er sich wieder um und ging ohne ein Wort davon. Die erstaunten Blicke nahm er jedoch noch wahr.

DREIUNDDREISSIG

„Peter kannst du Rebecca in die Stadt zum Großmarkt begleiten?"

„Ist das nötig?", fragte Becca ihren Vater.

„Ich dachte nur, es wäre dir lieber, wenn du nicht selbst fahren musst", meinte Thomas etwas verwundert, womit er leider Recht hatte. Nach dem Unfall hatte es sie einiges an Überwindung gekostet wieder in ein Auto zu steigen, von selbst fahren mal ganz abgesehen. Sie hatte es seitdem vermieden, sich selbst hinters Steuer zu setzen.

„Warum kannst du nicht einfach fahren?"

„Weil ich später noch einen Termin mit unserem Getränkelieferant habe. Das habe ich doch erzählt", erwiderte Thomas.

Becca zuckte nur genervt die Schultern.

„Das ist kein Problem Bec. Ich kann fahren", mischte Peter sich plötzlich ein. Dass er damit das Problem nicht beseitigte, sondern verschlimmerte schien ihm dabei nicht bewusst zu sein.

Während des gesamten Ausflugs beschränkte sich Becca darauf, das Nötigste mit Peter zu sprechen. Nach dem was passiert war, fiel es ihr schwer, die Leichtigkeit, die zwischen ihnen entstanden war, aufrecht zu erhalten und sie sehnte sich danach endlich aus dem Inneren des Wagens zu entkommen. Kurz vor dem Ortsschild fing jedoch das Auto heftig an zu stottern. Peter zog im letzten Moment noch rüber, sodass sie mit einem letzten Ruckeln am Straßenrand zum Stehen kamen.

„Ups", meinte Peter nur, den Blick auf die Tankanzeige gerichtet.

„Nicht dein Ernst, oder?", fuhr Becca ihn an.

„Kannst du deinen Vater oder Ilona anrufen, dass uns einer abholen kommt?", fragte Peter bloß.

Immer noch wütend zog Becca ihr Handy hervor. „Ich hoffe, dass ich hier – natürlich nicht. So ein Mist", fluchte sie.

„Was ist los?"

„Kein Empfang! Versuch du's mal."

„Ich hab' doch gar kein Handy Bec", erinnerte Peter sie.

„Schöne Scheiße!" Becca sprang aus dem Wagen. Den Arm mit dem Handy zum Himmel gestreckt lief sie um das Auto rum.

Auch Peter war inzwischen ausgestiegen. „Was denkst du wie weit es noch ist?"

„Sechs bis sieben Kilometer", erwiderte Becca.

„Soll ich loslaufen und wir holen dich dann hier ab?", schlug Peter vor.

„Du denkst doch nicht, dass ich hier sitze und darauf warte, bis ihr wiederkommt."

„Dann komm eben mit", meinte Peter zog den Schlüssel aus dem Zündschloss und verriegelte das Auto, ehe er loslief.

Becca blieb gar nichts anderes mehr übrig als ihm zu folgen.

Sie waren noch nicht lange unterwegs, da begann es zu regnen.

„Na super auch das noch", murrte Becca und beschleunigte ihr Tempo.

„Das ist doch nur ein bisschen Regen. Das hört bestimmt bald auf", beschwichtigte sie Peter, der inzwischen mit etwas Abstand hinter ihr herlief. Becca ignorierte ihn und konzentrierte sich auf die Straße vor ihr. Es waren noch ca. vier Kilometer, bis zu ihr nach Hause und im Moment wünschte sie sich nichts mehr, als endlich anzukommen. Sie wollte Peters Nähe entgehen und somit diesem seltsamen Gefühl, das seit ihrem Kuss Besitz von ihr ergriffen hatte.

Peter begann von einer seiner Erfahrungen während seiner Reisen zu erzählen und sie vernahm sein kurzes Lachen wie aus weiter Ferne, doch der Versuch ihr inneres Gefühlschaos zu sortieren beanspruchte ihre ganze Konzentration. Als er sie jedoch am Arm packte und zu sich rumdrehte, wurde sie unweigerlich aus ihren Gedanken gerissen.

„Sag mal, hab' ich dir eigentlich irgendwas getan?"

Eine einfache Frage, auf die Becca jedoch keine Antwort wusste. Wie definierte man *irgendwas getan*? Nein er hatte ihr nichts Schlimmes angetan. Im Gegenteil: Seit er in ihr Leben getreten war, war er bemüht, ihr Leben zum Besseren zu wenden, wofür sie ihm eigentlich dankbar hätte sein müssen. Aber irgendetwas hatte er mit ihr gemacht. Schon bei ihrer ersten Begegnung hatte er eine gewisse Wirkung auf sie gehabt, die dafür sorgte, dass sie sich in seiner Nähe immerzu unsicher fühlte. Ein Zustand mit dem Becca nicht zurechtkam. Sie war es gewohnt taff zu sein. Das Leben hatte sie dazu erzogen. Aber Peter brachte ihre weiche Seite zum Vorschein, ihre verletzliche Seite, und das verlieh ihm eine gewisse Macht über sie.

Er hatte die Stirn in Falten gelegt. Mit seinem Blick suchte er ihr Gesicht nach jeglicher Regung ab und Becca befürchtete er könnte die Unsicherheit in ihren Augen erkennen, deshalb wandte sie den Blick ab, als sie antwortete.

„Nein. Ich hab' einfach keine Lust weiter durch den Regen zu spazieren. Können wir also bitte weiterlaufen?" Sie bemühte sich ihren gewohnt genervten Tonfall zu treffen, um ihre Haltung zu wahren, doch als sie sich umdrehte, um weiterzulaufen, meinte sie in Peters Gesicht zu erkennen, dass er ihr es nicht ganz abnahm.

Statt aufzuhören wurde der Regen schnell stärker und sie begannen zu rennen. Becca hob schützend einen Arm vors Gesicht, um erkennen zu können, wo sie hinlief. Die Welt verschwamm geradezu vor ihren Augen.

„Da ist ein Bushäuschen", rief Peter plötzlich über seine Schulter. Becca konnte im ersten Moment nichts erkennen, aber nach ein paar Metern hoben sich die Konturen einer kleinen Holzhütte von dem Rest der Umgebung ab. Peter, der längere Beine hatte als sie, erreichte den Unterschlupf als erstes. Als auch sie im Trockenen ankam, war sie völlig außer Atem und hielt sich die Seite, die anfing zu stechen.

Peter beugte den Kopf nach vorne und begann sich mit den Fingern durch die Haare zu fahren, um so ein wenig die Feuchtigkeit hinaus zu kämen.

Becca wollte nicht wissen, wie sie aussah. Ihre Haare hingen ihr in nassen Strähnen vom Kopf und ihr T-Shirt klebte an ihrem Oberkörper. Langsam begann sie es von ihrer Haut zu lösen und wrang dann das untere Ende aus. Als sie anschließend ihre Haare an einer Seite zusammenfasste, um diese ebenfalls auszuwringen bemerkte sie Peters Blick.

Er hatte sich inzwischen auf der Bank des Bushäuschens niedergelassen und beobachtete sie.

„Was?", fragte Becca barsch, merkte aber sofort wieder die aufkommende Nervosität unter seinem Blick.

„Nichts", erwiderte er nur. Er lehnte sich an die Holzbretter und überkreuzte die ausgestreckten Beine.

Becca verschränkte die Arme vor der Brust und wandte ihm dann den Rücken zu. Während sie die Welt außerhalb des Hüttchens beobachtete, trifteten ihre Gedanken wieder ab und der Sturm dort draußen glich dem in ihrem Inneren.

„Wir werden noch 'ne Zeit hier festsitzen", meinte Peter nach einer Weile in die Stille hinein. „Du kannst dich also auch einfach ein bisschen hinsetzten und dich ausruhen." Becca hatte nicht vorgehabt diesem Vorschlag nachzugehen, doch plötzlich merkte sie, wie Peter sie am Arm berührte. Sie drehte sich zu ihm um und ließ dabei ihre Arme sinken. Peter hatte sich vorgebeugt, um sie berühren zu können und er schaute nun von unten zu ihr hinauf. Er griff nach ihrer Hand und zog sie neben sich auf die Bank. Becca folgte schweigend seiner Aufforderung. Sie nahm neben ihm Platz und lehnte sich ebenfalls an die Rückwand des Häuschens. Peter hatte wieder seine alte Position eingenommen. Ihre Hand hielt er noch immer in seiner. Der Anblick ihrer ineinander verschlungenen Finger ließ Becca nicht los und allein diese kleine Berührung brachte sie völlig aus dem Konzept. Als sie sich zwang ihren Blick loszureißen, huschte er kurz zu Peters Gesicht, um sich zu vergewissern, dass er es nicht mitbekommen hatte. Sie musste feststellen, dass Peter inzwischen die Augen geschlossen hatte. Seine Gesichtszüge wirkten völlig entspannt und sie meinte ein schwaches Lächeln auf seinen Lippen zu erkennen. Eine Weile beobachtet sie ungestört sein Profil, bevor auch sie ihren Kopf anlehnte und ihren Blick durch die Umgebung schweifen ließ. Das einzige Geräusch, das an ihr Ohr drang, war das des Regens. Das gleichmäßige Prasseln, das er auf dem Dach des Häuschens verursachte, hatte etwas Beruhigendes und Becca merkte, wie sie sich entspannte.

Scheinbar unbewusst hatte Peter begonnen mit seinem Daumen Kreise auf Beccas Hand zu malen und sie wurde erneut an seine unmittelbare Nähe erinnert. Die Wärme, die sich von ihrer Hand langsam in ihrem ganzen Körper ausbreitete, konnte sie nicht länger ignorieren. Sie ertappte sich dabei, wie sie ihn erneut beobachtete und noch ehe sie wieder wegschauen konnte, öffnete er die Augen und fing ihren Blick ein. Sie erwartete sein übliches selbstgefälliges Lächeln, aber es blieb aus. Stattdessen betrachtete er sie nachdenklich, als würde er etwas abwägen. Er beugte sich ihr etwas entgegen, zögerte jedoch wieder. Mit angehaltenem Atem saß Becca da und wartete ab, was passieren würde. Seine Lider senkten sich als sein Blick sich auf ihre Lippen legte. Dann endlich lehnte er sich zu ihr vor und küsste sie.

Reflexartig schloss Becca ihre Augen, doch der Kuss dauerte nicht lange an. Seine Lippen streiften nur ganz kurz die ihren und dann war es schon wieder vorbei. Es war kein richtiger Kuss. Verwirrt öffnete sie wieder die Augen. Sein Gesicht war nur wenige Zentimeter von ihrem entfernt. Seine Lippen nur wenige von ihren. Sie konnte seinen warmen Atem auf ihrer Haut spüren. Die kurze Distanz zwischen ihnen war von Erwartung erfüllt. Mit den Augen suchte er ihren Blick und es wirkte fast als bitte er um Erlaubnis.

Sie wartete darauf, dass er sie erneut küssen würde, aber auch er schien abzuwarten und als sie das Verlangen nicht länger unterdrücken konnte, legte sie eine Hand an seine Wange und küsste ihn.

Dieser Kuss war anders, intensiver, leidenschaftlicher. Mit den Fingerspitzen strich sie über seine rauen Bartstoppeln und nun legte auch er eine Hand sanft um ihr Gesicht. Mit der anderen hob er ihre Beine auf seinen Schoß, sodass ihr Körper zu ihm gedreht wurde.

Sie lehnte mit ihrem Kopf an seiner Brust, die Augen hatte sie geschlossen und in ihrem Kopf ließ sie ihren Kuss immer wieder Revue passieren.

Sein Körper strahlte eine angenehme Wärme aus und sie schmiegte sich noch mehr in seine Umarmung. Sie hätte ewig so sitzen bleiben können, doch Peter hatte andere Pläne.

„Komm mit", meinte er plötzlich. Er erhob sich und Beccas Beine rutschten dabei von seinem Schoß. Widerstrebend blieb sie sitzen, als er sie an den Händen hinter sich herziehen wollte.

„Was hast du vor?", wollte sie wissen.

Er lächelte sie an. „Das wirst du gleich sehen." Er zog erneut an ihren Händen und diesmal erhob sie sich. Doch als sie ahnte, was er vorhatte, blieb sie stur stehen.

„Nein! Ich geh da nicht raus. Es regnet immer noch wie bescheuert." Sie schüttelte energisch den Kopf, aber es half nichts. Peter war stärker und so zog er sie weiter hinaus in den strömenden Regen, bis mitten auf die Straße.

Wenige Sekunden reichten, um sie wieder bis auf die Haut durchzuweichen und Becca warf Peter einen vorwurfsvollen Blick zu.

„Was soll das?", rief sie über das Prasseln des Regens hinweg. Peter zog sie zu sich heran und legte seine Hände an ihre Hüften.

„Ich will mit dir im Regen tanzen", meinte er schlicht und ein kleines Lächeln spielte um seine Lippen.

Becca sah ihn an als hätte er den Verstand verloren, als er anfing langsam hin und her zu wippen.

„Du spinnst doch", meinte sie, als er ihre Hand nahm, sie um ihre eigene Achse drehte und sie danach wieder zu sich ran zog. Er quittierte ihre Aussage mit einem Lächeln. Da er es offensichtlich ernst zu meinen schien, gab Becca schließlich nach. Kopfschüttelnd legte sie ihre Arme um seinen Hals und begann sich mit ihm im Rhythmus der

Musik zu bewegen, die nicht spielte. Sie hatte gedacht sich dabei total albern vorzukommen, aber das tat sie nicht. Im Gegenteil, es machte Spaß und als er sie schwungvoll von sich wegdrehte, fing sie an zu lachen. Der Regen lief ihren Körper hinab und ihre Haare klebten ihr im Gesicht, aber das störte sie nicht mehr. Lauthals lachend tanzten sie durch den Regen und sprangen umeinander. Becca legte ihren Kopf in den Nacken und fing an sich im Kreis zu drehen, während die Regentropfen auf ihr Gesicht trafen. So frei, unbeschwert und vor allem jung hatte sie sich schon lange nicht mehr gefühlt. Peter fing sie in ihrer Drehung auf und sie schlang ihre Arme um seinen Hals und strahlte ihn an.

Das Lied war vorbei und ein neues stimmte an, ein langsames, gefühlvolles. Peter schloss sie fest in seine Arme und sein Kinn ruhte auf ihrem Kopf, während Becca ihr Gesicht gegen seine Brust schmiegte. Durch den nassen dünnen Stoff seines Shirts konnte sie seinen Herzschlag an ihrer Wange spüren. Er war ruhig und gleichmäßig und Becca schloss die Augen, als sie sich nun zu langsamen Takten bewegten. Die Musik spielte nur in ihrem Kopf, aber während sich um sie herum der Regen über die Erde ergoss, hatte sie das Gefühl, in ihre eigene kleine Welt abgetaucht zu sein, wo nur Peter und sie existierten. Sie kam sich vor wie in einem Film und es hätte sie nicht gewundert, wäre im nächsten Moment ein Regisseur aus der Ecke gesprungen und hätte „Cut" gerufen.

So plötzlich wie der Regen angefangen hatte, hörte er auch wieder auf. Die Wolkendecke riss auf und die Sonne bahnte sich ihren Weg zurück auf die Erde. Die Farben um sie herum wirkten viel intensiver, als hätte der Regen all den Schmutz weggeschwemmt, und im Licht der Sonne glänzte nun alles wie neu. Das satte Grün der Wiesen wirkte noch grüner als zuvor und der Himmel erstrahlte in den unterschiedlichsten Farben, dort wo die Sonne durch die Wolken brach. Becca hob ihr Gesicht gen Himmel und genoss das Gefühl der wärmenden Strahlen auf ihrer Haut. Sie hatten ihren Heimmarsch inzwischen fortgesetzt. Sie redeten nicht viel und trotzdem fühlte sich Becca unbeschreiblich wohl. Sie ruhte in sich, während sie Hand in Hand nebeneinander herliefen. Auch Peter schien ganz mit sich selbst beschäftigt zu sein. Als sie jetzt zu ihm hochblickte, lächelten sie sich scheu an.

Becca war sich nicht sicher, was der gestrige Tag und das, was zwischen ihnen passiert war, bedeutete. Umgeben von ihrem Vater und Lenny hatten sie abends keine Zeit gefunden darüber zu reden. Demnach startete sie mit einer gewissen Unsicherheit in den neuen Tag. Wie sollte sie sich verhalten, wenn sie ihm beim Frühstück gleich gegenübersitzen würde? Sie hoffte sehr, dass er ganz einfach den ersten Schritt machen würde, doch als sie die Küche betrat, war diese leer. Verwirrt warf sie einen Blick auf die Küchenuhr. Es war kurz nach sieben. Da Wochenende war, schlief Lenny vermutlich noch, doch Peter war wie sie ein Frühaufsteher und es war ungewöhnlich, dass er noch nicht wach zu sein schien.

Auch während der Arbeit fand sich keine Zeit zum Reden. Peter verhielt sich ziemlich neutral ihr gegenüber. Becca vermutete jedoch, dass es an der Anwesenheit von Lars und ihrem Vater lag.

Nach der Arbeit aßen sie gemeinsam im Lokal und anschließend verschwand Peter dann ohne ein weiteres Wort mit Ted zu seiner Abendrunde. Becca hatte kurz überlegt, ob sie ihm folgen sollte, um ein Gespräch zu führen, kniff dann aber doch. Was genau wollte sie ihm eigentlich sagen?

Um sich etwas von ihrem Gedankenchaos abzulenken schaltete sie im Wohnzimmer den Fernseher ein und machte sich daran die Wäsche zusammenzulegen. Ihr Vater half währenddessen Lenny in der Küche mit seinen Hausaufgaben.

Immer wieder schweifte ihr Blick vom Fernseher zur Flurtür.

Als es draußen bereits zu dämmern begonnen hatte, vernahm sie endlich seine Schritte im Flur und kurz darauf sah sie seine große Gestalt die offene Tür passieren. Im Vorbeigehen schien er sie im Wohnzimmer entdeckt zu haben, denn er kehrte um und betrat etwas zögerlich den Raum. Er warf einen kurzen Blick durch die offene Küchentür zu Thomas und Lenny ehe er auf sie zutrat.

„Bec können wir mal reden?" Er wies mit dem Kopf auf die Terassentür und sie folgte ihm nach draußen.

Die Sonne war schon fast untergangen und nur ein schmaler Lichtstreifen am Horizont erhellte den abendlichen Himmel. Statt sich auf einen der Stühle auf der Terrasse zu setzen, ging Peter die Stufen hinunter und überquerte den Rasen bis zu den Schaukeln. Dort ließ er sich auf einer nieder.

Becca tat es ihm gleich, wenn auch etwas zögerlich. Sie war sich nicht ganz sicher, was sie von Peters Verhalten halten sollte, und sie hatte keine Ahnung, was sie jetzt erwartete. Nach dem Kuss am vergangenen Tag wussten sie beide, dass ein Gespräch bevorstand. Es war quasi unausweichlich. Doch Peters Stimmung gab ihr zu denken. Er wirkte so ernst und das gefiel ihr nicht. Peter, der viel zu groß für Lennys Kinderschaukel war, streckte die Beine lang vor sich aus und starrte einen Moment auf seine Fußspitzen, bevor er anfing zu sprechen.

„Bec, ich mag dich. Wirklich. Und das gestern war – wunderschön."

Becca wusste was jetzt kam. Es schrie geradezu nach einem...

„Aber ich habe nachgedacht und ich glaube wir sollten darüber reden, was das bedeutet. Ich will einfach nicht, dass einer von uns am Ende verletzt wird. Und wir sollten uns darüber im Klaren sein, dass ich nicht für immer hierbleibe."

Das war Becca bewusst gewesen, von Anfang an. Trotzdem war es komisch, als Peter das Offensichtliche aussprach. Es fühlte sich an, als hätte sie einen riesen Stein im Bauch, und sie wusste nicht, was sie sagen sollte. Deswegen nickte sie bloß stumm.

„Ich weiß nicht, ob es Sinn macht, etwas zu beginnen von dem wir wissen, dass es keine Zukunft hat." Es klang wie eine Frage und als sie den Blick hob, um Peter anzuschauen schien es, als würde er tatsächlich auf eine Antwort warten. Und mehr noch. Irgendwie hatte Becca das Gefühl, dass er wollte, dass sie ihm widersprach. Aber konnte sie das? Schließlich hatte er Recht mit dem was er sagte. Es war tatsächlich besser es jetzt zu beenden, bevor vielleicht echte Gefühle entstehen würden. Oder war es dafür schon zu spät?

„Ja vermutlich hast du recht", brachte sie schließlich heraus. Sie schaute nun ebenfalls auf ihre Füße, während sie sprach, hob dann aber den Blick, um Peters Reaktion mitzubekommen. Er hatte die Lippen zu einer schmalen Linie zusammengepresst und sein Blick lag irgendwo in der Ferne. Dann nickte er, stand auf und hielt ihr eine Hand entgegen.

Es war ein seltsames Gefühl als sie schweigend nebeneinanderher ins Haus liefen.

VIERUNDDREIßIG

Er hörte sie noch bevor er sie sah. Eine Gruppe von Teenagern saß um einen der Tische am Parkrand, erleuchtet vom schwachen Schein einer einsamen Laterne. Die Dunkelheit gab ihm ein gewisses Gefühl von Sicherheit und er drückte sich auf seinem Weg noch ein bisschen weiter Richtung Hecke, um völlig mit ihr zu verschmelzen. Beinah wäre er auch unbemerkt vorbeigekommen, doch als er einen kurzen prüfenden Blick über die Schulter warf, sah er wie einer aus der Gruppe in durch das Schwarz der Nacht hindurch anstarrte.

„Ey, du!", rief dieser plötzlich. Zögernd blieb er stehen.

„Na los, komm rüber." Er winkte ihm energisch und auf unerklärliche Weise bewegten sich seine Beine auf die Gruppe zu.

„Ey Scott, ist das nicht der mit dem Handy?", meinte der Kerl zu einem seiner Kumpels, als er in den Lichtkegel zu ihnen trat. Eine Gänsehaut breitete sich auf seinem Körper aus, als ihm bewusst wurde, wem er da erneut gegenüberstand. Im Schein der Laterne wirkten die Züge des

Blonden, die ihn schon beim ersten Mal an die eines Fuchses erinnert hatten, noch spitzer und selbst jetzt konnte er das verschlagene Funkeln in seinen Augen erkennen. Der Kerl direkt vor ihm drehte sich bei den Worten seines Freundes zu ihm um und ein amüsiertes Grinsen breitete sich beinah augenblicklich auf seinem Gesicht aus, als auch er ihn wiederzuerkennen schien.

„Ja allerdings. Hey, warum setzt du dich nicht zu uns", lud er ihn ein und klopfte demonstrativ auf die Bank neben sich. Noch hatte er die Möglichkeit sich umzudrehen und einfach loszurennen. Er war schnell und er war sich nicht mal sicher, ob sie sich die Mühe machen würden ihn zu verfolgen.

„Wir beißen dich schon nicht", meinte der Dunkelhaarige leichthin und es war, als hätte er die Kontrolle über seinen Körper verloren, denn kurz darauf beobachtete er sich selbst dabei, wie er neben ihm auf die Bank rutschte.

„Willst du en Schluck?" Das Fuchsgesicht hielt ihm eine halbvolle Whiskyfalsche entgegen.

„Ich trink nicht", erwiderte er knapp und beobachtete, wie sein Gegenüber skeptisch die Brauen hob.

„Oh so anständig hab' ich dich gar nicht eingeschätzt", mischte sich nun auch Scott, wie ihn der andere zuvor genannt hatte, wieder ein. Lässig zog er an seiner Zigarette und blies ihm anschließend den Rauch direkt ins Gesicht. Er ging nicht auf seine Sticheleien ein und versuchte keine Miene zu verziehen, während er das Husten mühsam unterdrückte.

„Was treibst du denn eigentlich hier um die Uhrzeit, musst du nicht längst zuhause bei Mummy sein?", wollte nun der andere wieder von ihm wissen und auch die anderen Jungs stimmten in sein fieses Lachen ein.

„Das gleiche könnte ich euch fragen, oder?" Er versuchte standhaft zu bleiben, denn er hatte das Gefühl jetzt Schwäche zu zeigen, könnte ihm zum Verhängnis werden. Er durfte sie aber auch nicht verärgern. Sie waren zu fünft und er war allein.

Scott lachte nur, griff zu der Flasche, die der Blonde in der Hand hielt, und nahm nun selbst einen großen Schluck daraus.

„Als ob unsere Alten interessiert, was wir hier treiben", mischte sich nun einer der andren Jungs ein und lachte höhnisch.

„Die sind nur froh, wenn wir ihnen nicht im Weg sind und ihnen keine Probleme machen", stimmte Scott abschätzig zu und erneut kam in ihm der Gedanke hoch, dass jeder seine persönlichen Gründe hatte.

•

Der Tag, an dem Nathan Ian Collins und Mason Scott kennen gelernt hatte, war aus heutiger Sicht der Anfang vom Ende. Hätten sie ihn nicht im Park aufgegabelt, wäre er vielleicht ein paar Wochen später wieder nach Hause zurückgekehrt, um festzustellen, dass er vorschnell gehandelt hatte.

Damals jedoch kam es ihm vor, als hätte ihm nichts Besseres passieren können. Als wären Ian und Scott vom lieben Gott persönlich geschickt worden, um sich seiner anzunehmen. Welch riesiger Irrtum.

Es hatte etwas gegeben was sie miteinander verbunden hatte, und zwar vom Leben enttäuscht worden zu sein.

Sie hatten Nathan in ihrer Gruppe aufgenommen, ihm einen Platz zum Schlafen gegeben und einen Weg gezeigt, es dem Leben für all seine Ungerechtigkeiten heimzuzahlen.

FÜNFUNDDREIßIG

In den nächsten Tagen musste Becca feststellen, dass es weit weniger komisch war mit Peter Zeit zu verbringen, als sie angenommen hatte. Hätte sie ein Wort dafür finden müssen, dann hätte sie gesagt, dass sie nun sowas wie Freunde waren. Zumindest kam das dem ganzen am nächsten.

Als sie beim Abendessen ihre Pläne verkündete, am Wochenende Jule zu besuchen, bot Peter an sie zu fahren, woraufhin sie ihn einlud, sie ins Kino zu begleiten, da Daniel, Jules Freund, auch mitkommen würde.

Thomas, den die plötzliche Wendung zu verwirren schien, vermied es Fragen zu stellen und wünschte ihnen einfach nur viel Spaß, als sie am Freitagabend gemeinsam aufbrachen.

„Hallöchen ihr zwei. So schön euch zu sehen!" Jule umarmte Becca zur Begrüßung und zwinkerte Peter freundlich zu. „Wollt ihr schon was an der Bar trinken, bis ich soweit bin. Felix mixt euch bestimmt zwei tolle Cocktails." Jule wies über ihre Schulter zur Theke, wo ein junger Mann mit dunklen Haaren damit beschäftigt war Bier zu zapfen.

„Ja gerne. Komm", meinte Peter und zog Becca am Arm zu zwei freien Barhockern, während Jule ihre Arbeit fortsetzte.

Felix, der Barkeeper, war ein gut gelaunter Kerl mit einem sehr ausgefallenen Look. Das Achselshirt, das er trug, ermöglichte eine gute Sicht auf die unzähligen Tattoos, die seine Oberarme zierten, und in seinen Ohren und Augenbrauen glänzten mehrere Piercings. Beccas Meinung nach passte er besser in eine dieser verrauchten Bars, statt in dieses trendige Lokal, doch sein Charme sprach für sich. Sie bestellten zwei alkoholfreie Cocktails und wie es nicht anders hätte sein können, hatte Peter Felix schon nach Kürze in ein Gespräch verwickelt.

Etwa 20 Minuten später gesellte sich Jule zu ihnen an die Theke.

„Soll ich dir auch noch was mixen? Einen Ultra Violet z.b.", fragte Felix schelmisch grinsend an Jule gewandt. Becca entging nicht, wie Jule leicht errötete, aber dann mit einer lockeren Antwort ablehnte. Becca nahm sich vor ihre Freundin später noch auf diesen offensichtlichen Insider zwischen den beiden anzusprechen.

„So, wo wollt ihr denn jetzt gerne hin? Irgendwelche Vorlieben?", wandte sich Jule an Becca und Peter, die jedoch beide bloß die Schultern zuckten.

„Von mir aus können wir auch hierbleiben. Hier ist es doch ziemlich gemütlich", meinte Peter leichthin und warf einen Blick zu den dicken Sofas, die im hinteren Teil des Lokals aufgestellt waren und ihm eine Art Loungefeeling verliehen.

„Oder willst du lieber woanders hin?", fragte Becca sofort, als sie Jules kurzes Zögern bemerkte.

„Nein, quatsch wir können gern hierbleiben. Zum Kino ist es von hier ja auch nicht weit."

„Sollen wir Daniel dann noch Bescheid sagen oder kommt er dann später direkt zum Kino?", wollte Becca wissen.

„Daniel kommt nicht. Ihm ist was Wichtiges dazwischengekommen", erwiderte Jule wie beiläufig und griff nach ihrer Tasche. Becca schaute ihrer Freundin etwas verblüfft nach, als sie zu einem der Tische aufbrachen. Sie wollte sie jedoch nicht vor Peter darauf ansprechen, was zwischen ihr und Daniel los war.

Erst als Peter zum Klo verschwand, brachte sie das Thema zur Sprache, jedoch mit wenig Erfolg, da Jule es mit einem einfachen Schulterzucken abtat und Becca klarmachte, dass sie darüber gerade nicht sprechen wollte.

Zu ihrer Verwunderung kehrte Peter nicht allein an ihren Tisch zurück. Felix trug inzwischen trotz sommerlichen Temperaturen eine Wollmütze und hatte einen Rucksack lässig über einer Schulter hängen.

„Felix hat grade Schluss gemacht, da hab' ich ihn zu 'nem Drink eingeladen", verkündete Peter und ließ sich neben Becca aufs Sofa plumpsen. Sein seltsam zufriedenes Lächeln entging ihr dabei nicht und schon nach kurzer Zeit wurde ihr auch klar, worüber er sich so freute. Es war faszinierend zu sehen, wie sich zwei Menschen verhielten, die sich offensichtlich mehr als sympathisch waren, das aber niemals öffentlich zugeben würden. Zu beobachten wie Jule über jeden von Felix Witzen lachte und er sie, wann immer möglich, beinah liebevoll aufzog, ließ Becca schon bald ahnen, was das Problem in Jules Beziehung war – und es hörte auf den Namen Felix.

„Willst du nicht mitkommen? Wenn ich das richtig verstanden habe, haben wir doch eh eine Karte zu viel, oder?" Fragend schaute Peter zwischen Jule und Becca hin und her und dann zurück zu Felix, der noch etwas zögerlich schien. Beccas Blick huschte zu Jule, die gerade an ihrem Getränk nippte.

„Von mir aus gern", meinte sie wie beiläufig.

Draußen war es schon dunkel, als sie sich zu Fuß auf den Weg zum Kino machten. Als es der Moment zuließ hielt Becca Peter etwas am Arm zurück.

„Was hast du vor?", wisperte sie ihm zu, wobei sie ihm einen eindringlichen Blick zuwarf.

Peter spielte jedoch das Unschuldslamm. „Was meinst du?"

„Du weißt genau was ich meine. Warum hast du Felix eingeladen?" Beccas Blick huschte zu den Beiden, um sicherzugehen, dass sie sie nicht hören konnten, doch Jule und Felix schienen in ihr eigenes Gespräch vertieft.

„Er ist nett, oder findest du nicht?"

„Jule *hat* einen Freund", sagte sie äußerst betont.

„Ich weiß, na und?"

Becca hasste, wenn er das tat. Wenn er sie solange für dumm verkaufte, bis sie es aussprach, was sie von ihm verlangte zu hören. Doch diesen Gefallen würde sie ihm diesmal nicht tun.

„Wie auch immer", meinte sie und schloss dann wieder zu Jule und Felix auf.

Zwei Stunden später liefen die vier wieder die verlassene Straße vom Kino zurück zum Marktplatz.

Felix und Peter, der in der Hand noch die Tüte mit Beccas restlichem Popcorn hielt, voneweg. Becca und Jule mit etwas Abstand hinterher, die Arme eingehakt.

Als sie an einer Kreuzung ankamen, blieb Becca stehen.

„So, wir stehen da hinten", meinte sie und deutete links die Straße hinunter.

„Wie kommst du heim?", wollte Felix an Jule gewandt wissen.

„Zu Fuß."

„Ich kann dich mitnehmen. Ich muss in etwa in die gleiche Richtung", bot Felix an.

Jules WG war, wie Becca wusste, nicht allzu weit von ihrem Arbeitsplatz entfernt, doch mitten in der Nacht war es für eine junge Frau nie ganz ungefährlich allein durch die Gegend zu laufen.

Als sie sich von ihrer Freundin verabschiedete, warf sie ihr noch einen bedeutungsvollen Blick zu, den Jule jedoch nur mit verwirrter Miene erwiderte. Offensichtlich wussten Peter und sie bereits mehr als Jule selbst.

„Du musst schon zugeben sie wären ein süßes couple", sagte Peter kaum, dass sie sich im Wageninneren befanden.

„Also doch", entfuhr es Becca. „Würde es dir schaden, wenn du dich ausnahmsweise mal nicht überall einmischst?"

„Ich weiß nicht, was du hast. Ich hab' doch gar nichts gemacht." Peter startete den Motor, fuhr den Wagen aus der Parklücke und ignorierte Becca, die ihn böse von der Seite anstarrte.

„Ich hab' sie gerade erst wieder. Ich will nicht, dass irgendwas das kaputt macht", gab Becca nach einer Weile zu.

„Believe it or not aber die Gefühle der Menschen kann ich nicht beeinflussen. Es passiert was eh passieren würde – vielleicht nur ein bisschen früher." Peter grinste schelmisch und Becca merkte, wie sich der Knoten in ihrem Magen etwas löste. Ihr war gar nicht klar gewesen, dass dieser Gedanke sie gequält hatte, bis sie ihn laut ausgesprochen hatte.

„Was genau hast du damals eigentlich gesagt oder getan?", fragte Peter nach einer Weile der Stille.

Becca wich Peters Blick aus, indem sie aus dem Fenster schaute.

„Ich hab' dir doch erzählt, dass wir in dieser Nacht..."
Becca hielt kurz inne. "Dass wir in dieser Nacht bei einer
Aufführung von Jule waren."
Als sie nicht weitersprach nickte Peter.
Becca holte tief Luft. „Ich habe ihr die Schuld dafür ge-
geben. Ich habe zu ihr gesagt, dass ohne ihre Aufführung
das alles nicht passiert wäre."

SECHSUNDDREIßIG

„Hast du je darüber nachgedacht dein Abi fertig zu machen?"

Becca schaute Peter überrascht an. In der letzten halben Stunde hatte sie ihm erzählt, wie ihre Pläne für die Zukunft gewesen waren. Dass sie hatte studieren und mit Jule zusammen ziehen wollen, bis der Unfall alles durcheinander gebracht hatte.

„Wie meinst du das? Ich kann doch nicht wieder fünf Tage die Woche zur Schule gehen. Außerdem sind die alle viel jünger als ich."

„Naja, es gibt doch so Möglichkeiten, abends zur Schule zu gehen und so seinen Abschluss nachzuholen. Ich könnte mir vorstellen, dass du auch gar nicht die komplette Zeit machen müsstest. Und ich glaube, wenn du mit deinem Dad sprichst, findet sich schon 'ne Lösung für's *Ostwind*", meinte Peter zuversichtlich.

Becca schien kurz nachdenklich. Dieser Gedanke war ihr noch nie gekommen. In dem Moment, in dem sie nicht an den Abiprüfungen teilgenommen hatte und statt wieder zur Schule zu gehen zuhause das Ruder übernommen hatte, war für sie das Thema studieren in unerreichbare Ferne gerückt. Das es vielleicht auch andere Möglichkeiten gab, hatte sie nie in Betracht gezogen.

„Ich bin noch gar nicht müde", meinte Peter als Becca und er durch die Seitentür die Küche betraten.

„Ich auch nicht", bestätigte Becca. Sie schaltete das Licht über der Anrichte an und lehnte sich dann gegen die selbige.

„Wollen wir noch ein bisschen fern schauen? Vielleicht läuft ja noch was Gutes", schlug Peter nun vor.

Sie machten es sich auf dem Sofa bequem und Becca schaltete den Fernseher ein. Dann warf sie Peter die Fernbedienung zu. Skeptisch verzog er das Gesicht, während er durch die Sender zappte. „Oh das ist ganz okay." Seine Miene hellte sich etwas auf

„Meinetwegen", brummelte Becca wenig überzeugt, kuschelte sich dann aber in ihre Decke ein. Es dauerte nicht lange, bis sie merkte, wie ihre Augenlieder schwer wurden und sie regelrecht dagegen ankämpfen musste, sie nicht zu schließen. Irgendwann verlor sie jedoch den Kampf und nickte ein.

Als sie wieder aufwachte, befand sie sich in der Horizontalen. Der Fernseher lief noch immer, doch bei näherer Betrachtung bemerkte Becca, dass inzwischen eine seltsame Tierdoku lief. Kurz darauf wurde ihr bewusst auf was ihr Kopf lag. Es handelte sich nicht um die Lehne des Sofas, was sie zunächst angenommen hatte, sondern um Peters Bein. Als sie sich etwas ruckartig erhob, ging auch eine Bewegung durch Peters Körper, der anscheinend ebenfalls eingenickt sein musste. Etwas irritiert hob er seinen Kopf, der in einer ungemütlich aussehenden Stellung über die Lehne des Sofas gehangen hatte. Als er die Situation erfasst hatte, grinste er sie an, während er sich mit der Hand den scheinbar steifen Nacken rieb.

Becca war inzwischen etwas von ihm abgerückt.

„Ich wollte ja eigentlich ins Bett, aber du hast mich nicht gelassen." Er grinste sie etwas verlegen an.

„Tut – tut mir leid", stotterte sie, fuhr sich durch die Haare und beeilte sich dann aufzustehen, doch Peter hinderte sie mit einer Handbewegung daran.

„Hey alles gut. Ehrlich gesagt fand ich es – schön", erwiderte er etwas zögernd.

Überrascht hielt Becca inne und sah ihn an. Seine dunklen Augen versprühten so viel Wärme, während er sie liebevoll betrachtete. Unfähig sich zu rühren beobachtete sie, wie er sich zu ihr vorbeugte

„Ach scheiß drauf", flüsterte er noch ehe sich ihre Lippen trafen.

Als sie diesmal aufwachte, wusste sie sofort, wo sie sich befand. Ihr Kopf ruhte an seiner Schulter und ihre Arme und Beine waren um seinen Körper geschlungen. Sie schloss nochmal die Augen und atmete tief ein, um den Moment in seinem vollen Umfang abzuspeichern. Als sie vorsichtig den Kopf hob, um ihm ins Gesicht blicken zu können, zuckte sie kurz überrascht zusammen, als sie bemerkte, dass seine Augen ebenfalls geöffnet waren und er sie nachdenklich anblickte.

„Beobachtest du mich etwa beim Schlafen?", beschwerte sie sich und drehte sich auf den Bauch.

„Schon möglich." Er lächelte sie schelmisch an. „Da siehst du so brav und friedlich aus. Ganz anders als ich dich sonst kenne."

Becca setzte sich ruckartig auf und funkelte ihn warnend an. „Hey, verscherz es dir nicht gleich wieder, mein Freund."

Peter setzte sich ebenfalls auf. Als ihre Gesichter direkt voreinander waren und er ihren Blick suchte, wurde sie augenblicklich ruhig. Er hauchte ihr sanfte Küsse auf die Lippen und zog sie dabei mit sich, bis er wieder gegen die Kopfstütze des Bettes lehnte.

„Immerhin weiß ich ja jetzt. Wie ich dich. Ganz schnell wieder. Beruhigen kann", neckte er sie zwischen den

Küssen. Ehe Becca etwas erwidern konnte, vertiefte er den Kuss und sie vergaß ihre Beschwerde. Als sie sich wieder voneinander lösten, zog er sie in seine Arme und sie legte den Kopf auf seine nackte Brust. Gedankenverloren fing sie an mit ihrem Finger Figuren auf seinen Bauch zu malen.

„Du schnarchst übrigens. Hat dir das schon mal jemand gesagt?", unterbrach er die Stille.

Becca richtete sich erneut auf. Er schaute sie ernst an, doch dann brach das Grinsen durch, als er Beccas entsetztes Gesicht sah.

„Du Blödmann!" Becca griff zum ersten, was ihr in die Finger kam und schlug ihn mit einem der Kissen. Lachend wehrte Peter ihre Schläge ab und Becca funkelte ihn böse an, bevor sie noch ein paarmal zuschlug.

„Okay, okay", rief Peter. „Jetzt versteh ich, warum sich das bisher keiner getraut hat. Sie hatten alle Angst um ihr Leben."

Als sie plötzlich ein Geräusch im Flur hörten hielt Becca augenblicklich inne. „Scheiße, wie spät ist es?", flüsterte sie dann und krabbelte über Peter hinweg, um auf ihr Handy zu schauen. „Fuck, fuck, fuck", stieß sie keine Sekunde später mit gedämpfter Stimme aus und sprang auf. „Wir sind viel zu spät." Erst als sie schon an der Tür war, drehte sie sich nochmal zu Peter um, der ihr lächelnd nachblickte, sich aber nicht rührte.

„Was ist los? Beweg dich!", fuhr sie ihn an

„Aber nur, wenn ich erst mein T-Shirt wiederbekomme." Becca schaute erst an sich hinab und dann wieder zu Peter. Sie hatte in einem seiner T-Shirts geschlafen, da sie nicht nochmal in ihr Zimmer hinaufgehen hatte wollen. Ihre eigenen Klamotten hingen noch über der Sessellehne neben der Tür.

„Oder meinst du nicht dein Vater hätte ein paar Fragen, wenn er dir so im Flur über den Weg läuft?" Sein Blick glitt über ihren Körper, als er nun ebenfalls aufstand und langsam auf sie zukam. Ein wohliger Schauer überlief sie, als er dicht vor ihr stehen blieb. Erwartungsvoll blickte sie zu ihm hoch. Während sie sich erneut küssten, wanderten seine Hände ihren Rücken hinab über ihren Po bis zum Saum des T-Shirts.

„Soll ich dir helfen?", hauchte er und seine Lippen verzogen sich an ihrem Mund zu einem Grinsen, als er sachte den Stoff hochschob. Schlagartig unterbrach Becca den Kuss und stieß ihn an den Schultern von sich, sodass er einen Schritt zurück machen musste, um sich abzufangen.

„Vergiss es." Frech grinste sie ihn an, griff eilig zu ihren Klamotten und huschte durch die Tür.

Unbemerkt erreichte sie das Gästebad. Dort zog sie sich eilig ihre Klamotten vom Vortag an und kämmte sich mit den Fingern durch die Haare, bis sie einigermaßen ordentlich aussahen. Peters Shirt knäulte sie zusammen und verließ das Bad.

SIEBENUNDDREIßIG

„Ich geh dann mal schlafen." Becca erhob sich vom Sofa und Thomas, der neben ihr saß, zog seine Beine ein, um sie an sich vorbeizulassen. „Der Film ist doch noch gar nicht fertig", meinte er verwirrt. „Als würde mich das Ende interessieren", erwiderte Becca sarkastisch. Wenn Peter und Thomas dran waren das Abendprogramm auszusuchen verbrachte Becca die meiste Zeit damit auf ihrem Handy im Internet zu surfen und folgte nur mit einem Ohr der Handlung des Filmes. Als sie nun Richtung Tür lief, bemerkte sie, wie Peter sie neugierig von seinem Platz auf dem Sessel aus beobachtete. Becca musste sich ein Lächeln verkneifen, als sie beinah unmerklich den Kopf schüttelte. Sie wusste genau, an was Peter dachte. Genau mit diesem Gedanken im Kopf lag sie dann allerdings zwei Stunden später immer noch wach im Bett und haderte mit sich.

Sie atmete nochmal tief ein und aus und schlug dann entschieden die Decke zur Seite, zögerte jedoch als sie wenig später vor seiner Tür ankam. Ganz vorsichtig drückte sie die Klinke der Tür runter. Kaum hatte sie sie einen Spalt geöffnet, sprang Ted auf und sauste mit einem kurzen Bellen in ihre Richtung. Keine Sekunde später erhellte die kleine Nachttischlampe den Raum. Peter saß aufrecht in seinem Bett und schaute Becca überrascht an, die wie ertappt im Türrahmen stehen geblieben war.

Ted hatte sich wieder auf seinem Platz vor dem Bett niedergelassen, nachdem ihm klargeworden war, dass von dem Eindringling keine Gefahr ausging.

„Was machst du denn hier? Hast du dich verlaufen?" Peter zog fragend die Augenbrauen hoch.

Verlegen schaute Becca im Raum umher und druckste etwas herum.

„Komm schon her", meinte Peter auffordernd und klopfte auf die Decke neben sich. Er hielt ihren Blick, während Becca den Raum durchquerte und zu ihm unter die dünne Decke krabbelte.

„Sehnsucht gehabt?", flüsterte Peter ihr ins Ohr, als er sie mit dem Rücken zu sich eng an seine Brust zog. Becca erwiderte nichts, sondern kuschelte sich einfach in seine Umarmung. Wenig später schlief sie tief und fest.

„So ein Mist", fluchte Becca leise. Sie hatte gerade ihren Laptop und die Festplatte in einem Rucksack verstaut, als ihr Blick durch die große Scheibe der Terrassentür nach draußen fiel.

„Was ist?" Peter, der mit einem Buch in der Hand auf dem Sofa saß, schaute überrascht auf.

„Es regnet schon wieder", erwiderte Becca genervt. „Jule hat mich gefragt, ob ich ihr helfe, die Bilderpräsentation für die Hochzeit zu machen, aber bei dem Wetter kann ich unmöglich mit dem Fahrrad fahren."

„Soll ich dich fahren?", bot Peter direkt an und stand auf.

„Würdest du?"

„Klar." Peter umrundete den Couchtisch und trat neben sie. „Kann gleich losgehen, wenn du so weit bist."

„Das ist lieb", meinte Becca erleichtert und griff zu dem Henkel ihres Rucksacks.

„Ich hab' dann natürlich was gut bei dir. Versteht sich ja von selbst."

Becca legte den Kopf schief und schaute ihn skeptisch an.

„Und was genau? Verrats mir lieber vorher, damit ich weiß, worauf ich mich hier einlasse."

„Mh, ich weiß noch nicht. Die Auswahl ist zu groß", überlegte Peter und zog Becca an den Hüften zu sich, um ihr einen Kuss zu geben.

In dem Moment ging die Haustür auf und Becca hörte ihren Vater den Flur entlangkommen. Eilig schubste sie Peter von sich, gerade noch rechtzeitig, denn im nächsten Moment kam Thomas schon um die Ecke und streckte seinen Kopf zur Tür herein.

„Wollt ihr weg?", fragte er überrascht, als er den Rucksack in Beccas Händen sah.

„Ich bin mit Jule verabredet. Peter fährt mich nur schnell, weil es regnet", erklärte Becca und Thomas nickte.

„Könnt ihr dann Lennart vielleicht vorher abholen und Peter bringt ihn dann mit? Dann braucht Ilona nicht extra zufahren."

„Klar, kein Problem", bestätigte Becca und ihr Vater verschwand aus dem Türrahmen.

„Wäre es eigentlich so schlimm, wenn dein Dad es weiß?", wollte Peter wissen, als sie wenig später im Auto saßen. Becca runzelte nachdenklich die Stirn.

„Ich weiß, dass er gleich 'ne große Sache draus machen würde. Da hab' ich keine Lust drauf."

„Mh, okay. Also willst du lieber weiter verstecken spielen?"

Becca hörte an Peters Unterton, dass er darüber nicht sauer war. Er schien es bloß verstehen zu wollen.

„Erst mal schon. Ist das okay?"

„Klar", erwiderte Peter achselzuckend und Becca fragte sich, ob Peter eigentlich schon die ganze Zeit so sensibel und verständnisvoll gewesen war und sie es bloß einfach nicht hatte sehen wollen.

„Frühstück im Bett fänd' ich übrigens klasse."

Verwirrt blickte Becca ihn an.

„Das wünsch ich mir als Gegenleistung fürs Fahren"

„Kein Problem", meinte Becca unbeeindruckt.

„Warte, warte", fuhr Peter fort, „Ich bin noch nicht fertig. Kein nullachtfünfzehn Frühstück. Schon mit allem drum und dran."

Peter lächelte erfreut, als er Beccas säuerliches Gesicht sah.

„Deal?", fragte er und streckte ihr eine Hand entgegen.

„Hand ans Lenkrad und guck nach vorne", blaffte Becca ihn an. Peter gehorchte, wiederholte jedoch seine Frage nochmal.

„Haben wir einen Deal?"

„Ja", brummte Becca und verfluchte leise den Regen.

Am späten Nachmittag wartete Peter wie vereinbart wieder vor dem Haus von Jules Eltern, um Becca abzuholen. Als Becca jedoch auf das Auto zulief saß Peter nicht wie erwartete auf dem Fahrersitz, sondern auf der rechten Seite.

„Was machst du da?", fragte Becca skeptisch, nachdem sie die Tür aufgemacht hatte.

„Ich hatte den Eindruck, dass es dich etwas genervt hat, dass du mir jetzt ein Frühstück schuldig bist, und damit das nicht so bald wieder notwendig ist, dachte ich, du fährst in Zukunft einfach wieder selbst."

Becca verschränkte die Arme vor der Brust.

„Willst du mich verarschen?", meinte sie verärgert. Doch sie merkte, wie sich gleichzeitig ein unbehagliches

Gefühl in ihrer Magengegend ausbreitete und ihr Rückgrat hinaufkroch.

„Irgendwann musst du es doch wieder ausprobieren." Versuchte Peter auf Becca einzureden.

„Glaubst du, wenn das so einfach wäre, hätte ich das nicht schon längst getan?" Beccas Stimme bekam einen leicht hysterischen Unterton. Sie wusste nicht, wo diese Panik vor dem Autofahren herkam. Sie war in der Nacht des Unfalls nicht mal selbst gefahren. Trotzdem bereitete ihr die bloße Vorstellung selbst die Verantwortung für das Fahrzeug zu haben, eine Heidenangst.

„Ich behaupte ja auch gar nicht, dass es leicht ist. Ich denke nur, dass du dich irgendwann überwinden solltest. Und wer weiß, vielleicht ist es in Wirklichkeit gar nicht mehr so angsteinflößend wie in deinem Kopf. Es muss ja auch gar nicht weit sein und ich bin die ganze Zeit bei dir", versicherte Peter ihr. Er war während seiner Rede aus dem Auto ausgestiegen und hatte sanft seine Hände auf ihre Oberarme gelegt. Becca starrte eine ganze Weile schweigend auf den Boden zwischen ihnen.

„Du wirst nicht lockerlassen oder?", meinte sie verkniffen und schaute zu ihm rauf.

Auf Peters Gesicht breitete sich ein vorsichtiges Lächeln aus. „Du kennst die Antwort."

Becca atmete tief ein und aus, ehe sie um das Auto herumlief und die Fahrertür öffnete. Peter warf ihr über das Dach hinweg einen aufmunternden Blick zu, ehe er selbst wieder auf dem Beifahrersitz Platz nahm.

Mit etwas zittrigen Fingern steckte Becca den Schlüssel, den Peter ihr gereicht hatte, in das Zündschloss und drehte ihn um, woraufhin der Motor dröhnend aufheulte. Ihr erster Anfahrversuch schlug fehl und mit einem kleinen Hopser erstarb das Brummen wieder. Beccas Hände glitten vom Lenkrad in ihren Schoß.

„Ich glaub, ich pack das nicht."

„Einfach nochmal." Peter drückte sanft ihre Hand. Becca nahm all ihren Mut zusammen, startete erneut und diesmal setzte sich der Wagen in Bewegung. Mit klopfendem Herzen fuhr sie einige Meter, blieb aber wieder stehen.

„Alles okay?", wollte Peter wissen und Becca nickte wie mechanisch. „Ja, alles gut", meinte sie und gab erneut Gas.

Mit angehaltenem Atem parkte Becca den Jeep unter dem Carport. Erst als sie vollends zum Halten gekommen waren, stieß sie erleichtert die Luft aus und wandte sich dann Peter zu, der sie beinah stolz anblickte. Langsam breitete sich auch auf ihrem Gesicht ein Lächeln aus und sie strahlten sich gegenseitig an.

„Halb so wild oder?", witzelte Peter und kassierte einen Schlag gegen den Arm.

„Ich bin fast gestorben", protestierte Becca, lehnte sich dann jedoch vor und umfasste Peters Gesicht.

„Danke", flüsterte sie, ehe sie ihn küsste. Es war ein inniger leidenschaftlicher Kuss voller Dankbarkeit und als sie sich voneinander lösten, waren beide etwas außer Atem. Als Becca sich in ihren Sitz zurückfallen ließ, bemerkte sie eine Bewegung am Küchenfenster und ihr Blick huschte dorthin. Sie sah gerade noch, wie jemand vom Fenster zurückwich.

„Mist! Meinst du er hat gesehen, dass wir uns – geküsst haben?" Beccas Blick huschte hektisch vom Fenster zurück zu Peter, der jedoch ziemlich unbeeindruckt wirkte.

„Jap ziemlich sicher", meinte er leichthin. „Come on." Er gab ihr einen Klaps auf den Oberschenkel, ehe er aus dem Auto stieg. „Irgendwann hätte er es eh erfahren", warf er ihr über die Schulter zu.

Thomas war noch immer in der Küche, als die beiden den Raum betraten. Becca merkte, wie er verlegen mit dem Blick auswich, während sie sich begrüßten. Es gab also keinen Zweifel, dass er den Kuss beobachtet hatte.

„Ich geh duschen", warf Peter ein und als ob die Situation nicht schon seltsam genug war, beugte er sich vor und drückte Becca wie selbstverständlich einen Kuss auf die Lippen, ehe er die Küche verließ.

Völlig überrumpelt und hilflos stand sie da.

Eine Weile herrschte Stille und Becca überlegte schon, Peter einfach zu folgen und so zu tun, als wäre das alles gar nicht passiert. Aber das wäre kindisch gewesen.

„Habe ich mich da gerade verschaut?", wollte Thomas wissen und warf seiner Tochter einen ungläubigen Blick zu. „Hast du gerade wirklich am Steuer gesessen?"

Ein schüchternes Lächeln breitete sich auf ihrem Gesicht aus und sie nickte, woraufhin die Augen ihres Vaters zu strahlen begannen.

„Das ist ja wundervoll, Liebling." Ehrliche Begeisterung lag in seiner Stimme.

Die Situation zwischen ihr und Peter schnitt Thomas mit keinem Wort an.

Becca wusste, dass er es nun wusste – und das wusste er. Damit schien die Sache für beide Seiten geklärt und Becca war erleichtert, dass sie keine seltsame Unterhaltung mit ihrem Vater darüber führen musste.

ACHTUNDDREIßIG

Montagmorgen schlich sich Becca besonders früh aus Peters Bett. Leider hatte sie nicht bedacht, dass auch Peter ein Frühaufsteher war, und so dauerte es nicht lange, bis er, mit vom Schlaf verwuschelten Haaren, in der Küchentür auftauchte.

„Hey, was machst du denn da?" Er betrat die Küche und blieb überrascht stehen, als er Becca am Herd entdeckte.

„Etwa Frühstück?" Peter kam näher und lugte neugierig über Beccas Schulter.

„Ja, was dagegen?", erwiderte sie und stieß ihn mit dem Ellenbogen weg, um ihn daran zu hindern. Statt wegzugehen, schlang er jedoch seine Arme um ihre Taille und zog sie eng an seine Brust, während er sein Gesicht in ihren Haaren vergrub.

„Da bekomm ich ja richtig Hunger", raunte er ihr ins Ort und Becca lachte auf bei seinem albernen Verführungsversuch.

Dann musst du dich noch einen Augenblick gedulden.", erklärte sie sachlich. Peter schnaubte und entfernte sich von ihrem Ohr, seine Hände strichen jedoch weiterhin ihren Körper entlang. Becca gab sich größte Mühe sich davon nicht einwickeln zu lassen, doch als er ihr das Haar zur Seite strich und ihren Hals mit sanften Küssen bedeckte, gab sie nach und drehte sich zu ihm um. Plötzlich löste sich Peter jedoch von ihr und schaute ihr ernst ins Gesicht.

„Was ist los?", wollte sie wissen.

„Deine Eier brennen an", flüsterte er ihr zu und blitzschnell drehte Becca sich um. Hastig rührte sie in der Pfanne, um das an manchen Stellen bereits angebrannte Ei zu lösen. Zerknirscht schaute sie Peter an

„Ich hoffe du magst dein Ei knusprig!"

Peter lachte und gab ihr noch einen Kuss.

Sie entschieden sie sich dann doch dafür, statt im Bett in der Küche zu frühstücken, denn kaum, dass Becca den Herd abstellte, stolperte auch Lenny, noch etwas schlaftrunken, in die Küche, scheinbar angelockt vom Duft des gebratenen Specks.

Es war Mittwochabend. Becca war gerade dabei das Abendessen zuzubereiten, als die Haustür aufging.

„Thomas, warte", vernahm sie Peters Stimme, in der Aufregung mitschwang.

„Es ist alles gut, Peter, glaub mir", erwiderte Thomas eindringlich.

„Hallo Liebes." Thomas betrat mit einem Stapel Post unter dem Arm die Küche und ließ ihn auf den Küchentisch fallen, den Becca bereits gedeckt hatte. Peter blieb neben Becca an der Küchenzeile stehen, starrte aber weiterhin ihren Vater an. Worüber auch immer sie geredet haben mochten, für Peter war diese Unterhaltung wohl noch nicht beendet gewesen.

„Oh, Post für dich." Becca wandte ihren Blick von Peter ab zu dem Brief, den ihr Vater ihr unter die Nase hielt. Ein Blick auf das Coverte und sie kannte den Inhalt. In dem Moment vibrierte ihr Handy auf dem Küchentresen neben ihr. Mit einem Lächeln nahm sie den Anruf und zeitgleich den Umschlag von ihrem Vater entgegen.

„Kannst du hellsehen? Rat mal was ich gerade in der Hand habe", begrüßte Becca die Anruferin.

„Hey Becky, hast du einen Moment Zeit?" Jules Stimme klang seltsam erstickt, als ob sie geweint hätte. Augenblicklich ließ Becca den Brief mit der Hochzeitseinladung sinken.

Peter, der offenbar an ihrem Gesicht erkennen konnte, dass etwas nicht stimmte, sah sie fragend an. Doch Becca bedeutete ihm bloß mit einer Geste das Essen im Auge zu behalten, ehe sie die Küche verließ. In ihrem Zimmer schloss sie die Tür hinter sich und setzte sich auf ihr Bett.

„So, ich bin jetzt allein. Erzähl! Was ist passiert?", fragte sie besorgt, auch wenn sie bereits eine Vorahnung hatte, was der Grund für Jules Anruf war.

NEUNUNDDREIßIG

Becca hatte die letzten Abende damit verbracht ein paar Recherchen zu starten. Einerseits hatte sie Angst gehabt, fündig zu werden, denn die daraus entstehenden Hoffnungen, die sie sich automatisch machen würde, könnten genauso gut wieder zerstört werden. Andererseits schadete es ja nicht seine Optionen zu kennen. Sie war gerade in das Lesen einer Homepage vertieft, als es an ihrer Zimmertür klopfte.

„Herein", rief sie halb abwesend. Gleich darauf streckte Peter seinen Kopf zur Tür herein und trat dann ein, als er Becca an ihrem Schreibtisch sitzen sah. Er trug lediglich Boxershorts und ein lockeres T-Shirt und hatte offensichtlich gerade geduscht, da sein wirres Haar noch von der Feuchtigkeit glänzte.

„Was machst du?", fragte er, als er den Raum zu ihr durchquerte.

Becca rückte den PC etwas rum, um ihm freie Sicht zu gewähren. Er stütze sich auf die Rückenlehne ihres Stuhles und lehnte sich über ihre Schulter, um einen Blick auf den Bildschirm zu werfen. Sofort stieg ihr der frische Geruch seines Shampoos in die Nase.

Während er konzentriert die Augen zusammenkniff, um die geöffnete Seite zu überfliegen, beobachtete sie seine Reaktion. Es dauerte einen Moment, dann breitete sich ein Grinsen auf seinem Gesicht aus und er richtete sich wieder etwas auf.

„Und? Schon was gefunden was dir zusagt?", fragte er. Becca drehte sich auf dem Stuhl etwas zu ihm um und blickte hoch in sein Gesicht.

„Nichts genaues. Ich wollte mich ja erst mal informieren, aber es ist auf jeden Fall eine echte Option", berichtete sie und lächelte Peter dabei mit leuchtenden Augen an. Peter verschränkte die Arme vor der Brust und plusterte sich etwas auf.

„Siehst du, hab' ich mal wieder recht gehabt", meinte er selbstzufrieden und Becca musste lachen. Sie erhob sich von ihrem Stuhl und ging auf ihn zu. Sie streckte ihre Hand nach seinem Gesicht aus und legte sie an seine Wange. Peter entspannte sich zusehends bei dieser Berührung und seine Arme sanken schlaff an seinem Körper hinab. Er schloss die Augen und schmiegte sein Gesicht in ihre Handfläche. Bei diesem Anblick legte sich ein Lächeln auf Beccas Lippen und ein Gefühl der Wärme durchströmte ihren Körper. Während sie sich küssten, bewegte sie ihn rückwärts Richtung Bett.

Als er auf die Matratze plumpste, blickte er überrascht zu ihr auf.

„Sag einmal einfach nichts, okay", bat sie ihn energisch, als sie das Funkeln in seinen Augen wahrnahm. Er hob die Hand zu seinen geschlossenen Lippen und tat so, als würde er sie versiegeln, ehe er den imaginären Schlüssel wegwarf. Becca legte bloß den Kopf schief, konnte sich aber ein Schmunzeln nicht verkneifen. Stumm zog er sie zu sich aufs Bett

Peter war ihr plötzlich so nah, dass sie keinen normalen Gedanken mehr fassen konnte. Ihre Atmung ging flach und stoßweise und als er mit den Lippen einen Punkt unterhalb ihres Ohres küsste, entlockte er ihr einen wohligen Laut.

„Das ist wunderschön. Du bist wunderschön", sagte er mit heiserer Stimme ganz dicht an ihrem Ohr. Sanft schubste sie ihn an der Schulter, sodass er bereitwillig auf den Rücken rollte, und beugte sich nun selbst über ihn. Sie strich sich ihre Haare hinters Ohr und schaute ihn an. „Ich hätte ja nie gedacht, dass ich das mal sagen würde, aber ich bin froh – dass du da bist. Ich weiß nicht was ich ohne dich machen würde." Sie sprach vom Herzen weg aus, was sie in diesem Moment, eigentlich schon die letzten vergangenen Tage, spürte und es fühlte sich richtig an. „Danke – für alles!", hauchte sie und streichelte über seine Wange. Sie merkte, dass Peter sich bei ihren Worten leicht anspannte. Ohne dem Ganzen jedoch Beachtung zu schenken, beugte Becca sich wieder vor, um ihn zu küssen. Mit den Händen strich sie über seine Brust, doch dann legte Peter seine Hände auf ihre und stoppte sie auf dem Weg nach unten. Becca hob überrascht den Kopf und blickte ihm ins Gesicht, das von dem schwachen Schein der Schreibtischlampe, die noch immer brannte, erhellt wurde. Er hatte den Kopf leicht abgeneigt und schaute an ihr vorbei.

Es wirkte als würde ihn etwas sehr beschäftigen.

„Was ist los? Hab' ich was falsch gemacht?", fragte sie verunsichert und kam sich dabei ziemlich dumm vor.

„Nein", murmelte er mit erstickter Stimme. „Mir ist nur gerade eingefallen, dass ich eigentlich nochmal mit Ted raus muss."

„Du willst jetzt gehen?", fragte sie skeptisch und suchte seinen Blick. Doch er wich ihrem aus.

„Lass uns das verschieben, okay", flüsterte er und obwohl sein Körper etwas anderes sagte, schob er sie entschlossen von sich. Becca wusste nicht, wie ihr geschah.

Rasch stand er auf und als sie sich ebenfalls aufsetzte war er schon an der Tür. Dort drehte er sich nochmal zu ihr um

„Schlaf gut." Er schaute sie nicht mal an, sondern blickte auf den Boden als er es sagte und dann war Becca allein.

Was war da gerade passiert. Eben noch flüsterte er ihr ins Ohr wie wunderschön er das alles fand und bedeckte ihren Körper mit Zärtlichkeiten und im nächsten Moment stieß er sie weg, als hätte sie eine ansteckende Krankheit. Becca konnte sich das nicht erklären. Hatte es etwas mit dem zu tun, was sie zu ihm gesagt hatte?

Sie wollte ihm nachgehen und mit ihm reden, doch er hatte mit seinen Worten klar gemacht, dass er nicht wollte, dass sie die Nacht bei ihm verbrachte. Deshalb entschied sie sich zu bleiben, wo sie war.

Ihre Gedanken kreisten jedoch weiterhin um das Geschehene und es dauerte ewig, bis sie ein Auge zu machen konnte.

VIERZIG

„Jule, ich brauch mal deinen Rat", meinte Becca und setzte sich zu ihrer Freundin aufs Bett. Jule schob die Zeitschrift, in der sie geblättert hatte, zur Seite und schenkte Becca all ihre Aufmerksamkeit. Becca druckste etwas rum.

„Komm, rück schon raus. Was ist los?", drängte Jule sie.

„Es geht um Peter."

Jule lachte. „Um was auch sonst." Doch als sie Beccas Gesichtsausdruck bemerkte, wurde sie wieder ernst.

„Ich glaube, er verheimlicht mir etwas."

„Wie kommst du darauf?", fragte Jule.

„Naja, er verhält sich die letzten Tage etwas seltsam. Und vorletzte Nacht, naja – wir waren gerade dabei...." Becca stockte und wurde rot. „Naja, du weißt schon, was ich meine."

Jule grinste sie an und nickte wissend.

„Auf jeden Fall hat er ganz plötzlich dicht gemacht und gemeint, wir sollen das Ganze lieber verschieben. Er hat Ted als Vorwand genommen, aber inzwischen bin ich mir sicher, dass irgendwas nicht stimmt."

Jule schaute sie nachdenklich an. „Wie hat er sich denn danach verhalten?", wollte sie wissen. „Hat er nichts mehr dazu gesagt?"

„Nein. Hat so getan, als wäre nichts gewesen. Aber wie ich schon sagte, er benimmt sich anders. Beim Abendessen wirkt er eher in sich gekehrt und nachdenklich, als ob ihn etwas bedrücken würde", versuchte Becca die Situation zu beschreiben.

„Hast du ihn schon mal darauf angesprochen?" wollte sie Jule nun wissen.

„Nein, noch nicht so wirklich", gab Becca zu.

„Ich weiß, das ist jetzt nicht der einfallreichste Tipp, aber vielleicht solltest du genau das mal tun. Es hilft ja nichts, dir die ganze Zeit den Kopf zu zerbrechen, was mit ihm los sein könnte."

Ein paar Stunden später machte Becca sich auf den Nachhauseweg mit dem festen Vorhaben mit Peter zu reden. Jule hatte Recht. Sie lief seit zwei Tagen durch die Gegend und zermartete sich pausenlos den Kopf darüber, was sie falsch gemacht haben könnte, anstatt ihn einfach darauf anzusprechen. Irgendwann war ihr der Gedanke gekommen, dass sie vielleicht einfach Angst vor der Wahrheit hatte. Aber selbst, wenn die Antwort war, dass Peter nicht mehr mit ihr zusammen sein wollte, brachte es nichts davor wegzulaufen. Das würde es auch nicht besser machen.

Als sie den Jeep auf dem Hof parkte, hatte sich eine dunkle Wolkendecke am Himmel zusammengezogen. Ein einzelner Tropfen fiel auf die Windschutzscheibe des Wagens und zerplatze dort, um anschließend in dünnen Rinnsalen die Scheibe hinunterzufließen. Becca beobachtete fasziniert den Weg des Wassers, bis ihr klar wurde, was sie da tat – Zeit schinden. Entschlossen zog sie den Schlüssel aus der Zündung, als aber dann weitere Tropfen auf der Scheibe zersprangen, ließ sie sich erneut im Sitz zurückfallen. Beim Anblick des Regens kamen ihr die Erinnerungen an ihren ersten Kuss. Naja, es war nicht wirklich der erste gewesen. Aber der erste der zählte. Wenn sie ihn jetzt darauf ansprechen und er ihr das sagen würde, was sie befürchtete, würden ihre Hoffnungen genauso zerplatzen wie die Regentropfen an der Scheibe. Wie hatte ihr dieser Kerl nur in so kurzer Zeit so wichtig werden können? Hatte sie ihn nicht gefühlt letzte Woche noch regelrecht verabscheut? Wie konnte es sein, dass sie sich nun so nach seiner Zuneigung sehnte? Sie schloss die Augen und versuchte den nötigen Mut zu sammeln, als sich aber nach einigen Minuten nichts zu ändern schien, stieß sie die Tür auf und stieg mit wackeligen Beinen aus. Der kurze Regenschauer hatte schon wieder aufgehört und Becca war sich nicht sicher, ob sie das als gutes Zeichen sehen sollte oder nicht. Sie drückte auf den Schlüssel und die Lichter des Wagens blinkten kurz auf. Der Schotter knirschte unter ihren Schuhen, während sie die wenigen Meter zur Haustür zurücklegte.

Im Flur zog sie ihre Jacke und Schuhe aus und legte den Schlüssel in eine Schale auf dem Siteboard. Ihr Blick fiel auf ihr Spiegelbild in dem darüber hängenden Spiegel. Sie wirkte noch blasser als sonst und ihre grau grünen Augen blickten ihr nervös entgegen. Sie kniff kurz die Augen zu und atmete tief ein. Dann betrat sie die Küche, die jedoch leer war. Vielleicht war Peter in seinem Zimmer, überlegte sie, als sie Stimmen aus dem Wohnzimmer vernahm. Sie durchquerte den Raum. Die Tür zum Wohnzimmer war nur angelehnt und so drangen die Worte durch den schmalen Spalt klar und deutlich an ihr Ohr. Mit der Hand auf der Klinke verharrte sie und lauschte.

„Ich weiß nicht, wie lange ich es noch aushalte ihr das zu verheimlichen. Thomas, du musst es ihr sagen. Es ist ihr Recht die Wahrheit zu erfahren", hörte sie Peter eindringlich sagen.

Scheinbar unbemerkt zog sie die Tür auf und betrat den Raum. Peter und ihr Vater saßen gemeinsam auf dem Sofa und Peter war nach vorne gebeugt, während er auf ihren Vater einredete, als wolle er ihn zur Vernunft bringen. Keiner der beiden bemerkte sie

„Mir welche Wahrheit sagen?", fragte Becca und die beiden fuhren hoch.

„Rebecca." In Thomas Stimme lag Panik, als er seine Tochter in der Tür entdeckte.

Mir was sagen?", fragte Becca erneut. Peter schaute Thomas eindringlich an, dieser jedoch blieb stumm und schaute betreten zu Boden.

„Es tut mir leid Thomas", murmelte Peter zu Beccas Vater, „aber sie muss es einfach wissen." Er wandte sich mit traurigem Blick zu Becca und sagte etwas lauter: „Deinem Vater geht es nicht gut. Er ist krank, Bec."

Sie wusste nicht, wo sie hinsollte, und eigentlich wollte sie auch gar nicht weg. Sie wollte ihn zur Rede stellen, jetzt gleich. Sie wusste, dass er ihr folgen würde und als sie seine Schritte hinter sich hörte, wirbelte sie herum.

„Ich fass das nicht. Du wusstest es und hast mir nichts gesagt?", schrie sie ihn an. „Bei ihm wundert es mich nicht mal, aber dass du dazu in der Lage warst, begreif ich nicht."

„Ich wollte es dir sagen, wirklich Bec. Aber ich musste deinem Vater versprechen es für mich zu behalten."

„Und seit wann bist du es meinem Vater mehr schuldig sein kleines Geheimnis zu bewahren, als mir die Wahrheit zu sagen?"

„Es ist seine Entscheidung. Es stand mir nicht zu sie ihm einfach abzunehmen."

„Du müsstest doch inzwischen wissen, dass mein Vater nicht immer die besten Entscheidungen trifft", gab Becca wütend zurück. „Seit wann weißt du es?", wollte sie wissen.

„Spielt das eine Rolle?", erwiderte er nun auch etwas erhitzt.

„Ja, für mich schon"

„Seit einer Woche", gab er zu und Becca wurde mit einem Mal so einiges klar. Das war der Grund gewesen warum er die letzten Tage so nachdenklich und verschlossen gewesen war. Und das war auch der Grund, warum er an dem Abend einfach abgehauen war. Die ganze Zeit hatte er ihr etwas verheimlicht, während sie die Schuld für sein Verhalten bei sich suchte. Sie hatte sich ihm geöffnet und alles von sich preisgegeben, selbst die Dinge, für die sie sich selbst hasste, und er log sie bei der ersten Gelegenheit an

„Ich wusste es war ein Fehler", murmelte sie mit tonloser Stimme. Peter legte die Stirn in Falten.

„Was meinst du?"

„Das mit uns"

„Was hat das Ganze denn jetzt mit uns zu tun?" Verständnislos schaute er sie an.

„Du hast mich angelogen Peter. Natürlich hat das was mit uns zu tun. Ich dachte ich könnte dir vertrauen."

„Das ist doch jetzt völliger Blödsinn, Bec. Natürlich kannst du mir vertrauen. Ich habe doch versucht deinen Vater zum Reden zu bringen, aber er wollte dich da nicht mit reinziehen."

„Mich nicht mit reinziehen? Ich bin seine Tochter. Es geht mich doch wohl was an, zu erfahren, dass er krank ist", meinte Becca aufgebracht.

„Das seh' ich doch genauso, aber er wird seine Gründe haben. Deshalb rede endlich mit ihm."

„Damit er mir noch mehr Lügen erzählen kann?" Becca wusste, dass diese Aussage übertrieben war, aber sie war sauer.

„Okay Bec, du bist sauer und das versteh ich. Es ist scheiße, angelogen zu werden. Aber Menschen machen nun mal Fehler, auch Eltern. Aber glaub mir, die meisten Entscheidungen treffen sie nicht grundlos. Verdammt nochmal rede mit deinem Dad. Frag ihn, warum er es dir nicht sagen wollte, und hass ihn nicht einfach, ohne den Grund dafür zu kennen. Er gibt sich wirklich Mühe es wieder bei dir gut zu machen. Also gib ihm 'ne Chance." Peter machte auf dem Absatz kehrt, lief zurück ins Haus und ließ eine völlig verblüffte Becca zurück. Sie hatte ihn noch nie so außer sich gesehen. Wie angewurzelt blieb sie an Ort und Stelle stehen. Erst als ihr Vater im Türrahmen erschien, löste sich ihre Starre. Sein trauriger und flehender Ausdruck schien um Vergebung zu bitten, aber Becca war dazu nicht bereit. Sie war zu enttäuscht und verletzt. Sie warf ihm noch einen vernichtenden Blick zu, ehe auch sie Reißaus nahm.

Am Ende fand sie sich am Strand wieder, wie immer, wenn sie alleine sein wollte, um nachzudenken. Doch diesmal war ihr üblicher Platz bereits besetzt. Als sie Peter schon von weitem dort in ihrem Strandkorb entdeckte, war sie unschlüssig, ob sie nicht doch lieber woanders hingehen sollte. Sie entschied sich jedoch dagegen. Peter schien in Gedanken versunken, doch als sie bei ihm ankam, schweifte sein Blick vom Meer in ihre Richtung.

„Darf ich?"

Er nickte nur und sie setzte sich schweigend neben ihn, während er seine Aufmerksamkeit wieder dem Meer zuwandte. Eine ganze Weile war es still.

„Es tut mir wirklich leid, Bec." Er biss sich auf die Lippe. Die Art wie er sie dabei anschaute zeigte, dass er es ernst meinte. „Ich weiß, dass ich es dir hätte sagen sollen." Becca ging nicht darauf ein. So schnell wie die Wut auf ihn gekommen war, war sie auch wieder verraucht. Eine andere Sache beschäftigte sie jedoch seit seinem überraschenden Ausbruch und ging ihr nicht mehr aus dem Kopf.

„Was ist eigentlich mit deinen Eltern?", fragte sie. Während all der Zeit, die sie zusammen verbracht hatten, war sie nie auf die Idee gekommen, Peter Fragen zu seiner Familie zu stellen. Er hatte ihr erzählt, dass er nur mit einem Elternteil aufgewachsen war, aber darüber hinaus wusste sie nichts. Peters Gesicht verzog sich etwas.

„Was soll mit ihnen sein?"

„Dein Ausbruch vorhin?" Sie machte eine Pause „Hat das – irgendwas mit ihnen zu tun?" Peter schaute sie etwas perplex an. Dann stand er jedoch überraschend auf.

„Wollen wir ein Stück laufen?", fragte er und ließ Becca keine Zeit für eine Antwort.

EINUNDVIERZIG

„Willst du mir nicht endlich die Wahrheit sagen?", forderte Perry Nathan auf.

Der Mann saß neben ihm auf einer schon etwas morschen Holzbank. Die letzten Minuten hatten sie beide schweigend auf das Wasser hinausgeblickt und dem Kreischen der Möwen gelauscht. Perry hatte vorgeschlagen einen Ausflug zum Meer zu machen, da er meinte die Seeluft täte ihm gut. Nathan hatte ohne lange Überlegung zugestimmt ihn zu begleiten. Jetzt sah er überrascht auf, doch Perrys Blick war weiterhin geradeaus gerichtet, als hätte er rein gar nichts gesagt.

„Ich meine, wir kennen uns doch inzwischen schon 'ne Weile und du weißt, dass ich viel von dir halte Junge. Aber solange du keine Bank ausrauben wolltest, kann ich mir nicht vorstellen, warum du so viele Stunden in der Suppenküche abarbeiten musst. Da muss doch noch mehr dahinterstecken."

Nathan schaute betreten zu Boden. Während die kühle Meeresbriese ihm um die Ohren blies versetzte es ihn zurück zu jener Nacht. Es fiel ihm schwer, das Geschehene in Worte zu fassen, denn er hatte seither versucht es aus seiner Erinnerung zu löschen. Er wusste jedoch, dass es immer ein Teil seiner Vergangenheit und somit von ihm bleiben würde, mit dem er lernen musste zu leben.

Perry war in den vergangenen Wochen zu einer Art Freund für ihn geworden, mit dem er bereits einige seiner Gedanken, Träume und auch Ängste geteilt hatte. Vielleicht würde es ihm sogar helfen mit ihm darüber reden zu können, denn er kannte niemanden, der mehr Verständnis für die Fehlbarkeit der Menschen hatte.

•

„Brian, was machst du da?", rief eine hysterische Frauenstimme.
Eileen, geh rein und ruf die Polizei", erwiderte eine tiefe Männerstimme direkt über ihm.
„Aber Brian..."
„Mach einfach was ich dir sage", meinte er energisch.
Er vernahm eilige Schritte. Die hohen Absätze der Frau klapperten laut auf dem Asphalt und dröhnten ihm im Kopf, der noch immer auf den Boden gedrückt wurde. Er hörte die Klingel der Tür und kurze Zeit darauf wieder.
„Brian, Brian, bitte komm schnell, da ist so viel Blut. Ich weiß nicht – ich weiß nicht..." Die Stimme der Frau überschlug sich vor Panik.
Er riss den Kopf rum. Von was redetet diese Frau. Doch der Hüne drückte ihn sofort wieder nieder.

„Halt still, Bürschchen", zischte er. Dann wandte er sich wieder seiner Begleiterin zu. „Dann ruf einen Krankenwagen", meinte er mit ruhiger, aber eindringlicher Stimme.

Er vernahm wieder das laute Geklapper. Panik stieg in ihm auf. Von was verdammt noch mal redete diese Frau? Weshalb war dort Blut?

Er wollte etwas sehen, doch sein Gesicht war in die entgegengesetzte Richtung gewandt und seine kleinsten Bewegungen wurden von seinem Aufpasser unterdrückt. Es verging eine gefühlte Ewigkeit, bis er aus der Ferne leise Sirenen vernahm. Seine Gedanken kreisten immer wieder um die Worte der Frau und er versuchte zu verstehen, was passiert war.

Alles war wie geplant verlaufen und dann musste sich dieser Tankstellenbesitzer ihm unbedingt in den Weg stellen. Und wäre dieser Hüne nicht auf einmal aufgetaucht, wäre er noch davongekommen. Doch jetzt lag er hier auf dem Boden vor dem Eingang einer kleinen Tankstelle mitten in der Nacht, während die Polizei auf dem Weg hierher war. Seine Arme, die von dem Mann in einem unnatürlichen Winkel auf seinem Rücken festgehalten wurden, begannen zu schmerzen. Seine anfänglichen Versuche sich zu befreien hatte er inzwischen aufgegeben. Er wusste, dass es keinen Zweck mehr hatte wegzulaufen und er hatte auch keine Lust mehr. Er war müde. Resigniert schloss er die Augen und blickte so seinem nun immer lauter werdenden Schicksal entgegen.

Die Polizei traf vor dem Krankenwagen an der Unfallstelle ein. Er hörte, wie aus weiter Ferne, das Zuschlagen von Autotüren und dann, wie der Mann, den die Frau Brian genannt hatte, mit den Beamten kurz ein paar Worte wechselte. Das Gewicht des Mannes verschwand von seinem Rücken, sodass er zum ersten Mal wieder richtig atmen konnte. Für einen kurzen Moment löste sich der Schraubzwingengriff um seine Handgelenke. Doch nur um gleich darauf von ein paar anderen starken Männerhänden wieder gepackt zu werden. Er wurde auf die Füße gehievt und dann merkte er, wie das kühle Metall um seine Handgelenke geschlossen wurde. Er nahm alles nur noch wie in Trance wahr. Ein Stoß des Polizisten brachte ihn dazu sich in Bewegung zu setzen und dann stolperte er vor diesem her Richtung Streifenwagen. Ohne jeglichen Widerstand ließ er sich in das Auto manövrieren. Die Tür wurde laut ins Schloss geschlagen, was ihn aus seiner Trance erwachen ließ. Ihm wurde bewusst, dass er nun wieder die Möglichkeit hatte sich umzuschauen. Der Krankenwagen war inzwischen auch eingetroffen und zwei Sanitäter waren damit beschäftigt, eine Trage aus dem Wagen zu hieven. Sein Blick huschte eilig zum Fenster der Tankstelle, doch er konnte nicht sehen, was im Inneren vor sich ging. Die Sanitäter verschwanden durch die Tür und er konnte beobachten, wie sie auf die Regalreihe zusteuerten, durch die er geflüchtet war. Während einer der Beamten neben ihm im Auto Platz genommen hatte, um ihn zu bewachen, stand der andere mit dem Pärchen, das ihn aufgehalten hatte, neben dem Tankstelleneingang. Die junge Frau, die ein kurzes schwarzes Kleid und hohe Schuhe trug, wirkte völlig aufgelöst und hatte sich in den Armen ihres Partners vergraben, der sich mit dem Polizisten unterhielt und ihm augenscheinlich die ganze Situation schilderte. Mit dem Arm, den er nicht um seine Freundin gelegt hatte, gestikulierte er wild hin und her, um den Tathergang genau zu beschreiben. Der Mann in Uniform notierte alles auf einem kleinen Block. Dann wandte er sich von den beiden ab und stieg ebenfalls ins Auto. Das Pärchen schlang die Arme umeinander und er konnte die Frau weinen sehen. Kurz bevor der Streifenwagen den Hof verließ, zogen die Sanitäter, die gerade die Tankstelle mit einer Trage verließen, wieder seine Aufmerksamkeit auf sich. Mit aufgerissenen Augen fuhr er herum, als er den Mann auf der Trage erblickte. Doch dann wurde ihm der Blick auf den Verletzten versperrt, als der Wagen auf die Straße abbog.

Stunden waren vergangen, seit sie ihn in diesen kleinen Raum mit den kahlen weißen Wänden gesperrt hatten, der lediglich mit einem Tisch und zwei Stühlen ausgestattet war. Eine Weile lang hatten sie versucht ihn zum Reden zu bringen. Sie fragten ihn nach seinem Namen, woher er kam und was passiert war. Doch das Einzige, woran er denken konnte, war der Mann in der Tankstelle. Das Bild von ihm auf der Trage hatte sich auf seiner Netzhaut eingebrannt.
Nachdem die Polizisten verstanden hatten, dass sie von ihm keine Antworten bekommen

würden, hatten sie ihn hier sitzen lassen. Er wusste, dass sie ihn sehen konnten. Irgendwo in diesem Raum war eine Kamera oder eine dieser weißen Wände war eine Scheibe, so wie in all diesen Kriminalserien. Aber das war ihm egal. Völlig regungslos starrte er vor sich hin. Nach einer weiteren gefühlten Ewigkeit hörte er, wie sich die Tür zu seiner Linken öffnete und einer der Beamten erneut den Raum betrat. Im Augenwinkel konnte er sehen, wie dieser den Tisch umrundete und sich auf dem Stuhl ihm gegenüber niederließ, eine Tasse dampfend heißen Kaffee in der Hand.

„Willst du auch noch was trinken?", fragte er mit einem Blick auf den Pappbecher mit dem bereits kalten Kaffee.

Er schüttelte bloß stumm den Kopf. Er rechnete damit, dass die Fragerei weitergehen würde. Doch stattdessen schaute der Polizist ihn nur eine Weile an und schien zu überlegen. Als er dann endlich sprach, ließen seine Worte eine Welt für ihn zusammenbrechen.

„Wir haben Rückmeldung aus dem Krankenhaus. Mr. Higgens, der Mann aus der Tankstelle, hat eine schwere Kopfverletzung erlitten, als er gegen das Regal gestürzt ist." Die Pause, die er einlegte, erschien ihm endlos „Er liegt im Koma."

Es war ihm noch immer nicht gelungen, die letzten Worte des Polizisten zu verdauen, als es an der Tür klopfte und kurzdarauf eine Frau in Hosenanzug den Raum betrat. Mit wenigen

Schritten erreichte sie den Tisch und legte ihrem Kollegen ein Blatt Papier vor.

„Sie ist schon benachrichtigt und auf dem Weg hierher", meinte sie nur, nachdem er das Schriftstück überflogen hatte.

„Vielen Dank", erwiderte er mit einem Nicken. „Sieht so aus als würde es für dich jetzt aber erst mal nach Hause gehen", meinte er dann wieder an ihn gewandt. Und zu dem Schock, den er wenige Minuten zuvor erlitten hatte, gesellte sich jetzt auch noch die Panik.

Das stetige Ticken der Uhr schien ihn zu verhöhnen und plötzlich schien die Zeit wie im Flug zu vergehen. Er fragte sich, wie lange ihm noch blieb, bevor sie hier sein würden.

Sie hatten ihn inzwischen in eine Art Zelle gesperrt. Er war jedoch nicht mehr allein. In einer Ecke saß ein Junge, vornübergebeugt und die Kapuze seines Pullis tief ins Gesicht gezogen. Die Alkoholfahne, die von ihm ausging, konnte er durch den ganzen Raum riechen. Die Frau mittleren Alters, die sich ebenfalls eine Zelle mit ihnen teilte, stand direkt vor der Zellentür. Sie hatte sich die ganze Zeit noch nicht einen Zentimeter von ihrem Platz am Eingang entfernt und spähte dabei ständig Richtung Tür. Unentwegt trat sie von einem auf den anderen Fuß und wirkte zunehmend nervös. Er konnte es ihr nachempfinden. Bis auf das angestrengte Stöhnen, das dem Mann neben ihm hin und wieder entfuhr, herrschte eine erdrückende Stille, was die Gedanken in seinem Kopf nur noch lauter erscheinen ließ.

Wie sollte er ihr nach all der Zeit und nachdem, was passiert war, wieder unter die Augen treten können? Und was würde *er* mit ihm machen, wenn er erfuhr, was er angestellt hatte? Hartnäckig bewegten sich die Zeiger der Uhr an der gegenüberliegenden Wand vorwärts und mit jeder verstrichenen Minute wuchs seine Anspannung.

•

Andrew Nolan war erfolgreicher Immobilienmakler, Ehemann und Familienvater. Er war aber auch trockener Alkoholiker nach zwei Entzügen und der Mann, der Nathan dazu gebracht hatte von zuhause wegzulaufen.

Fünf Jahre lang hatte er mit diesem Mann unter einem Dach gelebt, und wenn er an diese Zeit zurückdachte, fiel es ihm schwer sich an die schönen Momente zu erinnern, denn die letzten beiden Jahre überschatteten alles Vorherige. Dieser Mann, der der beste Freund seines Onkels gewesen war und Nathans Mutter seit Teenagertagen vergöttert hatte, war zu einem Zeitpunkt in ihr Leben getreten, an dem sie beide sich nach der Zuneigung eines männlichen Wesens gesehnt hatten. Nathan, der ohne Vater aufgewachsen war, fand in ihm sein Vorbild, und Olivia eine starke Schulter zum Anlehnen.

Es war schwer zu sagen, an welchem Punkt genau die extreme Wendung stattgefunden hatte. Wann aus dem fürsorglichen und hilfsbereiten Mann ein aufbrausender und gewaltbereiter Mensch geworden war.

Das erste Mal geschlagen hatte er Nathan als dieser 14 war. Er hatte ihm während einer Diskussion an den Kopf geworfen, dass er ihm nichts zu sagen hätte, da er ja gar nicht sein Vater sei, woraufhin Andrew die Hand ausgerutscht war. Nathan hatte diese Disziplinierung einfach schweigend hingenommen. Allerdings war dadurch das seit einiger Zeit bestehende Gefühl der Minderwertigkeit noch mehr in ihm herangewachsen. Seiner Mutter gegenüber hatte er den Vorfall, der allerdings keine Ausnahme bleiben sollte, nicht erwähnt. Es war ein schleichender Prozess gewesen und lange passierte nichts nach diesem ersten Ausrutscher. Obwohl niemandem im Haus entgangen war, dass Andrew immer häufiger gestresst und gereizt wirkte, waren ihnen die Gründe dafür nicht bewusst gewesen. Sprach man ihn darauf an, hatte er es stets auf die Arbeit geschoben und vielleicht hatte er selbst das am meisten glauben wollen.

Nathan wusste nicht, ob seine Mutter die ganze Zeit nur die Augen vor all den Problemen verschlossen hatte oder ob sie tatsächlich nicht mitbekommen hatte, wie ihre Familie um sie herum zerbrach, wie ihr Partner immer öfter zur Flasche griff, um seinen Kummer zu ertränken, wie ihr Sohn sich immer mehr isolierte und zum Außenseiter wurde und was passierte, wenn beide im falschen Moment aufeinandertrafen.

Als dann eines Tages Geld aus der Geldkassette von Robert gefehlt und Andrew keine Sekunde gezögert hatte die Schuld auf ihn zu schieben, drohte die Situation zu eskalieren.

Nathan wusste bis heute nicht, ob Andrew selbst das Geld genommen hatte. Er wusste bloß, dass er es nicht gewesen war.

Er hatte sich, seit er wieder zuhause war, häufiger gefragt, was genau Andrew dazu gebracht und wo diese Wut Nathan gegenüber hergerührt hatte. Und nach all dem, was Olivia ihm über seinen Vater und ihre Vergangenheit erzählt hatte, war er zu dem Schluss gekommen, dass es gar nicht er selbst war, den Andrew so sehr gehasst hatte, sondern viel mehr den Mann, den er in seinen Augen verkörperte. Der Mann, über den seine Mutter nie ganz hinweggekommen war und dessen Namen er trug.

•

„Jonathan Peter Kane?" Die Stimme des Polizisten klang beinah gelangweilt, als er seinen Namen ausrief. Nathan blickte auf und sah, dass der Mann in der offenen Zellentür stand. „Sie können jetzt mitkommen", wurde er aufgefordert und er erhob sich wie mechanisch von der glatten Metallbank. Er wurde den langen Flur zurückgeführt. Diesmal trug er jedoch keine Handschellen mehr.

Als sie eine Art Aufenthaltsraum betraten, blieb der Polizist plötzlich neben ihm stehen und machte eine Geste, wie um ihm den Vortritt zu lassen. Nathan sah ihn kurz verwirrt an, doch dann zog plötzlich etwas oder besser gesagt jemand anderes seine Aufmerksamkeit auf sich.

Das erste, was er von ihr sah, war ihr Hinterkopf, die braunen Locken, die zu einem unor-
dentlichen Zopf zusammengebunden waren, und
die nackte Haut in ihrem Nacken.

Als die Tür hinter ihnen ins Schloss fiel, schien
sie ihre Anwesenheit zu bemerken, denn sie
drehte leicht den Kopf. Als sich daraufhin ihre
Blicke trafen, verschlug es ihm den Atem.

Da saß sie plötzlich vor ihm. Die Frau, die ihn
alleine großgezogen, ihm Gute Nacht Geschichten vorgelesen und ihm das Fahrradfahren beigebracht hatte. Die Frau, die ihn am besten kannte
und die ihm trotz allem nicht geglaubt hatte, als
er ihr die Wahrheit erzählte.

Langsam erhob sie sich von ihrem Stuhl und
stand etwas unschlüssig da, die Arme schlaff am
Körper. Ihre Augen waren weit aufgerissen, als
glaubte sie zu träumen, und er konnte beobachten, wir ihr Mund nach Worten suchend auf und
wieder zu klappte, um dann ein einziges Wort zu
formen.

„Nathan."

Er hatte es nicht hören können, da es nur ein
leises Flüstern gewesen war, doch er konnte es
von ihren Lippen ablesen. Etwas an seiner Reaktion schien sie Mut fassen zu lassen, denn sie bewegte sich auf ihn zu, ohne ihn nur eine Sekunde
aus den Augen zu lassen. Er wusste nicht, wohin
mit sich und sein Puls schoss in die Höhe, was
ihn etwas unkontrolliert atmen ließ. Sie stand
nun vor ihm, aber er konnte ihr nicht in die Augen schauen und senkte beschämt den Blick.
Ihm war ihr Aussehen nicht entgangen und er
konnte die plötzlich auftretende Scham nicht

unterdrücken. Sie sah furchtbar aus. Ihre Wangen wirkten eingefallen, dunkle Schatten umrahmten ihre Augen und ließen ihre grünen, sonst wachen, strahlenden Augen aussehen, als lägen sie in tiefen Höhlen. Das war nicht mehr die Frau aus seiner Erinnerung. Sie war bloß ein trauriger Abklatsch. In seiner Wut hatte er nicht bedacht, was er seiner Mutter angetan hatte und nun sah er den Konsequenzen seiner Entscheidung, die er in jener Nacht vor zwei Jahren getroffen hatte, mitten ins Gesicht. Er nahm die Bewegung wahr, die durch ihren Körper ging, als sie den Arm hob. Für einen kurzen Moment befürchtete er, sie würde ihn ohrfeigen, und er zuckte zusammen, als ihre Hand seine Wange berührte, nur um sich sofort zu entspannen, als sie ihm sanft über die Haut strich.

„Mein Junge", flüsterte sie mit erstickter Stimme und in ihren Augen standen Tränen. „Mein Junge", sagte sie wieder, als könne sie es nicht glauben. Und dann lag er in ihren Armen. Sie drückte ihn fest an sich, während sie ihren Tränen freien Lauf ließ, und dann weinte auch er. Laut und verzweifelt. Er weinte in ihrem Armen wie ein kleines Kind, das bei der Mutter Trost sucht.

•

Es war das erste Mal, dass Nathan laut vor jemandem aussprach, was in dieser Nacht passiert war.

Seine Mutter hatte es damals von den Polizeibeamten erfahren und selbst seinem Anwalt Mr. Flynn hatte er den

Vorfall bloß in schriftlicher Form geschildert. Am Tag der Anhörung hatte er dann so neben sich gestanden, dass es ihm so vorgekommen war, als würde ihn das, worüber der Richter da sprach, gar nicht betreffen. Es laut auszusprechen, machte es erneut so unglaublich real.

Perry saß die ganze Zeit ganz ruhig neben ihm und hörte ihm aufmerksam zu, ohne ihn auch nur ein einziges Mal zu unterbrechen.

„Die Angehörigen von Mr. Higgens haben mich wegen versuchtem Todschlag angeklagt. Ich wäre beinah im Knast gelandet. Aber Jack ist vorher aus dem Koma aufgewacht und hat die Klage zurückgezogen, weshalb ich quasi nur wegen des Diebstahls verurteilt wurde. Ich hatte einfach verdammtes Glück", beendete Nathan seine Erzählung und starrte vor sich auf seine Füße.

„War das der Mann, den du im Krankenhaus besucht hast?", vernahm er plötzlich Perrys Stimme. Er nickte, ohne den Kopf zu heben.

„Mh", machte Perry bloß nachdenklich, dann schwieg er wieder.

Nathan machte die Stille nervös. Warum sagte Perry nichts dazu. Dachte der Mann jetzt schlecht von ihm?

„Ich weiß, dass ich es nicht verdient habe", gab Nathan reumütig zu, als er die Stille nicht mehr ertragen konnte.

„Denkst du das?"

Als Nathan den Kopf hob, sah er, dass Perry ihn mit hochgezogenen Augenbrauen betrachtete.

„Ja schon. Du nicht?"

„Ich finde, du solltest dich selbst nicht zu etwas machen, was du nicht bist", gab Perry von sich. „Du bist nicht per se ein schlechter Mensch, weil du einen Fehler gemacht hast. Was glaubst du, was die meisten Menschen über mich denken, wenn sie mich das erste Mal sehen?" Nathan verzog das Gesicht.

„Ja genau." Perry lachte. „Findest du sie haben Recht?" Nathan schüttelte verwirrt den Kopf. Jeder der Perry kannte, wusste, dass er ein überaus intelligenter, offener und warmherziger Mensch war, der zuletzt nur etwas Pech im Leben gehabt hatte.

„Ich kann nicht ändern, was andere über mich denken. Aber was ich selbst über mich denke, ist ganz allein meine Entscheidung. Ich finde, du solltest dankbar für die Chance sein und versuchen, ab sofort der Mensch zu sein, der du sein willst. Aber lass deine Vergangenheit nicht über deine Zukunft entscheiden. Wie es scheint, hat selbst dieser, wie hast du gesagt, Jack Higgens gesehen, dass du mehr als das bist. Genauso wie ich mehr bin als mein kaputtes Bein."

•

Becca hatte lange geschwiegen und einfach Peters Erzählungen gelauscht. Sie war schockiert darüber, was er in seinem Leben schon alles hatte durchmachen müssen. Noch mehr jedoch schockierte sie, wie wenig sie doch letztlich über ihn gewusst hatte. Am meisten beschäftigte sie die Sache mit seinem Stiefvater. Sie konnte nicht verstehen, wie man jahrelang unter einem Dach leben konnte und gleichzeitig nicht mitbekam, wie jemand schikaniert und geschlagen wurde, noch dazu der eigene Sohn.

„Deine Mutter hat sich von dem Kerl getrennt, richtig?", wollte sie aufgebracht wissen „Ich meine, wie konnte sie überhaupt mit so jemandem zusammen sein?"

Peter zuckte bloß die Schulter. „Er war nicht immer so. Ich habe mich oft gefragt wie es so weit hatte kommen können. Es gab eine Zeit, da haben wir uns richtig gut verstanden. Er war wie ein Vaterersatz für mich und ich weiß, dass er meine Mum ernsthaft geliebt hat. Ich glaube, er war irgendwann einfach nicht mehr zufrieden mit seinem Leben. Er wollte heiraten und eigene Kinder, aber meine Mum konnte sich irgendwie nie 100% auf ihn einlassen. Als ich dann auch noch in meine Trotzphase kam und ihn immer öfter habe spüren lassen, dass er nicht mein Vater ist, ging es eines Tages einfach mit ihm durch. Dann hat er angefangen zu trinken und sich immer mehr verändert." Peters Stimme klang beinah wehmütig.

„Aber warum hast du deiner Mutter nicht erzählt, dass er dich geschlagen hat? Sie hätte dir doch bestimmt geglaubt?"

Peter schwieg eine Weile. „Ich bin mir nicht sicher", gestand er dann. „Ich glaube, ich habe mich ein bisschen – geschämt. Außerdem dachte ich damals, dass ich es irgendwie verdient hätte, dass er recht hatte mit seinen Beschimpfungen."

Becca schüttelte bei seinen Worten wütend den Kopf.

„So ein Bullshit! Sowas hat niemand verdient." Peter zuckte nur erneut mit den Schultern

„Vielleicht wollte ich auch einfach vermeiden, dass meine Mum wegen mir noch jemanden verliert"

„Was meinst du damit?"

„Ich dachte früher, mein Vater hätte sie meinetwegen verlassen, und ich wollte nicht schuld daran sein, dass ihr das wieder passiert. Deshalb habe ich wohl lieber geschwiegen."

„Aber sie hat es doch rausgefunden. Warum bist du dann weggelaufen? Sie muss dir doch dann geglaubt haben, dass du das Geld nicht genommen hast."

„Das hat sie. Das wusste ich nur nicht. Ich bin in der Nacht Hals über Kopf abgehauen. Ich hab' es nicht ausgehalten und wollte weg." Peters Worte klangen in Becca nach. Sie konnte ihn unglaublich gut verstehen. Es war nicht allzu lange her, da war sie bereit gewesen genau den gleichen Schritt zu machen. Sie kannte das Gefühl der Hilflosigkeit, dass einem keinen anderen Ausweg mehr sehen ließ. Als sie nun Peter von der Seite betrachtete, hatte sie jedoch plötzlich das Gefühl, dass ihre Probleme, neben denen seiner Vergangenheit, winzig klein wirkten. Sie hatte sich als Opfer gesehen, dem das Leben wieder und wieder Steine in den Weg legte. Aber bei all dem war sie doch nie wirklich allein gewesen. Peter hingegen hatte sich allein auf der Straße rumgeschlagen und war in einen Haufen Mist geraten, weil er die falschen Leute als seine Freunde betrachtet hatte.

„Hast du ihn danach jemals wiedergesehen?", fragte Becca

„Nein, aber ich weiß von Mum, dass er einen Entzug gemacht hat und inzwischen Frau und Kind hat."

Becca fiel alles aus dem Gesicht. „Das ist nicht dein Ernst. Was ist daran bitte fair?" Andrew Nolan war in Beccas Augen der Ursprung all dessen gewesen, was Peter hatte durchmachen müssen, und statt einer gerechten Bestrafung erhielt dieser Mann ein Happy End?

„Er ist nicht schuld an dem, was passiert ist. Klar trägt er seinen Teil zur Geschichte bei, aber damit ist er nicht allein. Es wäre falsch, ihn für alles verantwortlich zu machen. Heute weiß ich das. Ich habe so viel Zeit damit verbracht, wütend auf Menschen zu sein, ohne ihre

Hintergründe zu kennen. Wenn ich überlege wie viel Ärger es mir erspart hätte, wenn ich stattdessen einfach geredet hätte."

Becca merkte, wie Peter sich ihr zuwandte.

„Verstehst du, warum es mir so wichtig ist, dass du mit deinem Vater sprichst?", fragte er in ernstem Ton und Becca nickte nur schweigend. Das tat sie tatsächlich.

„Ich weiß, wie viel du ihm bedeutest, und auch wenn er dabei Fehler macht dir das zu zeigen, will er doch nur dein Bestes. Gib ihm die Chance dir das zu beweisen. Jeder verdient eine zweite Chance, selbst jemand wie Nolan."

Das, was er ihr erzählt hatte, verlieh diesen letzten so banalen Worten eine unglaubliche Schwere. Peter wusste genau, was es bedeutete, die Möglichkeit zu bekommen seine Fehler gut zu machen, und während sie das Glück hatte, unzählige Erinnerungen an ihre Mutter in ihrem Herzen zu tragen, war es ihm verwehrt gewesen, seinen leiblichen Vater kennenzulernen. Die einzige Verbindung, die er hatte, war ein alter verrosteter Kompass mit seinen Initialen.

Sie fragte sich, ob er sich bei seinem Zweitnamen nannte, um sich seinem Vater in irgendeiner Weise näher zu fühlen und ob ihn seine Reise, vielleicht auch unbewusst, aus diesem Grund nach Deutschland geführt hatte. Noch bevor sie darüber nachgedacht hatte, was sie mit dieser Frage womöglich auslösen würde, hörte sie sich schon selbst sprechen: „Hast du eigentlich schon versucht ihn zu finden?"

Peter schaute sie verblüfft an, aber sie erkannte, dass er wusste von was sie sprach.

„Nein", meinte er nach einer kurzen Pause unsicher und sein Blick verlor sich in der Ferne.

„Aber hast du dich je gefragt, wie es wäre ihn zu treffen? Würdest du nicht gerne wissen, wie er so ist?"

Peter starrte weiter aufs Meer hinaus und betrachtete die Wellen, die tosend an den Strand spülten und die Gischt spritzen ließ.

Becca folgte seinem Blick. Sie rechnete schon nicht mehr damit, dass er ihr antwortete. Innerlich schalt sie sich für diese unbedachte Frage. War sie damit zu weit gegangen?

Es verging noch ein Moment, dann drang plötzlich seine Stimme durch das Getöse der Brandung an ihr Ohr. Leise und zögerlich. „Doch ich denke schon."

Sie hob den Blick und betrachtete sein Profil. Er hatte die Augenbrauen zusammengezogen und schien tief in Gedanken versunken zu sein.

Auf dem Rückweg schwiegen sie.

ZWEIUNDVIERZIG

„Wo warst du denn heute?", wollte Olivia beim Essen wissen. Sie versuchte den unsicheren Ton zu verbergen, um es wie eine ganz beiläufige Frage klingen zu lassen, doch es entging Nathan nicht. Er hatte Verständnis dafür, dass seine Mutter sich Sorgen machte, wenn sie nicht wusste, wo er war. Ihre Beziehung hatte einen Knacks erlitten und es würde Zeit brauchen, bis er komplett zugeheilt sein würde.

„Ich war mit einem Freund unterwegs", sagte Nathan nach kurzer Überlegung.

„Welchem Freund?", fragte sie überrascht.

„Ich kenn ihn durch die Suppenküche. Sein Name ist Perry"

„Interessanter Name", mischte sich Robert ein.

„Lad' ihn doch mal zum Essen ein. Ich würde ihn gerne mal kennenlernen", schlug Oliva vor. „Natürlich nur, wenn du magst", fügte sie eilig hinzu.

Nathan überlegte kurz, dann nickte er zustimmend.

„Ja das ist eine gute Idee."

DREIUNDVIERZIG

Als Becca und Peter vom Strand zurückkehrten fanden sie Thomas und Lenny in der Küche beim Abendbrot. „Komm Lenny, willst du noch ein bisschen mit mir rauskommen?", fragte Peter. Er warf Becca noch einen vielsagenden Blick zu, ehe er mit Lenny die Küche verließ.

Thomas saß mit dem Rücken zu Becca am Tisch und starrte vor sich auf sein Brettchen. Becca stand noch unschlüssig im Türrahmen.

„Es tut mir leid, Schatz." Die Stimme ihres Vaters klang erschöpft und das Mitgefühl überwog, sodass Becca sich ihm schräg gegenüber an den Tisch setzte.

„Warum hast du nichts gesagt?" Sie hatte nicht vor, lange um den heißen Brei herum zu reden. Sie wollte keine Ausreden mehr hören.

„Ich wollte dich nicht enttäuschen. Nicht schon wieder."

Becca schaute ihn verständnislos an.

„Ich habe dich schonmal enttäuscht, indem ich nicht für dich da war. Diesen Fehler will ich nicht noch einmal machen", erklärte er.

„Das ist doch diesmal nicht dasselbe", erwiderte Becca aufgebracht. „Was – was fehlt dir?" Es fiel ihr erstaunlich schwer diese Worte auszusprechen, denn sie hatte, um ehrlich zu sein, große Angst vor der Antwort.

„Sie haben einen Tumor in meinem Kopf gefunden. Er ist ziemlich gewachsen in den letzten Wochen und der Arzt hat mir geraten, so schnell wie möglich operieren zu lassen."

Becca wurde bei den Worten ihres Vaters kreidebleich.

„Wann ist die OP?", brachte sie schließlich über die Lippen.

„Ich habe mich noch gar nicht dazu entschlossen."

„Bist du wahnsinnig? Wenn der Arzt doch sagt, dass du es unbedingt operieren lassen solltest... Worauf willst du bitte warten?"

„So eine OP bringt auch immer Komplikationen mit sich und wer weiß wie lange ich ausfallen werde. Ich will dich nicht schon wieder..."

„Papa!", unterbrach Becca ihn, „Ich weiß nicht, wie sehr dir dieser Tumor schon auf den Verstand gedrückt hat, aber du wirst diese OP machen lassen und wenn ich dich eigenhändig dort einliefern muss." Beccas Stimme hatte einen Befehlston angenommen und ihre Miene zeigte Entschlossenheit.

Thomas wirkte einen Moment total perplex, doch dann sah Becca wie sich langsam ein Lächeln auf seinen Lippen ausbreitete.

„Wann hat sich unsere Vater-Tochter-Beziehung eigentlich so gedreht, dass ich das Gefühl habe das Kind zu sein?"

„Naja, du verhältst dich ja gerade auch wie eins", erwiderte Becca ernst, doch auch sie konnte sich ein Lächeln nicht verkneifen. Für einen Moment saßen sie einfach nur so da und schauten sich schweigend in die Augen.

Sie hörten, wie sich die Haustür öffnete, doch entgegen ihrer Erwartung, kamen Lenny und Peter nicht zurück in die Küche. Stattdessen vernahmen sie ihre Schritte auf der Treppe.

„Er konnte wirklich nichts dafür", unterbrach Thomas die Stille. „Er musste mir versprechen dir nichts zu sagen, aber er hat ständig versucht mich zu überzeugen. Sei also bitte nicht sauer auf ihn."

„Bin ich nicht", meinte Becca nüchtern.

„Er ist ein toller Kerl und ich würde mir nicht verzeihen, wenn ich daran schuld wäre, wenn ihr euch zerstreitet."

„Paps, ist gut jetzt." Becca hatte nicht vor mit ihrem Vater über Peters und ihre Beziehung zu sprechen. Falls man es überhaupt als solche bezeichnen konnte.

„Weißt du eigentlich, warum ich Peter damals nicht weggeschickt habe, als du mich darum gebeten hast?"

Becca schüttelte langsam den Kopf.

„Weil du durch ihn zum ersten Mal seit Langem wieder mit mir gesprochen hast."

Ungläubig schaute sie ihren Vater an.

„Paps? Was...?", fragte sie nur und er lachte kurz

„Als du damals mit Lennart zu Ilona bist. Das war als – als würde ich aufwachen. Ich hab' realisiert, dass, wenn ich nicht etwas ändere, ich riskiere auch noch dich und Lennart zu verlieren. Das Lokal. Einfach alles.

Gerade noch rechtzeitig. Zumindest was das *Ostwind* angeht. Bei dir sieht das anders aus. Für uns schien es schon zu spät zu sein." Er schaute betreten zu Boden. „Du hattest dich inzwischen komplett vor mir verschlossen und ich konnte es sogar verstehen. Aber ich wusste einfach nicht mehr, wie ich an dich rankommen sollte. Aber Peter hat irgendeinen Nerv bei dir getroffen. Durch ihn hast du endlich mit mir gesprochen, auch wenn wir nur gestritten haben. Aber das war mir egal. Wenigstens hast du irgendein Gefühl mir gegenüber gezeigt. Ich hatte Angst, das wäre vorbei, wenn er wieder gehen würde. Und wenn ich dich jetzt mit ihm sehe, bereue ich meine Entscheidung keinen Moment, auch wenn sie zunächst sehr egoistisch gewesen sein mag."

VIERUNDVIERZIG

Sie hasste Krankenhäuser und ganz besonders hasste sie Wartezimmer. Ein Raum voller Menschen, über dem stets dieses unangenehme Schweigen schwebte und jeder nur betreten auf seine Füße starrte oder in irgendwelchen alten Klatschheften blätterte.

Irgendwann sprang Becca auf, weil sie diese drückende Stille und das endlose Warten nicht mehr aushielt.

Peter schaute überrascht von seiner Zeitschrift auf. Und auch die Frau, die ihr gegenübersaß, warf ihr einen neugierigen Blick zu. Becca wandte sich Peter zu.

„Ich werde mal ein bisschen rumlaufen. Bin gleich wieder da", erklärte sie ihm.

„Soll ich mitkommen?", fragte er besorgt.

„Nein, nein, bleib du hier."

Trotz ihrer Worte klappte er die Zeitschrift zu und legte sie auf den Stuhl neben sich, doch Becca hielt ihn mit einem Handzeichen davon ab aufzustehen.

„Bitte", fügte sie leise hinzu und Peter ließ sich mit einem kurzen Nicken wieder zurückfallen.

Sie brauchte etwas Zeit für sich und er schien es zu verstehen. Andernfalls hätte er darauf bestanden sie zu begleiten und sie wusste, wie hartnäckig Peter sein konnte.

Sie lief die Station entlang und entschied sich kurzerhand dafür, mit dem Aufzug ins Erdgeschoss zu fahren.

Dort ging sie zielstrebig auf die gläserne Schiebetür zu, die ins Freie führte.

Kaum hatte sie das Gebäude verlassen, fühlte sie sich schon viel besser, als wäre eine schwere Last von ihrer Brust gewichen, sodass sie wieder richtig atmen konnte. Seit dem Unfall war sie nicht mehr im Krankenhaus gewesen und allein der Geruch reichte aus, dass alle Erinnerungen wieder hochkamen.

Eine ganze Weile stand sie einfach nur vor dem Eingang rum und konzentrierte sich auf ihre Atmung. Die kühle Morgenluft schmerzte in ihrer Nase, während sie sie tief einsog, aber das war ihr egal. Dieser kleine Schmerz half, sie von dem bedrückenden Gefühl in ihrer Brust abzulenken.

Es kam ihr wie eine Ewigkeit vor, dass sie ihren Vater in dem weißen Nachthemd im Krankenhausbett hatte liegen sehen, während eine Schwester ihn aus dem Zimmer schob. Seitdem war nicht mal eine Stunde vergangen, das war Becca bewusst. Und doch fühlte es sich schon so viel länger an. Was, wenn etwas schief ging? Wenn er nicht mehr aufwachen würde? Wenn sie auch noch ihn hinter den kalten Mauern der Klinik verlieren würde? Gerade jetzt, wo sie wieder etwas zueinander gefunden hatten.

Als ihre Hände langsam kalt wurden und sich eine Gänsehaut auf ihren nackten Unterarmen bildete, beschloss sie wieder reinzugehen. Sie hatte vorgehabt wieder zurück zu Peter zu gehen, aber als sie das Schild mit der Aufschrift Cafeteria erblickte, schlug sie spontan einen anderen Weg ein.

Peter fand sie eine halbe Stunde später allein an einem Tisch, wo sie gedankenverloren in ihren bereits kalten Kaffee starrte, während sie mit dem Finger den Rand des weißen Pappbechers nachstrich.

Wortlos setzte er sich ihr gegenüber. Dann lehnte er sich vor, legte eine Hand auf ihre und drückte sie sanft. Er sagte nichts und das brauchte er auch nicht. Allein mit seiner bloßen Anwesenheit zeigte er ihr, dass er für sie da war und alles gut werden würde.

FÜNFUNDVIERZIG

Als es pünktlich zur vereinbarten Zeit klingelte, machte sich Nathan etwas nervös auf zur Haustür. Als er die Tür öffnete und Perry vor sich erblickte, verflog die Nervosität jedoch sofort.

Perry schien seine besten Klamotten aufgetragen zu haben. Er trug ein dunkelblaues Hemd und ein dunkelgraumeliertes Jackett und seine Haare hatte er wie immer ordentlich nach hinten gekämmt. Er sah richtig gut aus wie Nathan fand.

„Hallo Junge", begrüßte er Nathan. „Schönes Haus. Wer ist denn für diesen bezaubernden Garten verantwortlich?", fragte er mit einem Blick über die Schulter „Meine Mum."

Perry nickte anerkennend und trat dann ein, gefolgt von Ted.

„Geht das wirklich in Ordnung?", versicherte sich Perry erneut und Nathan nickte bloß, auch wenn er wusste, dass Megan einen Hund in der Wohnung nicht unbedingt gerne sah.

Die Blicke der anderen, als Nathan dicht gefolgt von Perry und Ted das Esszimmer betrat, waren, wie er erwartet hatte.

Als Nathan von seinem Freund erzählt hatte, hatten sie natürlich nicht mit einem Mann gerechnet, der gut und gerne sein Vater hätte sein können und noch dazu seinen vierbeinigen Freund mitbrachte. Nathan musste sich ein Grinsen verkneifen, als Perry allen ringsum die Hand schüttelte.

„Und sie müssen Nathans Mutter sein", meinte er an Olivia gewandt.

„Olivia bitte."

„Freut mich Olivia", erwiderte Perry. „Nathan hat mir schon viel von dir erzählt."

Nathans Mutter lächelte überrascht. „Ach ja, hat er das?"

Perry nickte bestätigend.

„Kommen Sie Perry, Sie können hier sitzen." Megan war die geborene Gastgeberin, die niemals ihre guten Manieren vergaß, obwohl Nathan ihr ansah, dass ihr die ganze Situation nicht wirklich gefiel. Auch ihr etwas missbilligender Blick auf den alten Ted war ihm nicht entgangen.

Perry folgte Megans Aufforderung dankend und nahm am Tisch Platz.

„Nathan, sagst du den Mädchen Bescheid?", wandte sich seine Tante nun an ihn und Nathan verließ den Raum.

„…ganz wundervolle Wildblumen hast du da, Olivia. Habe selten gesehen, dass sie so schön blühen fern des Hochlands", vernahm Nathan Perrys Stimme, als er sich kurz darauf wieder der Gesellschaft anschloss. Er konnte sehen, dass seine Mutter bei Perrys Komplimenten leicht rot wurde.

Während sie darauf warteten, dass das Essen fertig war, führte Robert ein bisschen Smalltalk mit Perry.

„Ist Perry eigentlich eine Abkürzung für irgendwas?"

Nathan hob überrascht den Kopf bei Roberts Frage. Wie konnte es sein, dass er inzwischen so viel Zeit mit diesem Mann verbracht und ihm nie diese Frage gestellt hatte?

„Percival. Ich heiße eigentlich Percival", erklärte Perry und schmunzelte, als er Nathans Blick sah. „Aber Perry ist mir lieber", fügte er noch hinzu.

„Natürlich. Und was machen Sie beruflich Perry?", wollte Robert nun wissen, woraufhin Megan, die gerade Getränke ausgoss, ihm einen strafenden Blick zuwarf. Robert wirkte kurz irritiert, wandte sich dann aber wieder Perry zu.

„Zurzeit bin ich bei einer Firma für die Kontrolle des Wareneingangs zuständig."

„Klingt interessant", erwiderte Robert kauend.

Perry lachte. „Es ist alles andere als interessant. Aber was soll man machen irgendwo muss ja ein bisschen Geld herkommen."

Roberts weltoffene Art sorgte dafür, dass er neuen Dingen häufig mit großer Neugier begegnete, so auch Perry, weshalb er ihn geradezu mit Fragen löcherte.

Während des Essens konnte Nathan beobachten, wie nach und nach seine komplette Familie in Perrys Bann gezogen wurde und auch sie fasziniert und begierig an seinen Lippen hingen. Auch Megan schien ihre anfängliche Skepsis vergessen zu haben und lachte mit am lautesten über Perrys Anekdoten.

Sie hatte sich mal wieder selbst übertroffen mit ihrem Essen, was Perry nicht nur einmal verlauten ließ, und nach dem Dessert saßen alle stöhnend in ihren Stühlen und rieben sich die vollen Bäuche.

Nathan bot an, den Frauen in der Küche zu helfen, während Perry und Robert sich für ein Glas Whiskey ins Wohnzimmer zurückzogen.

„Ich mag deinen Freund." Olivia gab ihrem Sohn einen kleinen Schubs mit dem Ellenbogen.

„Aber das nächste Mal warn' uns doch bitte vor", warf Megan ein. Doch auch sie lächelte.

Da Robert Perry völlig in Beschlag nahm, beschloss Nathan mit Ted und den Mädchen in den Garten zu gehen. Als sie wieder zu den anderen stießen, war Perry bereits aufbruchbereit.

Er bedankte sich noch mehrfach für die nette Einladung und das köstliche Essen. Olivia umarmte ihn herzlich und von Rosie bekam er sogar zum Abschied einen Kuss auf die Wange.

Nachdem Perry gegangen war, rief Robert Nathan zu sich ins Wohnzimmer, wo er sich zu ihm auf die Couch setzte.

„Wirklich nett dein Freund", meinte auch er schmunzelnd. „Ich finde, es ist völlige Verschwendung, dass ein Mann wie er nur Lieferscheine abstempelt. Er hat mir erzählt, dass er früher sogar mal Vorarbeiter war und Personalverantwortung hatte."

Nathan wusste nicht ganz, worauf Robert hinauswollte, aber hörte ihm geduldig zu.

„Um zum Punkt zu kommen. Ich habe die ganze Zeit überlegt, wie ich helfen kann, und dachte, dass ich ihm einen Job bei uns im Personalbüro anbieten könnte. Er scheint mir eine super Menschenkenntnis zu haben und den Rest kann man lernen. Was denkst du? Würde er ja sagen?"

Bei Roberts Worten breitete sich auf Nathans Gesicht ein Strahlen aus. Er hatte selbst schon überlegt, wie er Perry etwas Gutes tun könnte, da er *ihm* schon so viel gegeben hatte, und Roberts Vorschlag klang perfekt.

„Ja, das würde er bestimmt."

SECHSUNDVIERZIG

Der Duft nach gegrilltem Fleisch wehte zur Terrasse rüber, wo bereits zwei verschiedene Salate, unzählige Soßen und Brot auf dem Tisch bereitstanden.

Becca trat mit einem Glas Limonade auf den Rasen und hielt es Peter entgegen, der gerade mit der Zange das Fleisch wendete.

„Hier, ich dachte, du hast vielleicht Durst."

„Danke." Peter richtete sich auf, nahm das kühle Getränk entgegen und drückte Becca einen flüchtigen Kuss auf die Lippen, ehe er es in einem Zug leerte.

„Geht's dir gut?", wollte er wissen und betrachtete Beccas nachdenkliche Miene mit schiefgelegtem Kopf.

„Ja", erwiderte sie mit abgewandtem Blick. „Ja, mir geht's gut", wiederholte sie energischer, nachdem Peter skeptisch die Augenbrauen hob.

„Es scheint ihm doch sehr gut zu gehen", meinte er, als er Beccas Blick folgte. Thomas saß auf der Terrasse und war in ein Gespräch mit Ilona und Nadja vertieft. Auf seinem Kopf klebte noch immer ein überdimensionales Pflaster, aber abgesehen davon schien es ihm inzwischen wirklich schon wieder sehr gut zu gehen. Die ersten Tage nach der OP hatte er hauptsächlich geschlafen und kaum was essen wollen, weil ihm ständig übel von den Medikamenten war.

„Außerdem hat er doch die beste Pflege, die er sich nur wünschen kann", meinte Peter bedeutungsvoll.

Verwirrt drehte sich Becca zu ihm um.

„Was meinst du?"

„Sag mir nicht, dass du das nicht mitbekommst?", grinste Peter.

„Was?"

„Naja, das zwischen Nadja und deinem Vater."

„Waas? Nein! Willst du mich auf den Arm nehmen?"

Peter lachte ungläubig. „Acht' mal drauf", wies er sie an und konzentrierte sich wieder auf seine Grilltätigkeit.

Stirnrunzelnd schaute Becca rüber zur Terrasse und versuchte, sich ihren Vater und Nadja zusammen vorzustellen. Komischerweise kam dabei nicht das Gefühl von Ablehnung in ihr auf. Im Gegenteil, wenn sie sich eine neue Frau für ihren Vater vorstellen konnte, dann eine wie Nadja.

„Also die Würstchen sind schon durch, falls einer schon will", meinte Peter, als er mir einem Teller voller Fleischware zu den anderen auf die Terrasse trat.

„Ich will", rief Lenny und stach mit seiner Gabel in eins der Würstchen, kaum dass der Teller die Tischoberfläche berührt hatte.

„Sollen wir nicht auf dich warten Peter?", wollte Nadja wissen.

„Quatsch, fangt schon mal an, sonst wird es ja kalt."

„Seh' ich auch so." Ilona lachte, bevor auch sie sich ein Würstchen auf den Teller legte.

„Ich hab' außerdem schon eins gegessen. Musste ja testen, ob sie schon gut sind", feixte Peter.

Es war ein schöner Tag, wie Becca fand, und sie war dankbar, mit den Menschen, die sie liebte, zusammen sein zu können.

Ihre Familie war vielleicht nicht mehr ganz, doch während sie sie nun beobachtete, merkte sie, wie sich eine Art Zufriedenheit in ihr ausbreitete. Endlich hatte sie das Gefühl, den Schmerz und die Trauer hinter sich lassen zu können.

Das Gefühl beobachtet zu werden ließ sie aufblicken und Peters und ihr Blick fanden sich. Sein Ausdruck verriet ihr, dass er genau wusste, was gerade in ihr vorging.

SIEBENUNDVIERZIG

Es fühlte sich surreal an, als er seine Schürze abgab, sich nochmal bei allen verabschiedete und für die nette Zeit bedankte und dann von der Suppenküche aus nach Hause fuhr. Zum letzten Mal.

Beinahe drei Monate war er hier ein und aus gegangen und die Leute dort waren ihm wirklich ans Herz gewachsen. Noch dazu hatte er hier einen Freund gefunden und er war froh zu wissen, dass er diesen auch weiterhin regelmäßig sehen würde.

Perry würde ab kommendem Monat bei seinem Onkel in der Firma anfangen und Nathan, der beschlossen hatte nach dem Sommer seine Ausbildung zum Schreiner zu beginnen, würde ebenfalls dort arbeiten.

Seine Mutter war etwas überrascht gewesen, als Nathan ihr seinen Berufswunsch offenbarte, doch dann hatte sie gelächelt und ihn in die Arme genommen.

Auch wenn sein Vater nicht wusste, dass er existierte, machte die Vorstellung, dass er stolz darüber sein würde, wenn sein Sohn seinem Beispiel folgte, Nathan glücklich.

ACHTUNDVIERZIG

„Was hältst du davon?" Grinsend hielt Peter ein grell gelbes Hemd mit kleinen grünen Palmen hoch, sodass Becca es über den Kleiderständer zwischen ihnen sehen konnte. Sie verzog das Gesicht, als hätte sie in eine Zitrone gebissen.

„Autsch, das tut ja beinah weh, so hässlich ist das."

„Ich dachte, wir wollten etwas auffallen", meinte Peter und hielt sich das Hemd vor.

„Wenn das dein Ziel ist, brauchst du auf jeden Fall nicht mehr weitersuchen", lachte Becca und machte sich weiter daran, infrage kommende Kleidungsstücke aus dem Ständer vor sich zu suchen.

„So und jetzt bist du dran", meinte Peter als sie circa eine Stunde später all seine Sachen beisammenhatten. Eine dunkelblaue Anzugshose mit passendem Sakko, neue Schuhe und ein schlichtes weißes Hemd. Peter hatte sich allerdings geweigert eine Krawatte zu kaufen, da er die Dinger hasste.

„Ich weiß schon, was ich anziehe", winkte Becca bloß ab und steuerte Richtung Parkhaus.

„Was? Ich hab' mich nach der Folter schon die ganze Zeit gefreut, *dich* jetzt endlich rumzuscheuchen und zu zwingen, lauter hässliche Kleider anzuprobieren." Mit wenigen Schritten hatte er Becca wieder eingeholt.

„Tja, da muss ich dich leider enttäuschen."

„Passt es denn wenigstens zu meinem Anzug?", wollte Peter wissen und Becca warf ihm einen kurzen Seitenblick zu als sie meinte; „Es ist blau."

„Sehr gut! Ich will ja schließlich, dass jeder sieht, dass wir zusammengehören." Peter grinste und legte ihr einen Arm um die Schulter, als sie lachend die Augen verdrehte.

Als Helena und Pascal sich ihre Ehegelöbnisse vortrugen und anschließend das Ja-Wort gaben, konnte Becca ihre Tränen nicht mehr zurückhalten. Verzweifelt fuhr sie sich mit den Fingern unter den Augen entlang, um sie davon abzuhalten, das Make-up, bei dem sich Ilona solche Mühe gegeben hatte, zu ruinieren.

Nach der kirchlichen Trauung ging es weiter zur Feier, die im Garten hinter dem Gasthaus stattfinden sollte.

Es war eine wunderschöne Kulisse. Überall im Garten waren weiße Lampions aufgehängt worden, die später vermutlich eine wunderbare Atmosphäre zaubern würden. Unter zwei Pavillons waren Tischreihen aufgestellt und überall auf dem Rasen verteilt standen Stehtische.

Becca sah, wie Jule sich durch die Menge der Gäste auf sie zu schlängelte. Als Trauzeugin hatte sie einiges an Organisatorischem um die Ohren und so hatten Becca und sie noch keine Zeit gehabt, ein paar Worte zu wechseln.

„Da seid ihr ja."

Becca löste ihre Hand aus Peters, um ihre Freundin zu umarmen. Jule trug ein lindgrünes knielanges Kleid. Ihre kurzen schwarzen Haare waren locker weggesteckt und ein wunderschönes Haarteil zierte sie.

„Du siehst wunderschön aus", schwärmte Becca.

„Ihr seht auch toll aus zusammen", zwinkerte Jule, als Peter wieder an Beccas Seite trat und ihr einen Arm um die Taille legte.

„Hi Jule. Ist Felix auch da?", fragte er wie nebenbei und schaute sich suchend um. Becca sah, wie ihre Freundin leicht errötete und heftig den Kopf schüttelte. Als Jules Mutter nach ihr rief, eilte sie schnell wieder weiter, versicherte Becca aber, später etwas mehr Zeit für sie zu haben.

„Mann hab' ich einen Kohldampf", meinte Peter und schnappte sich ein weiteres Häppchen, welche auf den Stehtischen zum Verzehr bereitstanden.

„Gibt bestimmt bald was zu essen", meinte Becca leicht abwesend und wandte sich von ihm ab, um das Treiben zu beobachten. Helena und Pascal waren inzwischen ebenfalls angekommen. Helena trug jetzt ein kurzes roséfarbenes Kleid und Pascal hatte sich, wie die meisten anderen Männer, seines Jacketts entledigt. Sie waren umringt von Gästen, die ihnen ihre Geschenke und Glückwünsche überbrachten.

Becca spielte an dem halbvollen Sektglas herum, dass ihr am Eingang gegeben wurde, während sie sich unter den Gästen umschaute. Jules Familie war riesig. Ihr Vater hatte drei Geschwister und Jule etliche Cousins und Cousinen, weshalb immer viel los gewesen war, wenn Becca früher bei Jule zu Besuch war.

Ihre eigene Familie war überschaubar und sie konnte sie quasi an zehn Fingern abzählen. Beccas Blick wanderte zurück zu Peter, der noch immer an dem Stehtisch lehnte und sich wie nebenbei über die Häppchen hermachte.

Er hatte ihr in den letzten Tagen viel über seine eigene Familie erzählt. Über seine beiden Cousinen, die unterschiedlicher nicht sein könnten, seine ordnungsliebende Tante und Robert, der seiner Frau mit seiner chaotischen Art das Leben schwer machte. Doch besonders gerne hörte sie ihm zu, wenn er ihr von seiner Mutter erzählte. Und von Perry. Dem Mann, den er während seiner Zeit in der Suppenküche kennengelernt hatte und den er seitdem zur Familie zählte. Er hatte es so beschrieben, als hätte dieser Mann eine Lücke in seinem Leben gefüllt, von der er nicht mal gewusst hatte, dass sie da gewesen war. Er war Ratgeber, Vorbild und Freund in einem und Inspiration und Grund für seine Reisen gewesen. Becca konnte ein paar Parallelen zu sich sehen. Peter hatte ebenfalls eine Lücke gefüllt und seit sie ihn kannte, hatte sich so vieles zum Guten gewendet, auch wenn sie sich zunächst mit Händen und Füßen dagegen gewehrt hatte. Dass sie heute auf der Hochzeit von Jules Schwester war, hatte sie nur ihm zu verdanken. Er hatte sie auch dazu bewegt, sich mit ihrem Vater auszusprechen und ihr Mut gemacht einen neuen Schritt zu wagen. Das was Perry für Peter war, war Peter für sie. Er hatte ihr Leben heller gemacht.

„Hast du Peter was erzählt?", flüsterte Jule ihrer Freundin später zu, als sie allein an einem Tisch saßen.

Becca schüttelte den Kopf. „Nein. gar nichts. Aber irgendwie hat er für sowas ein Gespür. Bei Nadja und meinem Paps scheint er damit auch richtig zu liegen. Seit er aus dem Krankenhaus raus ist, haben sie sich schon drei Mal getroffen und ich höre ihn abends immer telefonieren." Becca grinste.

„Wie süß. Goldig wenn sich Erwachsene wie Teenager verhalten. Aber sag mal, wäre das für dich okay? Ich mein, wenn die beiden ein Paar werden würden?"

Becca zuckte bloß die Achseln. „Nadja ist toll. Ich würde es den beiden gönnen. Gibt es denn was Neues bei dir?", wechselte Becca das Thema. Seit ihre Freundin ihr erzählt hatte, dass sie Felix geküsst und sich von Daniel getrennt hatte, hatte sie nicht mehr verlauten lassen, was zwischen ihr und Felix nun war.

„Nein, aber ich weiß auch nicht, ob ich schon gleich wieder was Neues will. So ganz bin ich noch nicht über die Tatsache hinweg, dass Daniel und ich nicht zusammen alt werden", gab Jule mit einem traurigen Lächeln zu.

Peter kehrte mit seinem dritten Stück Kuchen zu ihnen zurück an den Tisch.

„Stör ich?", fragte er überrascht, als er Jules Gesicht sah. „Nein Quatsch", beeilte sich diese zu sagen und die Traurigkeit auf ihrem Gesicht war wie weggewischt. „Wir trinken jetzt erst mal einen", schlug sie nun vor und stand entschlossen auf. „Willst du auch was Peter?", fragte sie, doch Peter lehnte direkt ab.

„Gut, dann nur wir beide." Jule zwinkerte und verschwand dann Richtung Theke.

Becca musste sich daran erinnern, wie sie sich damals gewundert hatte, als Peter ihr erzählte, dass er nicht trank, doch seit er ihr die Geschichte mit seinem Stiefvater Andrew erzählt hatte, fand sie es mehr als logisch, dass er den Alkohol aus seinem Leben gestrichen hatte. Er hatte erlebt, was es aus einem Menschen machen konnte, wenn man nicht aufpasste.

„Mir tun die Füße weh", jammerte Becca und ließ sich auf einen der weißen Klappstühle neben Peter plumpsen. Ihre Wangen waren gerötet vor Anstrengung und ihre Hochsteckfrisur hatte inzwischen das Zeitliche gesegnet. Wilde Strähnen hingen heraus. Stöhnend rieb sie sich die Knöchel, bevor sie kurzentschlossen die Schnallen ihrer Riemchensandalen löste und aus ihnen herausschlüpfte.

„Bleib mir bloß fern mit denen", meinte Peter warnend als Becca ihre nackten Füße vor sich ausstreckte.

Peter sah noch immer wie aus dem Ei gepellt aus. Der schicke Look stand ihm unglaublich gut. Einen Moment betrachtete Becca Peter einfach nur. Wie sie es von ihm kannte, hielt er ihrem Blick einfach stand.

„Über was denkst du nach?", wollte er mit einem halben Lächeln wissen.

„Nichts", meinte Becca leichthin, doch Peter lehnte sich zu ihr vor und intensivierte den Blick.

„Mh, das glaub ich dir nicht."

Becca lehnte sich ebenfalls vor und küsste ihn.

„Darüber habe ich nachgedacht", flüsterte sie. Dann wurde sie ernst. „Wenn du nach Hause willst, ist das okay für mich. Muss ziemlich langweilig für dich hier sein."

„Alles in Ordnung. Wir gehen, wenn du willst", erwiderte Peter und zog sie für einen weiteren Kuss zu sich heran.

Gegen halb drei verließen sie dann die Party. Auf der Heimfahrt merkte Becca, wie sie mehrfach wegnickte. Als sie jedoch zuhause eintrafen und sie aus dem Auto an die frische Luft kam, war sie schlagartig wieder wach. Langsam, da ihre inzwischen geschwollenen Füße in den hohen Schuhen es nicht anders zuließen, folgte sie Peter ins Haus.

Vor der Tür des Gästezimmers blieb Peter unschlüssig stehen. Becca ergriff Peter an der Hand und zog ihn hinter sich her in sein Zimmer. Dort schloss sie eilig die Tür und schubste ihn anschließend sanft mit dem Rücken dagegen. Peters Augen blitzen überrascht auf und sein rechter Mundwinkel verzog sich zu einem amüsierten Lächeln. Gleich darauf gab Becca seinem Mund jedoch eine andere Aufgabe, indem sie ihre Lippen stürmisch auf seine presste. Augenblicklich schlang er seine Arme um ihre Mitte und zog sie eng an sich. Ihre Hände wanderten von seinen Oberarmen zu seinem Nacken und dann zu seinen Haaren hinauf. Innerhalb von Sekunden wurde aus dem Kuss eine hitzige Knutscherei und Peter löste sich völlig außer Atem von ihr. „Was ist denn mit dir los? Hast du zu viel getrunken? Soll ich lieber schon mal in Deckung gehen?", neckte er sie, zog sie aber gleich darauf wieder näher zu sich, als sie sich empört über seinen miesen Witz von ihm losmachen wollte.

„Nein du Blödmann." Sie schlug ihm spielerisch gegen die Brust. Dann senkte sie den Kopf und starrte auf den dunklen Hemdstoff vor sich, während sie begann mit seinem obersten Knopf zu spielen.

„Ich finde nur, dass du heute verdammt sexy aussiehst", gestand sie mit leiser Stimme und eine leichte Röte breitete sich dabei über ihre Wangen aus.

„Und du konntest es den ganzen Tag nicht abwarten, mich endlich in deine Hölle zu zerren, um mir das Hemd vom Körper zu reißen und mich zu vernaschen", witzelte Peter.

„Du bist blöd, weißt du das?" Becca blickte genervt in eine Zimmerecke. Hätte sie sich das doch einfach verkniffen.

„Und du verdammt süß, weißt du das?" Seine Stimme war ein sanftes Flüstern und als sie überrascht den Blick hob, umfasste er ihr Gesicht und küsste sie.

NEUNUNDVIERZIG

Nach Feierabend besuchte Nathan meist noch Perry an seinem Arbeitsplatz. Heute hatte er sogar einen besonderen Grund seinen Freund aufzusuchen.

„Hey Perry, schau mal, was ich entdeckt habe." Aufgeregt mit einer Zeitung wedelnd, kam Nathan auf den Schreibtisch des Mannes zu. Überrascht schaute dieser auf. Nathan ließ sie aufgeschlagen vor ihn fallen, während er selbst den Tisch umrundete, um Perry über die Schulter schauen zu können. Er war gespannt auf die Reaktion seines Freundes.

Unter der Rubrik Tierschutz, die lediglich eine halbe Seite einnahm, war ein kleines Bild von einem wuscheligen Collie-Welpen gedruckt, der mit großen treuen Hundeaugen in die Kamera blickte. Unter dem Bild war der Titel „Süßer Border-Collie Welpe sucht zweite Chance" in dicken Lettern gedruckt. Nathan hatte das Bild am Morgen in der Zeitung entdeckt, als er beim Frühstück zufällig hinter seinem Onkel vorbeigelaufen war, der gerade seiner morgendlichen Routine nachging. Die zugehörige Anzeige verriet, dass der Welpe von Fußgängern aufgegriffen und ins Tierheim gebracht worden war. Da er weder als vermisst gemeldet noch jegliche Kennzeichnung auf einen früheren Besitzer besaß, wurde er nun zur Adoption freigegeben.

Das Bild hatte Nathan sofort an Ted erinnert, der dem Welpen unglaublich ähnlich sah, und er hatte es dem Schicksal zugeschrieben, dass er im richtigen Moment Robert über die Schulter geschaut hatte. Nathan war völlig euphorisch.

„Was sagst du? Wäre der nicht was für dich? Da unten steht eine Nummer, bei der man sich bei Interesse melden soll."

Perry antwortete nicht, sondern schlug die Zeitung wortlos zu.

Nathan zog irritiert die Stirn kraus. „Perry?"

Der alte Mann hatte den Kopf gesenkt und antwortete nicht. Nathan nahm nun ihm gegenüber Platz und schaute ihn besorgt an.

„Ich weiß, er war alt", vernahm er irgendwann Perrys Stimme, die fast wie ein Schluchzen klang. „Aber ich war noch nicht bereit – ohne ihn zu leben."

Ted's Ableben hatte auch Nathan schwer getroffen. Hatte er sich doch selbst so sehr an den treuen Vierbeiner gewöhnt. Ihm war klar, dass er das Band, das zwischen Perry und ihm gewesen war, nie ganz nachempfinden würde, und wie schwer es für Perry gewesen sein musste ihn gehen zu lassen, doch er hatte angenommen, dass Perry jetzt, fünf Monate später, vielleicht bereit für etwas Neues sein würde. Aber er hatte sich geirrt.

„Tut mir leid. Ich dachte – ich dachte es würde dich vielleicht ablenken", entschuldigte sich Nathan.

„Du brauchst dich nicht entschuldigen. Ich weiß, du hast es nur gut gemein. Aber ich sollte mir keinen Hund mehr zulegen. Ich bin einfach nicht mehr fit genug, um nochmal ein volles Hundeleben von Anfang an zu begleiten. Außerdem kann meinen Ted keiner ersetzen."

Obwohl sich sein Einfall mit Perry als ein Griff ins Klo entpuppt hatte, ging ihm der kleine Wollknäuel die nächsten Tage nicht aus dem Kopf.

Als er eines Abends in sein Zimmer kam und die Zeitung, die er aufgehoben hatte, auf seinem Schreibtisch entdeckte, griff er spontan zu seinem Handy und wählte die angegebene Nummer. Nach dem zweiten Klingeln meldete sich eine junge Frau am Telefon.

Mit plötzlich wild klopfendem Herzen erkundigte er sich nach dem Welpen. Er wusste nicht, was er mit dem Anruf eigentlich bezwecken wollte. Perry hatte ganz deutlich gemacht, dass er keinen neuen Hund wollte.

„Der Kleine ist noch bei uns. Allerdings war vorgestern eine Familie da, die es sich nochmal überlegen wollte. Wenn Sie Interesse haben, müssen sie sich beeilen", riet ihm die Frau am Telefon.

„Kann ich morgen früh vorbeikommen?", fragte Nathan einem plötzlichen Bauchgefühl folgend.

Er machte einen Termin für halb acht am nächsten Morgen aus.

Zehn Minuten vor der vereinbarten Zeit traf er im Tierheim ein.

Er wurde von einem jungen Mann empfangen, der sich ihm als Kaden vorstellte und ihn gleichdarauf in einen Raum führte, in dem er ihn bat, kurz zu warten. Kaden verschwand durch eine weitere Tür in ein Nebenzimmer und kehrte fünf Minuten später wieder, diesmal mit einem Fellknäuel auf dem Arm, das aussah wie ein kleiner Teddybär. Er ließ es vor Nathan auf den Boden und der kleine Welpe marschierte mit tapsigen Schritten schnurstracks auf Nathan zu.

Es war Liebe auf den ersten Blick.

Jeder hatte eine zweite Chance verdient und indem er den Welpen aufnahm, erhielt er seinen besten und treusten Kameraden.

Nathan musste an Perrys Worte denken und er musste ihm Recht geben: Jeder brauchte einen Ted in seinem Leben.

FÜNFZIG

Becca beobachtete, wie die letzten Gäste das *Ostwind* verließen. Sie reinigte den Thekenbereich und überprüfte den Kühler auf fehlende Getränke, die sie auf einem Block notierte. Dann machte sie sich auf den Weg Richtung Lagerraum. Als sie jedoch gerade die Küche betreten wollte, vernahm sie Lars Stimme, der mit Peter in ein Gespräch vertieft war. Gespannt blieb sie hinter dem Türrahmen verborgen stehen und lauschte. Sie wusste nicht, warum sie das tat. Sowas gehörte sich nicht, aber sie war neugierig, was die zwei Männer so redeten, wenn sie sich unbeobachtet fühlten.

„Manchmal wünsche ich mir auch, ich könnte einfach losziehen und alles hinter mir lassen. Ich bin hier noch nie so wirklich rausgekommen." Lars träumerische Worte drangen an Beccas Ohr.

Natürlich ging es mal wieder um das altbekannte Thema. Das hätte sie sich auch denken können. Lars war von Anfang an Peters größter Fan gewesen und hatte ihn stets mit Fragen über seine Reisen bombardiert.

„Es ist nie zu spät!", war Peters aufmunternde Antwort.

„Haha. Nein, ich glaub der Zug ist abgefahren. Und wenn die Kleine erst mal da ist, bin ich wahrscheinlich schon froh, wenn Cara und ich mal dazu kommen, in die Stadt essen zu gehen." Lars lachte. „Aber weißt du was?

307

Ich freu mich drauf. Nicht unbedingt auf die schlaflosen Nächte und das Windelwechseln, aber darauf, dass wir endlich eine richtige Familie sind. Ich weiß, ich hab' noch nicht so viel außergewöhnliches in meinem Leben erlebt, aber ich kann mir nicht vorstellen, dass es etwas Schöneres geben kann."

Becca musste bei diesen Worten lächeln.

„Wie sieht eigentlich dein weiterer Plan aus?", fragte Lars und Becca hielt überrascht den Atem an.

Eine gefühlte Ewigkeit war alles ruhig, dann begann Peter zu sprechen. Allerdings eine ganze Spur leiser als zuvor und Becca musste angestrengt lauschen, um jedes Wort zu verstehen.

„Um ehrlich zu sein, weiß ich das noch nicht."

Sie konnte sein Gesicht nicht sehen, aber in ihrem Kopf stand er mit gerunzelter Stirn und nachdenklicher Miene vor ihr.

„Wegen Becca?", fragte Lars vorsichtig.

„Ja. Sie bedeutet mir echt viel."

Für einen kleinen Moment wagte sie wieder zu atmen und bei seinen Worten wurde ihr warm ums Herz. Ihr ging es schließlich nicht anders mit ihm und es war schön zu wissen, dass er ihre Gefühle teilte.

„Heißt das, du überlegst zu bleiben?", fragte Lars nun und sofort war die Anspannung zurück. Erneut herrschte ein langes Schweigen und Beccas Angst vor der Antwort wuchs von Sekunde zu Sekunde.

„Ich weiß nicht, ob ich das kann."

„Was meinst du?"

„Der Gedanke fühlt sich nicht – richtig an. Ich bin noch nicht bereit so langfristig zu planen", erklang Peters schwache Stimme und bei Becca zerbrach etwas laut splitternd in ihrem Inneren. Wie durch Watte hörte sie noch Lars nächste vorsichtige Frage:

„Weiß sie das?" Nein sie wusste es nicht.

Peters Stimme klang traurig und auch ein bisschen reumütig, als er auf Lars Frage antwortete.

„Wir haben mal darüber gesprochen, aber seitdem ist viel passiert", begann er. „Aber es war ja eigentlich von Anfang an klar, dass ich nicht ewig bleiben würde. Sie weiß also, dass ich früher oder später – gehen werde."

Bei diesen Worten knallte bei Becca eine Sicherung durch.

„Ach ja, tu ich das?" Becca war durch die Tür getreten und blickte nun in die erschrockenen Gesichter der beiden Männer. Doch sie hatte nur Augen für Peter, der wie zur Salzsäule erstarrt dastand und sie aus weit aufgerissenen Augen anblickte. Becca liefen Tränen über die Wangen, doch in ihrer Stimme lag Wut. Noch bevor Peter in irgendeiner Weise reagieren konnte, machte sie auf dem Absatz kehrt und rannte davon.

Die Tränen flossen nun stärker und erschwerten ihr die Sicht. Sie hörte Peter ihren Namen rufen, doch sie blieb nicht stehen. Sie war noch nie so schnell die Treppe zum Strand hinuntergerannt, aber sie wollte nur noch weg. Der Sand verlangsamte jedoch ihr Tempo.

Erst als sie an ihrem Platz angekommen war, blieb sie stehen.

Sie kletterte in den Strandkorb, zog ihre Beine eng an die Brust und dann konnte sie die Tränen nicht mehr zurückhalten.

Sie wusste, dass sie nicht lange allein sein würde, und sie wusste, noch bevor sie seine Stimme vernahm, dass er da war, obwohl sie nicht aufschaute.

„Hey Bec."

Sie reagierte nicht.

„Es tut mir leid", hörte sie ihn flüstern. Seine Stimme war voller Reue, doch sie hob nicht mal den Kopf, um ihn anzuschauen.

„Ich weiß, wir haben nie mehr so richtig darüber gesprochen..." Er stockte. „Und ich wollte auch nicht, dass du es so erfährst. Aber irgendwie – irgendwie dachte ich, dir wäre klar, dass ich nicht hierbleiben würde, nicht für immer."

Jetzt flog ihr Kopf hoch. Es war ihr egal wie sie aussah, dass ihre Augen verquollen und rot waren und ihr immer noch Tränen über die Wangen liefen. Jetzt wich die Trauer der Wut.

„Ob du es glaubst oder nicht, das war für mich nicht klar", platzte es aus ihr heraus. „Zumindest nicht nachdem, was zwischen uns passiert ist. Und es ist feige von dir." Das erneute aufsteigen von Tränen erschwerte ihr das Sprechen, doch Becca schluckte sie hinunter und sammelte sich schnell wieder. „Du redest ständig davon, wie wichtig es doch ist zu reden. Und du? Was machst du? Du willst einfach wieder abhauen und sagst kein einziges verdammtes Wort darüber. Was war das für dich? Nur ein kleines Abenteuer? Hat es dir überhaupt was bedeutet?", feuerte sie ihm um die Ohren.

Peter zuckte bei der Härte in ihrer Stimme zusammen.

„Bec, sag sowas nicht. Du weißt genau, dass es mir sehr viel bedeutet hat." Er stockte kurz als ihm seine Wortwahl bewusst wurde. „Das du mir viel bedeutest", fügte er leise hinzu.

Als Peter auf sie zugehen wollte, sprang sie auf und funkelte ihn wütend an.

„Wag es nicht, mich jetzt trösten zu wollen." Ihre Lippen zitterten.

Peter ließ die Hand, die er gehoben hatte, wieder sinken. Seine ganze Haltung war zusammengesackt. Becca hatte ihn noch sie so zerknittert gesehen und für einen Moment hatte sie das Bedürfnis *ihn* zu trösten. Doch den Gedanken wischte sie sofort beiseite.

„Genau das hier wollte ich vermeiden. Glaub mir." Seine Stimme war nur noch ein Flüstern und es lag ein flehender Ton darin.

„Ich wusste, dass es eine beschissene Idee sein würde, aber du..."

„Willst du jetzt auch noch sagen, ich bin schuld an dem Ganzen?"

„Nein Bec, jetzt hör mir doch mal zu."

„Das brauch ich nicht. Ich will deine Ausreden nicht hören." Sie drehte sich um und rannte los, doch sie kam nicht weit. Peter packte sie am Arm und zog sie an sich. Für einen Moment ließ sie die Umarmung zu, doch dann machte sie sich los.

„Warum willst du denn unbedingt wieder weg?" Ihre Stimme klang jetzt verzweifelt.

„Weil hier nicht mein Leben ist und ich..."

„Das könnte es aber doch sein", unterbrach sie ihn. Sie suchte seinen Blick, in der Hoffnung, darin die Bestätigung zu finden. Doch alles was sie fand, war Verzweiflung.

„Bec", begann Peter leicht gequält.

„Na gut, dann verpiss dich doch einfach. Na los, hau ab. Das hättest du schon viel früher machen sollen." Sie wirbelte herum und lief erneut davon.

Diesmal folgte er ihr nicht.

Es gab nur einen Ort, an den sie jetzt gehen konnte. Nach Hause wollte sie auf jeden Fall nicht. Dort würde er auf sie warten und mit ihr reden wollen. Aber sie wollte nicht reden. Wozu auch? Er hatte nicht vor zu bleiben. Es *fühlte sich nicht richtig an.*

Erneut kamen Becca die Tränen hoch, während sie einsam die alte holprige Straße Richtung Stadt entlanglief. Hoffentlich war ihre Tante zuhause.

Als sie die Haustür aufschloss und eintrat, hörte sie sofort, wie in der Küche ein Stuhl nach hinten geschoben wurde. Eilig rannte sie die Treppe hinauf und verriegelte ihre Zimmertür.

Es dauerte nicht lange, ein paar Klamotten in eine Tasche zu packen, doch statt zu gehen, ließ sie sich erschöpft auf ihr Bett sinken. Die letzten Stunden hatten sie emotional und körperlich ausgelaugt. Sie verstand immer noch nicht, wie sie hier gelandet war.

Am Morgen war noch alles normal gewesen und jetzt saß sie mit gepackter Tasche und einem riesigen Gefühlschaos in der Brust auf ihrem Bett. Vielleicht hatte Ilona Recht und sie würde einen Fehler machen, wenn sie nicht nochmal mit ihm sprach. Aber was sollte es ändern? Er wusste, was sie empfand und dass sie wollte, dass er blieb. Trotzdem sah er hier nicht seine Zukunft.

Er hatte recht. Sie hatten beide gewusst auf was sie sich einließen und trotzdem war sie naiv genug gewesen zu glauben, dass das, was zwischen ihnen war, ausreichen würde. Andererseits, wie konnte sie erwarten, dass er hierblieb, wenn sie selbst im Gegenzug auch nicht bereit wäre alles zurückzulassen, um mit ihm zu gehen? Sie musste ehrlich zu sich sein. Sie empfand etwas für ihn. Vielleicht mehr als sie vermutet hätte. Aber es reichte nicht. Es reichte nicht aus, um alles andere unwichtig werden zu lassen.

Sie stand auf und trat an die Tür. Im Flur erschien alles leise, was aber nichts zu bedeuten hatte. Vorsichtig drehte sie den Schlüssel im Schloss und lauschte. Nichts.

Der Flur war tatsächlich leer. Auf dem Weg zur Treppe machte sie kurz halt im Bad, um ihre Waschsachen in ihre Tasche zu stopfen.

Sie hatte freie Bahn. Sie hätte einfach die Tür rausrennen und verschwinden können. Trotzdem entschied sie sich dafür, in die Küche zu gehen aus der sie die leisen

Stimmen von Peter und ihrem Vater vernahm. Lenny schien auch noch wach zu sein, denn aus dem Wohnzimmer drangen die Geräusche des Fernsehers.

Thomas bemerkte seine Tochter zuerst und gab Peter ein kurzes Zeichen, der überrascht den Kopf hob und Becca mit großen Augen anstarrte. Sie sah ihm an, dass ihm etwas auf der Seele brannte, doch sein Mund blieb geschlossen.

Becca umklammerte den Griff ihrer Tasche und riss ihren Blick von ihm los.

„Ich werde ein paar Tage bei Ilona bleiben", informierte sie ihren Vater mit möglichst kontrollierter Stimme, wobei sie so tat, als sei Peter nicht anwesend.

„Bec, das ist doch Blödsinn. *Ich* sollte gehen, nicht du", fuhr Peter dazwischen.

Diese Worte, auch wenn sie gut gemeint waren, trafen Becca wie ein Schlag in den Magen und machten das letzte bisschen Hoffnung in ihr zunichte. Er hätte sagen können, dass er nicht wollte, dass sie ging, sondern dass sie blieb und mit ihm redete, dass sie eine Lösung finden würden. Aber offenbar sah auch er keinen Sinn darin über irgendetwas zu reden oder nach Lösungen zu suchen. Es war vorbei. Das wurde Becca nun eindeutig klar, als sie ihm ein letztes Mal in die Augen sah.

Bevor sie erneut vor Peter zu weinen anfing, drehte sie sich um und verließ ohne ein weiteres Wort das Haus. Ilona hatte im Auto auf sie gewartet. Becca stieg zu ihr in den Wagen und bedeutete ihr, direkt loszufahren. Während der Fahrt schwiegen sie und Becca versuchte gegen die Tränen anzukämpfen, doch als Ilona den Wagen vor ihrem Haus parkte und sie wortlos an ihre Brust zog, brachen alle Dämme mit einem Mal. Mit bebendem Körper lag sie in ihren Armen während Ilona ihrer Nichte beruhigend über den Rücken strich.

EINUNDFÜNFZIG

Den nächsten Tag verbrachte Becca fast ausschließlich in eine Decke eingemummelt auf dem Sofa. Die Tränen waren inzwischen versiegt. Stattdessen fühlte sie eine bodenlose Leere in sich, von der sie sich mit dämlichen TV-Shows abzulenken versuchte.

Ilona war vor einiger Zeit zum Einkaufen gefahren um anschließend Lenny wie gewohnt von der Schule abzuholen und heimzufahren.

Becca machte sich Gedanken, wie ihr kleiner Bruder das Ganze aufnehmen würde. Für ihn gehörten Peter und Ted bereits zur Familie und sie wollte nicht mitansehen, wie er erneut jemanden verlor.

Ilona hatte ihr befohlen, sich einen Tag frei zu nehmen, um erst mal ein bisschen Ruhe und Abstand zu gewinnen. Um ehrlich zu sein, machte sie sich auch ausnahmsweise mal keine Gedanken darum, ob sie sie im Lokal brauchen könnten. In ihrem Zustand wäre sie sowieso keine große Hilfe gewesen.

Am späten Nachmittag hörte sie, wie sich der Schlüssel im Schloss drehte. Sie hatte zusammengezogen auf dem Sofa gelegen. Nun setzte sie sich auf als Ilona mit zwei großen Taschen den Raum betrat.

„Hast du – ich mein, war er – da?", fragte Becca stockend.

„Nein, ich habe ihn nicht gesehen. Er war wohl im Lokal. Ted lag auf jeden Fall draußen auf der Veranda", erklärte Ilona.

Becca nickte nur.

„Als ich gerade fahren wollte, kam Thomas rüber. Er wollte wissen, wie es dir geht und wann du vorhast, wiederzukommen. Ich habe ihm gesagt, dass es eben so lange dauert, wie es dauert. Mach dir also keinen Stress meine Liebe. Die kommen auch mal ein paar Tage ohne dich aus."

„Ich habe nicht vor länger hier vor mich hinzuvegetieren", antwortete Becca entschieden.

Ilona warf ihr einen langen Blick zu. Dann nickte sie.

„Das habe ich mir gedacht."

Als sie am nächsten Morgen auf den Hof fuhren, stand ihr Jeep nicht an dem üblichen Platz. Vermutlich brachte ihr Vater gerade Lenny zur Schule.

Auch Ted sah sie nirgends liegen und so verabschiedete Becca sich von ihrer Tante und schlug die Autotür zu.

Sie wusste nicht, was oder besser wer sie erwarten würde als sie nun direkt auf den Hintereingang des Lokals zusteuerte.

Die Tür war nicht abgeschlossen, doch als sie die Küche betrat, fand sie sie völlig verlassen vor.

Lars schien noch nicht da zu sein. Die Schwingtüren zum Gastraum standen offen und so betrat Becca den Thekenbereich. Doch der Gastraum war ebenfalls menschenleer.

Keiner da.

Becca merkte, wie sich der Knoten in ihrem Magen etwas löste.

Neben dem Spülbecken entdeckte sie noch einige schmutzige Gläser und ohne weiter darüber nachzudenken, machte sie sich an die Arbeit.

Als sie plötzlich eine Bewegung hinter sich wahrnahm, drehte sie den Kopf, um zu sehen wer gekommen war. Als sie jedoch Peters große Gestalt im Türrahmen erblickte schaute sie eilig wieder weg.

„Ich will nicht reden", sagte sie in gereiztem Ton, noch bevor er ein Wort sagen konnte.

„Ich wollte mich nur verabschieden", erwiderte Peter nüchtern.

Da Becca nicht reagierte fügte er hinzu „Dein Vater bringt mich gleich zum Bahnhof, wenn er zurück ist."

„OK", gab sie so gleichgültig wie möglich zurück. Sie schaute ihn nicht an. Es kostete sie jegliche Kraft ihre Fassung zu wahren.

„Ich hatte gehofft, wir könnten uns wenigstens anständig verabschieden."

Becca hantierte weiterhin in dem Becken mit Spülwasser herum.

„Bec, ich will so nicht gehen!" Seine Stimme klang traurig und bittend.

Sie nahm wahr, dass er ein paar Schritte auf sie zutrat, als er das sagte. Sie rechnete jeden Moment damit, dass er sie berühren würde. Innerlich wappnete sie sich schon dafür und ihr ganzer Körper verkrampfte sich. Sie schloss die Augen und biss sich fest auf die Unterlippe. Doch nichts geschah.

„Okay." Seine Stimme war nur noch ein leises Flüstern. Sie merkte, wie er sich wieder von ihr entfernte. „Mach's gut."

Kurz darauf vernahm sie das Zufallen einer Tür. Becca öffnete die Augen wieder und als sie über die Schulter blickte, war er verschwunden. Eine Weile starrte sie auf die Stelle in der Tür, an der er gerade noch gestanden hatte, und unweigerlich schossen ihr die Tränen in die

Augen. Verzweifelt schmiss sie den Lappen in das Wasser, sodass es in alle Richtungen spritze.

Kurze Zeit später hörte sie das Knirschen von Autoreifen. Mehrere Türen wurden zugeschlagen und dann hörte sie, wie das Auto wieder vom Hof fuhr.

Sie wartete noch einen Moment, bevor sie die Küche durchquerte und durch den Hinterausgang hinaustrat. Sie schaute dem Jeep nach, der inzwischen nur noch undeutlich am Ende der holprigen Straße zu erkennen war, bevor er letztendlich zu einem winzig kleinen Punkt am Horizont wurde und dann ganz verschwand.

Als sie das Haus betrat, kam es ihr unnatürlich kalt und verlassen vor. Die Tür zum Gästezimmer war nur angelehnt. Vorsichtig ging sie darauf zu und stieß sie ein Stück auf. Das Zimmer lag ordentlich aufgeräumt vor ihr und der Anblick versetze ihr einen unerwarteten Stich. Es sah verlassen und unbewohnt aus.

Nichts erinnerte an den Mann, der die letzten Monate hier gelebt hatte. Sie trat ein und ließ den Blick durch den Raum schweifen. Dabei fiel er auf einen kleinen Gegenstand mitten auf der Tagesdecke. Als sie nähertrat, erkannte sie auch was es war: Der Kompass.

Daneben lag ein zusammengefaltetes Blatt Papier. Sie hob den Kompass auf und nahm dann den Zettel in die andere Hand. Während sie ihn auseinanderfaltete, ließ sie sich auf der Bettkante nieder.

Hey Bec,

wenn du das hier liest, bin ich wahrscheinlich schon weg. Aber ich konnte nicht gehen, ohne dir nochmal zu sagen, wie unendlich leid mir alles tut. Es war nicht fair dir gegenüber und ich habe wohl selbst versucht zu verdrängen, dass es ja irgendwann enden muss.

Ich habe die Zeit zu sehr genossen und auch wenn es egoistisch klingen mag, glaube ich, würde ich es genauso wieder tun.

Ich hatte das Glück, den wunderbaren Menschen kennenzulernen, der sich hinter all der Abweisung und Wut versteckt.

Durch die Zeit hier ist mir so vieles klar geworden, und ich weiß endlich wonach ich im Prinzip all die Zeit gesucht habe.

Ich hoffe, du kannst mir irgendwann verzeihen, und behälst unsere gemeinsame Zeit in guter Erinnerung.

Versprich mir, dass du endlich an dich denkst und deine Träume wahr werden lässt. Du hast es verdient!

Und solltest du mal vom Weg abkommen, hilft dir ja vielleicht der Kompass wieder auf die Spur. Er hat mir viel Glück gebracht und jetzt soll er dir Glück bringen.

Vergiss uns nicht.
Peter und Ted

Während sie las, stiegen ihr die Tränen in die Augen und die Worte verschwammen vor ihr. Die Wut, die sie zuvor noch empfunden hatte, war wie weggeblasen.

Als sie endete, schlug sie verzweifelt die Hände vor das Gesicht und begann zu weinen, laut und verzweifelt und es dauerte eine ganze Weile, bis sie sich wieder einigermaßen beruhigen konnte.

Der Brief, den sie dabei noch immer in den Händen gehalten hatte, war inzwischen tränennass und zerknüllt und während sie sich mit dem Ärmel ihres Pullis durchs Gesicht fuhr, um ihre Tränen zu trocknen, versuchte sie, mit der anderen Hand das Papier glatt zu streichen, was jedoch nicht viel brachte.

Ihr Blick schweifte erneut über die Zeilen, die sich in seiner außergewöhnlich ordentlichen Handschrift über das Blatt zogen und blieben an dem letzten Satz hängen.

Vergiss uns nicht. Wie albern dieser eine Satz in ihren Ohren klang. Wie sollte sie das jemals können.

Als sie aufstand, plumpste etwas vor ihr auf den Boden. Es war der Kompass, der in ihrem Schoß gelegen hatte. Sie bückte sich nach ihm und hob ihn auf. Sie erinnerte sich daran, wie sie ihn das erste Mal gefunden hatte, als sie in seinem Zimmer gewesen war, um das Bett zu beziehen. Das war noch ganz am Anfang gewesen. Vor alledem. Bevor sie sich in ihn verliebt und bevor er gegangen war. Aber der erwartete Wunsch, dass all das nie passiert wäre, kam nicht auf.

Sie wollte nicht alles ungeschehen machen. Sie wollte ihn nicht vergessen. Auch wenn es jetzt scheiße weh tat, wusste sie bereits, dass es noch viel schlimmer wäre, ihn nie kennengelernt zu haben. All diese Gedanken schossen ihr durch den Kopf, während sie den kleinen Kompass in den Händen hielt. Als ihre Finger über die Initialen strichen, drehte sie ihn um und betrachtete die zwei geschnörkelten Buchstaben.

Sie wusste inzwischen für was sie standen, doch auf einmal nahmen die Buchstaben eine ganz neue Bedeutung für sie an und dieser alberne Zufall und das, was sie dort hineininterpretierte, reichte für sie aus, dass sie plötzlich aus dem Zimmer stürmte, entschlossen es so nicht enden zu lassen.

Peter und Becca. P.B. Weit hergeholt und doch so logisch. Was hatte er geschrieben?

„Und solltest du mal vom Weg abkommen, hilft dir ja vielleicht der Kompass wieder auf die Spur."

Es mochte vielleicht verrückt oder kitschig wirken, dass Becca glaubte, das alles hätte eine tiefere Bedeutung. Dass

Peter wirklich das damit gemeint hatte. Aber manchmal half es zu glauben, dass es noch Zeichen und Wunder gab.

Auf jeden Fall fühlte es sich an, als würde sie das Richtige tun, als sie nun schon wieder auf dem Beifahrersitz von Ilonas Wagen saß und ihrem Ziel entgegenfieberte, in der Hoffnung, nicht zu spät zu kommen.

Wenn sie so darüber nachdachte, wirkte das Ganze wie in einem dieser Schnulzenromane. Das Paar trennt sich wegen irgendwelchen unüberwindbaren Problemen und kurz vor knapp, als schon alles verloren scheint, reist einer dem anderen hinterher und bevor er in das Flugzeug, den Bus oder die Bahn steigen kann, finden sie sich noch und küssen sich im Sonnenuntergang.

Becca war bewusst, dass sie nicht die Hauptrolle in so einem Schinken spielte und dass sich ihre „Probleme" nicht plötzlich in Luft auflösen würden, wenn sie am Bahnhof vor ihm stand, nur weil die Liebe eben alle Hindernisse überwinden kann. Aber sie wusste, dass es ein Fehler gewesen war, Peter einfach gehen zu lassen, ohne sich zu verabschieden, und dass sie sich das ewig vorwerfen würde, wenn sie es jetzt nicht täte.

Sie hatte sich nicht überlegt was sie zu ihm sagen sollte. Sie hoffte nur, dass sie überhaupt noch die Möglichkeit dazu bekam irgendwas zu sagen. Der Bahnhof war nicht groß und auch nicht besonders belebt. Trotzdem dauerte es einen Moment, bis sie die beiden entdeckte. Sie standen bereits an dem entsprechenden Gleis, der Zug war jedoch noch nicht eingefahren.

Becca rannte in die Unterführung hinunter. Etwa 20 Meter weiter hastete sie, inzwischen schwer atmend, wieder ans Tageslicht. Nach Luft schnappend blieb sie am Absatz der Treppe stehen und starrte auf Peters Rücken, da er von ihr abgewandt dastand.

Sie bemerkte, wie eine vorübergehende Frau sie merkwürdig ansah und sich vermutlich fragte, was mit ihr nicht stimmte. Das fragte sie sich auch. Gerade noch war sie wie eine verrückte die Treppen rauf und runter gerannt, nur um auf die letzten Meter keinen Fuß mehr vor den anderen zu bekommen.

Becca blieb nicht lange unbemerkt. Auch wenn keiner der Männer sie entdeckte, Ted tat es. Mit einem freudigen Bellen trabte er auf Becca zu. Automatisch ging sie in die Hocke, um den Vierbeiner zu begrüßen, ohne jedoch Peter aus den Augen zu lassen. Dieser drehte sich in diesem Moment verwundert nach seinem Hund um und entdeckte sie.

Ihre Blicke fanden sich.

Becca erhob sich wieder und ging mit langsamen Schritten auf ihn zu. Peter drehte sich nun vollends zu ihr um und wartete, bis sie direkt vor ihm stand. Dann lächelte er sie an. Er lächelte sein typisches Peter-Lächeln.

ZWEIUNDFÜNFZIG

Die letzten Wochen, nachdem er die Anzeige in der Zeitung gesehen hatte, war er mehrmals hierhergekommen. Er hatte an der Straße gestanden und mit sich gerungen und war letztendlich doch wieder gegangen. Doch es ließ ihm keine Ruhe und deswegen stand er nun schon wieder hier.

Zu seiner Linken befand sich ein kleines Fachwerkhäuschen mit grünen Fensterläden und einem etwas vernachlässigten Vorgarten. Direkt vor ihm befand sich eine ordentlich gepflasterte Einfahrt, die in einen großen Hinterhof mündete, auf dem inzwischen nur noch zwei Wagen parkten. Beide mit dem gleichen Firmenlogo. Das Tor der dahinterliegenden Halle war bereits runtergelassen.

Im letzten Monat hatte er ein ganz klares Ziel verfolgt und sich geschworen erst aufzugeben, wenn er es erreicht hätte. Jetzt befand er sich an eben diesem Punkt und plötzlich war er sich nicht mehr so sicher, ob sein Plan wirklich richtig war. Aber wenn er jetzt diesen Schritt nicht wagen würde, wäre es dann nicht völlig umsonst gewesen? Wäre er dann nicht umsonst gegangen, hätte umsonst eine mögliche Zukunft hinter sich gelassen? Sie verlassen. Wollte er wirklich weiterhin diese Lüge leben? Wollte er sich weiterhin so unvollständig fühlen, als würde ein Teil von ihm fehlen?

Aber was wäre, wenn er enttäuscht wurde? War es nicht besser nie zu wissen, wie es sein würde, als es zu erfahren und enttäuscht zu sein? Wenn er diesen Entschluss jetzt fasste, gab es kein Zurück mehr. Wollte er das wirklich riskieren?

Weitere fünf Minuten vergingen, die er nur damit verbrachte, die Halle anzustarren. Dann wandte er seinen Blick zu Ted, der brav zu seinen Füßen hockte und ihn mit seinen großen treuen Hundeaugen anschaute, als würde er genau verstehen, welchem Kampf Nathan innerlich ausgesetzt war.

•

„Eine Mission?", fragte Becca etwas ungläubig.

Sie und Peter standen noch immer am Bahnsteig. Thomas war bereits gegangen, nachdem er Peter zum Abschied nochmal brüderlich auf die Schulter geklopft hatte. Er wollte den beiden noch ein bisschen Privatsphäre lassen, damit sie sich in Ruhe voneinander verabschieden konnten, wofür Becca ihm sehr dankbar war. Offensichtlich besaß er doch ein wenig Feingefühl.

Der Zug Richtung Stuttgart war inzwischen eingefahren und wartete mit offenen Türen auf seine Passagiere.

Peter nickte ernst als Bestätigung. Becca schaute nachdenklich zu Boden und blinzelte mehrmals, um die lästigen Tränen, die erneut aufstiegen, zu verbannen. Einen Moment herrschte Stille.

„Wessen Leben willst du denn jetzt komplett auf den Kopf stellen?", fragte sie dann neckend und hob den Blick. Peter lächelte bei ihren Worten und unwillkürlich erwiderte sie es.

„Meins!", war seine schlichte Antwort und das Lächeln auf ihrem Gesicht verschwand. Verwirrt zog sie die Stirn in Falten. Er ließ sich jedoch Zeit mit der Antwort.

„Ich werde meinen Vater suchen."

DREIUNDFÜNFZIG

2 Monate später

„Papa, ich bin dann weg." Becca stand im Hausflur und griff gerade nach ihrer Jacke. Ihr Vater kam mit einem Geschirrtuch über der Schulter aus der Küche und trocknete sich daran die vom Spülwasser feuchten Hände ab.

„Und du bist sicher, dass ich dich nicht fahren soll? Mit dem Bus bist du doch ewig unterwegs", fragte Thomas bestimmt schon zum zehnten Mal.

„Ja, ich bin mir sicher. Außerdem fahr ich gerne Bus. Da kann ich in Ruhe lesen und schon mal ein paar Notizen machen", erwiderte Becca.

„Na gut", gab er nach und trat auf seine Tochter zu. Er zog sie in seine Arme und sie erwiderte die Umarmung. „Weißt du eigentlich, wie stolz ich auf dich bin?" Becca wusste, dass es eine rhetorische Frage war, die keiner Antwort bedurfte, und es war nicht das erste Mal, dass sie diese in den letzten Wochen gehört hatte. Lächelnd löste sie sich wieder von ihm.

„Paps du tust so, als hätte ich ein Wundermittel entdeckt, das alle Menschen von ihrem Leid befreit."

Von draußen war ein Hupen zu hören.

„Das ist Ilona. Ich muss los", meinte Becca und schlüpfte in ihre Jacke, ehe sie ihre Tasche schulterte. Sie drückte ihrem Vater noch einen Kuss auf die Wange und verließ dann mit einem „bis Freitag" das Haus.

Zehn Minuten später ließ Ilona sie an der Bushaltestelle raus, an der lediglich eine etwas ältere Frau stand und wartete. Die Erinnerung, die dieser Ort jedes Mal aufs Neue hervorrief, würde wohl für immer ein Teil ihres Lebens bleiben. Becca angelte ihre Tasche vom Rücksitz und verabschiedete sich von ihrer Tante. Keine zwei Minuten später bog der Bus schon um die Ecke. Becca ließ der Dame den Vortritt, ehe auch sie in den spärlich besetzten Bus einstieg und dem Busfahrer ihre Fahrkarte vorhielt. Sie lief den Mittelgang bis fast ganz nach hinten durch und ließ sich auf einer Sitzbank nieder. Ihre Tasche stellte sie auf den Sitz neben sich.

Ruckelnd setzte sich der Bus in Bewegung.

Kurze Zeit beobachtete Becca die vorbeiziehende Gegend. Die Bäume waren inzwischen vollständig kahl und das Grün der Wiesen hatte sich durch den ständigen Regen in braune Matschfelder verwandelt. Der Herbst war fast vorüber und der Winter stand vor der Tür. Nach einiger Zeit griff sie in ihre Tasche und fischte ein abgegriffenes, dickes Buch, sowie einen gelben Leuchtmarker heraus. Sie schlug es auf einer Seite auf, die sie sich mit einem Post-it markiert hatte, und begann einen neuen Absatz zu lesen. Als es zu dunkel wurde, um weiterzulesen, verstaute sie wieder alles in ihrer Tasche und lehnte den Kopf an die Rückenlehne. Es würde nicht mehr lange dauern. In etwa einer halben Stunde müsste sie ankommen.

Jule hatte ihr schon gesimst, dass sie sie pünktlich abholen würde. Anschließend würden die beiden Freundinnen zu dem kleinen Italiener an der Ecke gehen. Das war in den letzten Wochen schon zu so einer Art Ritual geworden. Das Lokal befand sich nur einen Häuserblock von der kleinen süßen Drei-Zimmer-Wohnung entfernt, die Jule und Becca sich seit einiger Zeit teilten. Zurzeit verbrachte Becca zwar nur drei Tage die Woche dort, aber sobald sie ihr Abitur in der Tasche hatte und mit der Uni alles wie geplant lief, würde sie ganz dorthin ziehen. Dann würde endlich ihr Traum in Erfüllung gehen. Bis dahin war es zwar noch ein hartes Stück Arbeit, aber ihr Ziel war zum ersten Mal seit Langem in greifbarer Nähe.

Da sie wochenends weiterhin noch ihren Vater unterstütze, hatte sie meist einen sehr knappen Zeitplan, aber das machte ihr nichts aus. Die Aussicht darauf bald ihre Ziele verfolgen zu können, verhalf ihr zu Höchstformen. Für die Zeit, nachdem sie von Zuhause ausgezogen wäre, war zwar noch keine passende Lösung gefunden worden, aber ihr Vater hatte ihr versichert, dass er sich was einfallen lassen würde und dass das Einzige, was für ihn zählen würde, ihr Glück sei.

Lenny hatte die Nachricht über Beccas geplanten Auszug sehr gut angenommen. Seitdem sich die Beziehung zwischen Becca und ihrem Vater verbessert hatte, schien er keine Angst mehr zu haben ein geliebtes Familienmitglied verlieren zu können. Dafür hatte er sich etwas Neues in den Kopf gesetzt. Seit Wochen lag er ihnen damit in den Ohren, dass er sich einen Hund wünschte. Natürlich nicht irgendeinen Hund, sondern einen Ted.

Becca bezweifelte jedoch, dass ihr Vater in diesem Punkt nachgeben würde.

Von Peter und Ted hatte sie seit dem Abschied am Bahnhof nichts mehr gehört. Er war so plötzlich verschwunden, wie er aufgetaucht war, und Becca konnte nicht behaupten, dass es ihr damit gut ging.

Er fehlte ihr. Mehr als sie jemals angenommen hätte. Trotzdem fühlte sie sich auf eine Art und Weise stärker als zuvor und das gab ihr Mut. Mut endlich ihren eigenen Weg einzuschlagen. Vielleicht mit ein paar

Kompromissen und Umwegen, aber wann lief das Leben schon mal völlig nach Plan? Und oft waren es doch sogar die unvorhersehbaren Sachen, die das Leben erst spannend und aufregend machten. Peter war so etwas Unvorhersehbares gewesen und auch wenn sich ihre Wege letztendlich wieder getrennt hatten, bereute Becca keinen Moment ihn kennengelernt zu haben. Er war zum richtigen Zeitpunkt in ihr Leben getreten, nämlich genau als sie ihn am dringendsten gebraucht hatte. Und manchmal war das mehr als man erwarten durfte.

Außerdem hatte sie das Gefühl, dass dieser Abschied am Bahnhof vielleicht gar kein endgültiger Abschied gewesen war. Sie wusste zwar nicht, wann und wie er wieder in ihr Leben treten würde, aber vermutlich genauso unerwartet und überraschend, wie er es schon einmal getan hatte.

Denn so war er nun mal.